한국인에게
고함

한국인에게 고함

일지 이승헌 지음

한문화

여기 참소식을 높이 기려서

대음 大音은 무성 無聲이다.

소리 없이 들리는 소식이기에 그것은 참소식이다.
바로 그 참소식이 지금 이 안에 있다.
그것은 말로 전하는 것이 아니라 직접 마음으로 통하니
그대로 우리들 인간의 길(道)이다.

그 길과의 만남이 곧 깨달음이니(眞理)
그 깨달음의 중심 中心에 바로 우리들 인간이 있고(人中天地一)
그것은 온 천지 天地로 통한다.

바로 그 깨달음의 길을 따라 우리 인간들이 만날 때
저 홍익인간 弘益人間의 진리가 빛나고,
온 세계가 함께 만날 때
그대로 이화세계 理化世界라는 생명의 길이 여기 열린다.

이 같은 홍익의 큰길을 밝혀 한국인에게 고할 때,
그것은 곧 온 세계가 지금 한국인을 향한
위로의 고告함인 동시에
또한 높은 하늘이 온 지구인을 위한
아래로의 고誥함이기도 하다.

이렇듯 위아래로의 만남으로
신(神:天)·물(物:地)이 조화를 이룰 때
오늘의 양극세계는 이화理化할 수 있고,
한국인과 지구인이 만나며 큰 하나 이룰 때
현재의 갈등인간은 홍익弘益할 수 있겠다.

그 길을 밝히는 것이 진정 어제까지의 물리적 광光을 초월,
저 성리적性理的 명明으로 향상·치일向上·致一하고 있으니
그대로 새천년을 개천開天하는 참된 광명光明이 그것이어라.

2001년 10월 20일 문화의 날에

성균관장·민족정기선양위원장 최창규

차례

초판 서문

나는 지금 미국 LA에 있습니다. 9월 16일, 보스턴의 MIT대학에서 강연을 하기로 되어 있는데, 이틀 전의 테러사건으로 미국의 모든 항공 시스템이 마비된 지금, 보스턴에 가야 할지 말아야 할지 망설이며 이 책의 서문을 쓰고 있습니다.

계속해서 놀라운 소식이 들려오고 있습니다. 끔찍하고 무차별적인 테러행위가 미국 경제의 중심부인 뉴욕의 맨해튼에서 일어났습니다. 미국의 자부심 중의 하나인 세계무역센터 빌딩이 불바다가 되어 삽시간에 사라져 버렸습니다. 미국 국방력의 상징인 펜타곤이 공격을 당해 수백 명이 죽었습니다. 백악관과 대통령을 겨냥한 비행기는 용감한 시민들의 저항에 의해 펜실베이니아 어느 산에서 폭발했다고 합니다.

이 사건은 미국 전역을 삽시간에 불안과 슬픔, 분노, 증오, 복수의 도가니 속으로 몰아넣었습니다. 미국 역사 이래 모든 공항이 일시에 폐쇄된 적은 단 한 차례도 없었다고 합니다. 그러나 지금 미국의 하늘에는 한 대의 비행기도 떠 있지 않습니다. 보스턴에서의 강연이 이틀 반밖에 남지 않은 지금, 나는 보스턴 여행을 취소할지, 아니면 LA

에서 쉬지 않고 자동차로 달려갈지를 고민하고 있습니다. MIT대학에서 열리는 힐링 소사이어티 포럼은 1년 전에 약속한 것이며 1천2백여 명이 오기로 되어 있습니다.

나는 작년에 미국에서 〈힐링 소사이어티〉라는 책을 출간했습니다. 그 책에서 인류 평화의 주체, 모든 현실 문제에 대한 책임과 해결의 주체는 다름아닌 바로 '인간' 임을 강조했습니다. 인간의 정신만이 개인과 가정과 사회와 인류의 운명을 결정지을 수 있습니다. 인간이 어떤 마음을 가지고 있느냐에 따라 사랑하며 힐링healing(치유)할 수도 있고, 증오하며 킬링할 수도 있습니다. 지구 환경을 파괴하거나 힐링하는 주체는 인간입니다. 개인과 사회, 인류를 힐링하거나 파괴하는 주체도 바로 인간입니다. 문제는 인간입니다.

문명간의 갈등과 충돌이 빚은 최악의 테러로 세계가 경악하고 있는 지금, 우리는 다시 한번 '인간' 에 대한 질문을 던지지 않을 수 없습니다. 이 지구와 인류의 미래는 어떻게 될 것인가? 이대로 가도 우리와 우리의 후손들에게 미래가 남아 있을 것인가? 또다시 피와 보복의 악순환, 끝없는 파괴와 살육이 세계를 뒤덮고 말 것인가? 과연 어떻게 해야 인간의 의식을 경쟁과 지배, 상극과 파괴에서 조화와 화합, 상생과 평화로 바꿀 수 있을 것인가? 어떻게 해야 될 것인가?

어쩌면 나는 너무나 큰 질문을 던지고 그것을 해결해 보겠다고 선택한 어리석은 사람인지도 모릅니다. 근 20년 간을 이런 문제에 매달려서 고민하고 연구하며 나의 깨달음을 실천해 왔습니다. 나는 20년 전에 나와 민족과 인류를 살리는 일을 하겠다는 일념을 품었습니다. 물질문명시대를 넘어 정신문명시대로 가는 사다리를 세우겠다고 결심했습니다. 인류 앞을 가로막는 물질문명의 거대한 산들 – 대립하는 종교들, 대립하는 국가들, 그리고 무한경쟁 속에서 고통받고 있는 모든 인간관계들 – 을 옮겨 보겠다고 마음먹었습니다. 꽃과 나무를 심고 가꾸는 일도 아름답고 기쁜 일이나, 나는 산을 옮기는 일을 하겠다는 큰 꿈을 품었습니다.

그래서 먼저, 한국에 태어난 사람으로서 과거에서 현재까지 한국의 역사를 통찰해 보았습니다. 또한 인류의 역사 발전 과정을 종교사적으로, 문화사적으로 연구하고 사색하며 이 혼돈을 극복할 새로운 가치관과 대안이 무엇일까를 고민했습니다.

그 과정에서 나는 하나의 결론을 얻었습니다. 인류 문제를 해결할 새로운 가치관을, 우리 민족의 역사 속에서 찾았습니다. 바로 단군의 홍익인간 정신입니다. 이것이야말로 나와 민족과 인류를 살릴 수 있는 정신이며, 이것이야말로 세계에 내놓을 수 있는 우리의 정신적 보물이자 재산목록 1호입니다.

나는 오래 전부터 '한국인에게 고함' 이라는 제목으로 나의 철학과 사상을 한국인들에게 전하고 싶다는 생각으로 이 책을 준비해 왔습니다. 이 책에서 내가 말하려는 것은 오직 한 가지입니다. 우리의 중심철학을 되찾아 위대한 한민족으로, 위대한 한국인으로 새롭게 탄생하자는 것입니다.

지하자원도 없고 경제문화적으로 대외의존도가 높은 이 나라에서 2천 년간 이어진 단군의 정신이 찬란히 빛나고 있습니다. 이 정신을 덮어버리면 우리에게는 꿈과 희망이 없습니다. 한국인이 진정한 한국인이 되기 위해서 우리의 자랑스러운 뿌리, 2천 년의 단군의 역사와 정신이 우리의 귀중한 자산이라는 것을 자각해야 합니다. 그 정신과 역사를 되찾아 우리나라가 정신문명국가로 새롭게 탄생해야 합니다.

나는 7년 전부터 활동의 중심을 미국으로 옮겨 인류평화를 위한 정신문화운동을 펼쳐 왔고 저술과 강의, 교육에 몰두해 왔습니다. 우리 민족의 홍익정신을 위기에 처한 현대물질문명의 철학적 대안으로 제시하는 일을 하며 바쁜 나날을 보냈습니다.

홍익인간 정신을 인간사랑 지구사랑 운동으로, 어느 한 개인이나 국가 · 민족 · 종교를 중심으로 한 가치관이 아니라 지구와 인간을 중심으로 한 가치관이 인류의식 속에 싹터야 한다는 지구인운동으로 확산시켜 왔습니다. 이러한 철학을 UN 등의 국제기구를 통해서 많은 사람들에게 알렸으며, 미국의 주요대학과 대도시를 순회하며 힐링 소사이어티 포럼과 워크숍을 열고 강연을 해 왔습니다.

내가 유엔이 선정한 세계 50인의 정신지도자에 포함된 것은, 또한 앨 고어 전 미국 부통령이나 힐러리 여사 등 미국의 지도자들과 지식인들에게 나의 철학을 전할 수 있었던 것은, 내가 한국인이고 한국의 정신을 갖고 있었기 때문입니다. 우리 민족의 정신이 내게 세계의 평화운동가, 정신지도자들과 어깨를 나란히 하며 활동할 수 있는 힘과 철학적 기반을 가져다 주었습니다. 나는 한국인들이 이와 같은 사실을 알기 바랍니다. 우리 민족의 정신이 세계가 원하는 위대한 철학임을 자랑스러워하기를 바랍니다.

현재 미국이 겪는 고난의 핵심 원인은 아브라함의 자손인 이삭과 이스마엘 형제 사이의 갈등입니다. 이삭의 자손은 유대교로, 이스마엘 자손은 이슬람교로 이어져 두 종교간의 대립이 오늘의 참사를 가져왔기 때문입니다.

인류 문화의 원류는 크게 두 가지로 나눌 수 있습니다. 하나는 에덴동산의 이야기이고 하나는 마고성麻姑城의 이야기입니다. 에덴동산의 이야기에서 신은 축복과 저주라는 당근과 채찍으로 인간을 다스립니다. 신과 인간이 분리된 가운데 신은 때로는 축복을, 때로는 저주를 내리며 인간의 의식을 지배합니다.

마고성의 이야기는 동양정신의 뿌리입니다. 마고성의 이야기에서 신과 인간은 평화와 공존의 철학 속에서 일체를 이루고 있습니다. 신인합일이요, 자연과 인간의 합일을 보여 주고 있습니다. 우리 역사에서 이러한 조화와 화합의 사상이 2천 년 가까이 내려오다가 47대 고열가 단군을 끝으로 맥이 끊겼습니다.

마고성의 철학이 집약된 홍익인간 정신은 인류평화를 추구하고 이룰 수 있는 사상이며, 부처님의 자비, 예수님의 사랑, 공자님의 인仁, 소크라테스의 '너 자신을 알라'는 정신과 다르지 않습니다. 깨달은 사람들은 한결같이 모든 진리는 하나라고 이야기했습니다. 그러나 안타깝게도 4대 성인의 정신도, 홍익인간 정신도 인류에게는 아직도 너무나 먼 곳에 있습니다. 진리의 말은 넘쳐나지만 실천은 너무나 부족합니다. 인류의 생존을 위해서, 우리는 심각하게 묻지 않으면 안 됩니다. 하나인 진리를 모든 인류가 알고 실천하기 위하여 지금, 우리는, 무엇을 할 것인가?

더 이상 종교와 종교가, 국가와 국가가 대립하지 않으려면 한 지구 안에서 나뉜 종교나 국가 차원에서가 아니라 지구 차원에서, 우리 모두는 지구인이라는 각성 속에서 인류 문제를 해결해야 합니다. 그런 의미에서 소크라테스의 '너 자신을 알라' 라는 말은 큰 의미가 있습니다. '너 자신은 누구인가' 라는 물음에 우리 모두가 똑같이 내놓을 수 있는 대답은, 특정한 종교나 국가에 속한 사람이 아니라 지구에 뿌리를 둔 '지구인' 이라는 것입니다. 이 질문과 대답이 우리 시대의 모든 사람들에게 필요합니다. 이 답을 얻지 못하면 홍익과 자비, 사랑, 인도 서로 대립할 뿐입니다.

21세기의 가치관은 지구를 중심으로 하나 되는 것입니다. 이것이 4대 성인의 정신을 완성시키는 길이고 인류평화를 실현하는 일이며 지구와 인간을 구하는 일입니다. 새천년 최고의 메시지는 지구와 지구인의 메시지가 될 것입니다. 우리 한민족은, 지구와 하나 되고 모든 인류가 하나 되는 운동을 앞장서서 전개해야 합니다. 그것이 또한 한민족의 건국이념인 홍익인간 재세이화를 실현하는 일이 될 것입니다.

우리는 이번 테러사건의 본질을 똑똑히 보아야 합니다. 이제 선과 악, 축복과 저주라는 이원론적인 세계관으로 인간의 정신을 지배하는 것은 한계가 있다는 사실을 이 비극적인 테러사건이 극명하게 보여 주고 있습니다. 이제 우리는 마고성의 정신을 되찾아야 합니다. 신과 인간의 일체화 속에서 홍익 · 사랑 · 자비 · 인이 인류의식으로 꽃필 때, 나와 민족과 인류를 구할 수 있는, 지구를 구할 수 있는 대역사가 일어날 수 있습니다. 그러나 정신문명시대는 인류가 선택하고 열어나갈 때만 가능합니다. 선택하지 않으면 아무 일도 일어나지 않습니다.

한국인들이여! 이제 물질문명시대를 극복하고 정신문명시대를 여는 인류의 천지대공사를 한민족이 먼저 시작해야 합니다. 우리 민족에게는 근 2천 년 간이나 정신문명을 실현했던 찬란한 역사가 있습니다. 그러한 역사가 천지인 정신, 홍익인간 정신으로 우리의 혈관 속에서 맥박치고 있습니다. 이제 한민족의 심성 속에 숨어 있는 그 정신을 일깨우고 부활시켜야 합니다.

근본적인 가치관의 상실로 인한 혼란과 무질서 속에 많은 사람들이 갈 길을 찾지 못해 방황하고 있습니다. 기성 세대나 젊은 세대나 그 점에서는 다를 바가 없습니다. 세상은 상상할 수 없을 만큼 빠른 변화 속에 있는데, 중심과 방향을 잡지 못한 수많은 영혼들이 어쩔줄 모르며 정보의 대홍수 속에 떠내려가고 있습니다. 더욱 안타까운 것은 정부도, 학교도, 가정도, 그 어느 곳도 우리가 가야 할 방향을 정확하게 제시해 주지 못하고 있다는 사실입니다.

혼탁하고 불안한 정치 · 경제 상황, 난항을 거듭하는 교육과 의료 문제, 끊임없는 편가르기와 분열상을 극복하지 못하는 우리 사회를 보고 있으면 도대체 이 민족이 어디를 향해 가고 있는지 가늠이 되지 않습니다. 이러한 총체적인 대혼란은 바로 국가와 민족의 중심가치와 철학이 바로 서지 못했기 때문입니다. 아니, 바로 서지 못했기 때문이 아니라 우리 민족의 중심가치와 철학이 무엇인지, 그 자체를 잃어버린 지가 너무나 오래되었기 때문입니다.

우리 민족은 지난 2천 년 동안 수많은 강대국의 침략과 지배 속에서 끊임없는 문화침투를 당해 왔습니다. 그 와중에서 우리 민족의 본래 정신과 가치를 잃어버리고 말았습니다. 지난 2천 년 동안 많은 외세의 침략을 받는 가운데 우리 정신과 문화, 역사를 담은 책들은 금서가 되었고 수탈당했으며 심지어는 불태워 없어지기까지 했습니다. 또한 잘못된 교육정책에 의해, 우리의 중심가치와 정신을 빼앗긴 삼국시대 이후 2천 년만을 한민족의 역사로 인정하는 왜곡되고 가공된 식민지 시대의 교육이 이어져 왔습니다. 일제의 음험한 식민지 교육에 세뇌된 많은 학자와 지식인, 강대국에 기생하던 권력자들에 의해서 우리 민족의 중심가치와 철학은 암흑 속에 묻혀 빛을 볼 수가 없었습니다.

가장 중요한 삶의 중심가치와 철학을 잃어버린 우리 민족은 지금 어떤 상태에 있습니까? 수많은 외래 문화와 외래 종교를 숭배하고 모시면서 고유의 정신과 전통을 업신여기고 있습니다. 심지어는 자신의 조상과 전통문화를 파괴하는 어처구니 없는 일을 저지르면서도 자신은 천당에 가고 구원받을 것이라는 망상에 빠져 있는 사람들이 아직도 많습니다.

　외국인 가운데는 한국인을 존중하는 것이 아니라 '어글리 코리언'이라고 부르며 경멸하고 무시하는 사람이 많습니다. 조급하고 자기밖에 모르며, 외국에 나가 살면서도 한민족끼리 반목하고 서로를 모함하는 한국인들이 많기 때문입니다. 너무나 슬프고 부끄러운 일입니다. '어글리'는 추악하고 더럽다는 뜻입니다. 세상에 태어나서 존중받고 사랑받지 못한다면 그 삶이 대체 무슨 의미가 있겠습니까? 인간이 인간으로부터, 또 한 사회가 다른 사회로부터 존중과 사랑을 받지 못한다면 무슨 존재 가치가 있겠습니까? '어글리 코리언' 이라는 굴욕적인 평가를 극복하지 않는 한 한민족의 미래는 없습니다.

일부 지식인 중에는 현재의 뒤틀린 우리 국민성이 본래 우리의 것인 양 국민들을 기만하여 탈민족화를 부추기는 부류가 있습니다. 일견 현실적으로 들리는 그 말에 속아 '한국인은 안 된다, 어쩔 수 없다' 는 열등감과 피해의식에 젖어서는 안 됩니다. 그것은 우리의 본래 모습, 이 민족의 본래 정신을 모르기 때문에 하는 말입니다.

우리 민족 본래의 중심가치와 철학은 바로 홍익인간 재세이화의 이념입니다. 그 정신으로 일구고 가꾸어 온 2천 년의 역사가 우리에게 있습니다. 그러나 그러한 정신과 철학이 올바르게 알려지지 않았기 때문에 있으나마나한 무용지물이 되어 버렸습니다. 문제는 이 사회 지도층에 민족의 정신과 철학을 바르게 아는 사람이 거의 없다는 것입니다.

권력을 가진 자들은 민족의 정신과 철학으로 국민에게 힘과 긍지를 심어 주기는커녕 외래 종교와 사상을 주입하는 데 앞장서 왔습니다. 민족의 중심가치로 합심대도하기보다는 일신의 안일과 집단의 이익을 위해 분열을 획책하고 민족을 피폐하게 만들어 왔습니다. 그러면서도 역사 앞에 한 번도 바른 평가를 받지 않았습니다.

한국인이 한국인으로서의 정체성을 잃어버린 채 불교나 유교, 기독교의 정신을 숭배하는 것은 자랑이 아닙니다. 우리의 중심가치와 정신을 바르게 세우고 외래 문화와 종교를 받아들였다면 그것은 아름다운 일이나, 중심을 잃어버리는 것은 부끄러운 일입니다.

나는 편협한 민족주의와 국수주의, 그리고 종교주의를 반대합니다. 이 세 가지는 인류평화에 전혀 도움이 되지 않을 뿐더러 역사적으로 인권을 유린하는 도구로 사용되어 왔습니다. 그러나 홍익인간 정신은 모든 나라와 인류를 이롭게 하는 지구인의 철학입니다. 나는 홍익인간 정신이 우리 민족의 정신적인 보배일 뿐만 아니라 인류정신의 보배라고 확신합니다. 또한 그 정신을 종교가 아닌 깨달음과 문화운동을 통해서 널리 알리겠다는 것이 나의 신념입니다.

우리는 우리 민족의 중심가치와 철학으로 다시 태어나야 합니다. 그 정신이 경쟁과 지배, 끝없는 파괴와 살육으로 얼룩진 인류와 지구를 구할 수 있는 정신이라는 사실을 알아야 합니다. 숨이 턱까지 차서 질식하기 직전인 이 지구가 그 정신을 원하고 있습니다.

인류 문제를 해결하는 데 한민족이 중요한 역할을 할 수 있는 2천 년 만의 기회가 왔습니다. 가슴 속에 위대한 한민족의 본성을 품고 있는 한국인이여! 2천 년 만의 그 기회를 스스로 잃어버릴 작정입니까? 언제까지 정치·종교·교육·지역 갈등 속에서 뿔뿔이 흩어져 서로 찢고 싸우며 '어글리 코리언'이라는 소리를 듣고 있으려 합니까? 이렇게 가면 희망이 없습니다.

한국인들이여! 우리의 중심가치와 철학을 되찾아 위대한 한국인으로 새롭게 태어납시다! 그러기 위해서는 먼저 우리가 홍익인간이 되어야 합니다. 홍익인간이 되고자 하면 홍익인간의 철학으로 살아가야 합니다. 홍익인간이 홍익가정을 이룰 수 있고, 홍익가정이 홍익사회를 이룰 수 있습니다. 그런 사회가 홍익정치와 홍익경제, 홍익교육과 홍익종교를 꽃피울 수 있습니다. 그랬을 때 한민족은 물질문명을 극복하고 정신문명을 꽃피우는 천지대공사의 위대한 개척자가 될 수 있습니다.

　장구한 인류 역사 속에서 '어글리 코리언'이라는 이름으로 기억되다가 사라지고 말 것인가? 아니면 위대한 민족으로 다시 탄생하여 우리의 정신을 크게 펼칠 것인가? 다시 한번 나 자신에게, 그리고 모든 한국인에게 이 질문을 던지고 싶습니다.

　나는 결정했습니다. 아무리 먼 거리이고 또다른 테러 위험이 있다 하더라도, 보스턴까지 자동차로 달려가 강연을 하기로 결정했습니다. 불안과 증오와 복수심에 불타고 있는 미국 최고의 지성의 도시, 오늘의 미국을 만든 미국 개척의 중심지 보스턴에 나의 정신, 아니 한민족의 정신을 전하고자 합니다. 그 정신이 그들을 불안과 분노에서 구할 것입니다.

단기 4334년 9월 13일
일지 이승헌

개정판 서문

요 몇 년 사이, 중국의 동북공정과 일본의 역사 교과서 왜곡 및 독도 소유권 주장 등 우리 국민들을 분노케 하는 몇 가지 사건들이 연달아 일어났습니다. 그러나 용산으로 이전한 국립중앙박물관의 연대표에 고조선이 누락된 사건에서도 보듯이, 우리가 일본과 중국의 우리나라 역사 왜곡을 성토하고 비판하기 전에, 먼저 우리 국민들 스스로 역사의식과 역사교육의 현주소를 냉정히 평가하고 뼈를 깎는 참회를 해야 할 것입니다.

그것 없이는 민족의 중심철학과 정체성을 바로 세울 수 없고, 중심 철학과 정체성이 없이는 한일합방 때 겪었던 치욕을 다시 겪게 될 수 밖에 없다는 대 자각이 전 국민적으로 일어나야 합니다.

중국의 동북공정에서 비롯된 고구려사 왜곡 사태에 대해 2004년 한국과 중국은 앞으로 중국 교과서와 출판물에서 더 이상 왜곡된 고구려사를 싣지 않는다는 내용의 구두 양해에 합의했습니다. 한, 중 수교 12년 만에 양국 최대 현안으로 떠오른 고구려사 왜곡 문제에 대해 외교적인 해결 실마리를 찾은 셈입니다. 이번 합의가 동북공정 자체에 대한 논의가 아니라는 아쉬움은 크지만, 역사 왜곡 문제에 대해

무관심한 듯 보였던 그간의 정부의 태도에 비하면 큰 발전입니다. 이런 성과 뒤에는 2003년 11월부터 여론을 이끌어내었던 국학운동시민연합을 비롯한 시민단체의 헌신적인 노력이 있었습니다.

국학원 설립자로서 이러한 시민운동을 지원하는 과정에서 나는 무수한 젊은이들과 활동가들을 만났고, 이들에게 공통적으로 물어본 질문이 있습니다. "우리에게 대를 이어 상속할 만한 정신문화가 있는가? 그렇다면 그것이 무엇인가?"하는 것입니다. 중국의 고구려사 왜곡 문제에 대해서는 대부분이 분노를 터뜨리지만, 정작 한민족으로서의 뿌리 의식과 정체성 문제에 대해 줏대 있게 대답하는 이들은 몇 되지 않았습니다. 한 순간의 열정이나 울분은 당시의 문제를 해결할 수는 있지만 핵심을 모르면 더 큰 발전 방향으로 나아갈 수 없습니다.

현재 한국의 실정을 보면 정말로 우리의 뿌리와 주인이 있는가를 의심할 수밖에 없는 상황입니다. 많은 정치가, 종교가, 교육자들은 한국의 중심철학과 뿌리에 대한 인식이 없이, 집단 이기주의, 명예, 부, 권력 앞에 이성을 잃어버리고 욕망의 노예가 되어가고 있습니다. 물론 모두 다 그런 것은 아니겠지만, 이성과 양심을 잃어버린 다수의 사람들이 이 나라를 경영하고 있다는 부정할 수 없는 사실에 대한민국 국민의 입장에서 그리고 기성인의 한 사람으로서 너무나 안타까움을 느끼는 바입니다.

세계 교역량 12위의 경제 대국 한국에 발전의 한계가 왔음은 누구나 알고 있습니다. 개인은 현실적인 문제에 안주하며 한민족 정체성의 문제를 소홀히 했고, 스스로 그 중요성을 몰랐기 때문에 자녀 교육 역시 제대로 하지 못했습니다. 국가 역시 남과 북으로, 좌와 우로, 동과 서로의 분열 속에 국민에게 정확한 비전을 제시하지 못했습니다. 국가와 개인 모두 자기 비하에 빠졌고 긍지가 없었습니다.

자기 자신에 대한 신뢰와 긍지를 잃어버린 의식 속에서는 더 이상의 발전이나 성장을 기대할 수 없습니다. 자신에 대한 정체성과 자신이 속한 문화에 대한 긍지를 가지고 더 큰 비전을 중심으로 단합할 때 개인과 단체는 한계를 딛고 발전할 수 있습니다. 국가 역시 하나의 중심 철학 속에서 자긍심을 가지고 국민이 나아갈 방향과 목표를 제시할 때 한계를 극복할 수 있습니다. 그 하나의 중심 철학은 바로 민족 정체성에 대한 자각과 자긍심에서 옵니다.

국학운동은 외래 문물과 사조가 들어오기 이전의 고유한 정신문화적 자산, 즉 천지인 사상과 홍익인간 이화세계의 정신을 오늘의 현실에 맞게 재창조하는 작업입니다. '널리 사람을 이롭게 하라' 는 대한민국 건국이념의 뿌리가 되는 '하늘과 땅과 사람이 하나' 라는 '천지인 사상' 은 국학의 결정체이며 핵심입니다. 이는 세계인들이 존경해 마지않는 우리의 우수한 정신문화이며, 세계 도처에서 일어나고 있는 분쟁을 해결하고 갈등을 치유하기 위해 세계인과 함께 나눠야 할 전 지구적인 평화 철학이기도 합니다.

무엇보다도 우리에게 커다란 과제로 남아 있는 민족의 통일과 의식의 통일을 위해서라도 국학은 필수 불가결합니다. 통일의 바탕이 되는 '정신의 통일' 은 어느 다른 외래문화나 사상을 중심으로 이루어질 수 없기 때문입니다. 국학이 없다면 통일도 없고 우리 민족에게 앞날은 없습니다.

2001년 이 책의 초판이 나온 이후 2006년 개정판이 나오기까지 국학운동에 중요한 변화들이 있었습니다. '국학' 의 정의를 새롭게 하며 널리 알리기 시작했고, 국학운동시민연합 등의 단체와 함께 중국의 동북공정 프로젝트 저지 및 국립박물관 고조선 연대표 추가 서명운동 등 본격적인 국학운동들을 벌여왔으며, 국학운동의 메카가 될 국학원을 설립했습니다. 이번 개정판은 내가 벌여온 지난 26년간의 활동을 국학이라는 이름의 실에 하나로 꿴다는 뜻에서 큰 의미가 있습니다. 그래서 초판을 그대로 살려둔 채 국학을 설명하는 하나의 장을 새로 덧붙였습니다.

이제 세계 곳곳에서 많은 동포들이 한민족의 역사와 정신에 대해 관심을 갖고 움직이고 있습니다. 중요한 점은 이러한 기회가 앞으로 두 번 다시 오지 않을 수도 있다는 것입니다. 한민족으로서 자긍심을 갖고 세계사 속에 당당하게 설 수 있는 기회, 우리 자녀에게 '자랑스러운 한국인의 피' 가 흐르고 있음을 가르쳐 줄 수 있는 기회가 바로 지금입니다.

자랑스러운 한국인들이여! 이제 일어나서 국학의 정신으로 하나가 됩시다! 그것이 나와 민족을 살리고, 더 나아가 이 인류를 살리는 길입니다.

단기 4339년 7월
일지 이승헌

1

왜 국학을 말하는가

국학은 민족을 민족답게 하는
철학적 · 사상적 정수다. 민족의 얼과 생명이다.
한 민족의 과거이자 미래이며,
세계무대에 당당히 설 수 있게 하는 자부심과 긍지다.
한민족의 국학은 나와 민족과 인류를 살리는 길이다.

국학은 민족의 정신을 대변하며
그 민족의 앞길을 밝히는 횃불과도 같다.

국학은
민족정신 광복운동이다

새천년을 맞은 지 얼마 지나지 않아서 온 나라를 뜨겁게 달구었던 두 가지 사건이 있었다. 중국의 동북공정 프로젝트와 일본의 독도 소유권 주장이 그것이다. 중국은 자랑스러운 우리의 고구려사를 엄청난 돈과 노력을 들이부어 자기네 나라의 변방사로 편입하려는 만행을 저질렀고, 일본은 독도가 자기네 영토라는 망언을 잊을 만하면 입에 담곤 한다. 최근 일본은 독도문제로도 모자라 울릉도에 대한 행정적인 조사도 해야겠다며 울릉도가 한국의 영토로 편입돼 있는 역사서들의 기록을 인정할 수 없다는 망언까지 서슴지 않고 있다. 이런 사건들은 국제사회에서의 다른 나라에 대한 예우를 생각할 때 너무도 경우에 어긋나는 일로밖에 볼 수 없다.

중국과 일본은 왜 이런 일들을 벌이는 것일까? 우리 국민들로서는 그 무례함이 하늘을 찌르고도 남는 이런 일들이 왜 일어나는지 그 근원적인 이유를 알아야 한다. 그러기 위해서는 현재 한반도의 상황을 제대로 파악하는 것이 중요하다. 우리는 지금 역사적으로 너무나 중요한 때에 있다. 100년 전 살얼음판을 걷던 그 칼날 위에 다시 서 있는 것이다. 일본과 중국, 미국과 러시아가 지구상의 마지막 분단국가인 한반도를 주시하고 있다.

구심점을 잃은 민족은 살아남지 못한다

100년 전 우리는 어떠했는가? 구한말 조선에는 구심점이 없었다. 국가의 중심철학은 사라졌고 한민족 고유의 문화와 정신은 외래종교와 사상으로 혼탁해졌다. 홍익인간 정신인 인내천사상을 내세운 동학이 일어났지만, 조선왕조는 도리어 일본을 끌어들여 백성들을 제압했다. 국민을 보호해야 할 정부가 다른 나라의 군대를 끌어들인 것이다. 나라를 위한 것이 아니라 왕권을 보호하기 위한 것이었기에 그것은 파국의 시작을 알리는 신호탄이었다. 일본은 너무도 손쉽고 당당하게 이 땅에 발을 들여놓았으며, 그 사건은 이후 35년간 우리민족이 그들의 식민통치를 당하는 결과를 초래했다.

　이 역사의 교훈을 잘 바라보아야 한다. 문제는 이러한 비극적인 역사가 이때가 처음이 아니라는 것이다. 그 뿌리는 훨씬 더 오래 전 삼국시대로 거슬러 올라간다. 삼국 중 가장 약했던 신라는 통일을 위해 당나라를 끌어들였다. 결국 삼국은 통일되었으나 한반도 북부는 당의 손아귀에 넘어갔고 이것이 중국에게 예속되는 역사의 시작이었다. 사대주의가 본격적으로 일어남에 따라 한민족의 중심철학과 문화는 약해져갔다. 그 시대의 문화는 고려로 이어졌고 이후 자주독립을 외쳤던 묘청의 난이 있었으나 사대주의 세력에 좌절되었다. 요동 정벌을 포기한 채 위화도 회군을 거쳐 새로운 왕조로 탄생한 조선은 중국의 예속 하에 나라를 이어갔으나 이미 우리의 정신과 철학은 거의 남아 있지를 않았다.

삼국시대 이후 우리의 중심철학을 잃어버리고 살아온 그 시간 동안 우리는 너무나 많은 고난과 시련을 겪었다. 그 역사의 교훈은 이루 말할 수 없이 끔찍하다. 병자호란 당시 청에 패한 인조는 평민의 옷을 입고 무릎을 꿇은 채 세 번씩 머리를 땅에 조아린다는 '삼배구고三拜九叩'의 치욕을 왕의 신분으로 적장 앞에서 당해야 했다. 당시 인조의 이마는 피투성이가 될 정도로 몇 십 번 머리를 땅에 부딪쳤다고 한다. 임금은 나라를 지키지 못해 그렇다 하더라도 백성의 고통은 더 극심했다. 청나라 병사들이 양민의 아낙네에게서 아직 강보에 싸인 아기를 빼앗아 추운 겨울에 옷을 벗긴 후 공처럼 차고 놀았다고 한다. 전쟁이 일어나면 그 끔찍함은 말로 다할 수 없을 정도다.

조선말 어지러운 세상을 바로잡기 위해 동학이 일어났다. 그러나 동학군을 진압할 목적으로 조선왕조가 불러들인 일본군에 의해 한 해 동안 30만 명의 무고한 백성들이 죽음을 당했다. 이후, 우리는 35년 간 일제의 지배를 받았다. 그 후 해방을 맞긴 했으나 우리 스스로 이룬 독립은 분명코 아니었다. 미국이 일본 열도에 원자폭탄을 터뜨려 제2차 세계대전에서 일본이 패망한 덕인 셈이다. 그 후로도 냉전 이데올로기 속에서 구심점이 없었던 우리는 스스로의 의지와 상관없

이 동족상잔의 비극 6·25를 겪었고, 그 전쟁의 소용돌이 속에서 350
만 명의 사상자가 발생했다.

인류를 살릴 수 있는 정신문화가 우리에게 있다

그 역사의 흔적은 아직도 계속되고 있다. 삼국시대 이후 고려, 조선
을 발아래에 두었던 중국과, 정부가 앞장서서 자국에게 군대를 요청
했던 일을 빌미로 이 땅에 들어와 35년 간 식민통치를 했던 일본은 그
역사를 기억하고 있는 것이다. 우리 역사 속에서 황제국으로, 식민통
치국으로 군림했던 그들의 기억 속에 그 역사적 자부심이 똬리를 틀
고 있는 것이다.

독립기념관을 방문하는 관광객 수 1위가 일본인이라는 사실은 무
엇을 말해주는 것일까? 그들은 우리의 독립기념관을 둘러보며 과거
에 한국을 식민통치했던 적이 있는 일본인으로서의 자부심을 다시
한 번 되새기고 가는 것이다. 중국이 동북공정을 내세우고 일본이 독
도문제를 일으키는 데에는 이렇게 지난 역사의 흔적이 그들의 뼛속
깊이 서려 있는 탓이다.

이러한 때에 우리는 무엇을 해야 하는가? 유태인들은 자기 민족이
나치에게 탄압받은 역사를 아이들에게 다큐멘터리로 생생하게 가르
친다. 부모님들은 끔찍한 광경을 보지 않으려고 고개를 돌리는 아이
들의 귀를 잡고 그 치욕스러운 민족의 수난사를 끝까지 보게 한다고
한다. 그런데 우리는 아이들에게 무엇을 가르치고 있는가? 힘없는

민족이 어떤 고난과 박해를 받게 되는지를 그렇게 처절하게 겪고도 유태인과 우리는 이렇게도 다른가?

　지난 역사의 시련과 고통 그리고 오늘날 중국의 동북공정과 일본 독도문제의 원인은 바로 우리 자신에게 있다. 우리에게 중심철학과 정신문화가 없기 때문에 일어난 일이다. 미국의 역사 교과서에서도 서술하기를 '한국에는 전통문화가 없고, 있다면 그 주변국인 중국과 일본의 아류'라고 기록되어 있다. 우리에게 정말로 전통문화가 없는 가! 우리 한민족이 진실로 중국과 일본의 아류인가!

　정신문화가 없는 민족은 역사적인 혼란기와 격변기에 살아남을 수 없다. 우리의 정신문화를 찾아야 하고, 찾아서 없으면 새로이 만들기라도 해야 한다. 그러나 우리에겐 민족과 인류를 살릴 수 있는 정신문화가 이미 있다. 역사의 격동기를 거치며 자의 또는 타의로 묻혀버린 것을 아직 되살려내지 못했을 뿐이다.

　지금도 우리는 여전히 미국, 일본, 중국, 러시아 등 강대국들의 틈바구니에 끼어 있다. 우리의 중심철학을 세우지 못하고 비틀대다가는 그 힘이 날로 강대해져가는 중국과, 동북아의 군사 중심으로 성장하고 있는 경제대국 일본 사이에서 우리는 다시 한 번 100년 전의 상황을 되풀이할지도 모른다. 그 뼈아픈 고난과 비극의 역사를 되풀이하지 않으려면, 우리의 고유한 정신문화를 되살려내어 민족의 중심철학으로 세워야 한다. 그 철학을 가슴에 품고 세계무대를 향해 당당히 나아가야 한다.

　이 민족정신 광복운동을 나는 '국학운동'이라고 부르겠다.

국학의 뿌리는 어디인가

국학운동을 이야기하려면 먼저 국학의 정의부터 말해야겠다. '국학國學' 이라고 하면 가장 먼저 어떤 이미지가 떠오르는가? 고루하다, 보수적이다, 국수주의자? 아마도 대부분의 사람들이 떠올리는 이미지가 이런 단어들의 연장선상에 있을 것이다. 이것이 우리 사회의 현실이고, 우리 민족교육의 적나라한 모습이다. 우리 것에 대해 제대로 알지도 못할뿐더러 그러다 보니 자부심과 긍지가 있을 리 만무하다.

그러니 우리 것을 주장하기가 부끄럽고 편협하다고 생각되는 것이다. 우리 고유의 것을 제대로 익히고 널리 펴자는 학문이 왜 이런 부정적인 이미지에 갇혀 있어야 하는가!

국학은 한국학이 아니다

국학은 대개 한국학韓國學이라는 용어와 구분 없이 사용되는데, 여기서부터 큰 오류가 있다고 본다. 국학은 한국학이지만, 한국학이라고 해서 모두 국학의 범주에 포함될 수는 없다. 그러면 국학이 한국학에 포함되는 개념이냐 하면, 그것 또한 아니라고 본다. 현재의 한국학에는 우리 국학에서 다루어야 할 가장 중요하고 진정한 가치가 빠져 있기 때문이다.

국학의 사전적인 의미를 밝혀보면 이러하다. '외국문화에 대한 자국의 고유한 역사 · 언어 · 풍속 · 종교 · 문학 · 제도 등 민족문화 전반을 연구하는 학문'.

여기에 덧붙여진 설명을 보자. '국학이란 용어는 보수적 또는 국수주의적인 느낌이 있고, 학계에서도 이의 사용을 꺼리는 경향이 있어 한국학으로 일반화된 것 같다.' 사전에서조차도 국학과 한국학의 경계를 분명히 하지 않으면서 국학의 이미지를 부정적인 것으로 고착화하고 있다. 국학을 연구하는 학자들조차 '국학'이라는 이름에 편견을 가져 '한국학'이라는 명칭을 일반화하고 있다는 것을 보면 그동안 우리가 국학에 대해 얼마나 부정적인 견해로 일관해 왔는지를 알 수 있다.

국학은 말 그대로 각 나라의 고유한 민족문화에 대한 연구를 말하는 것이다. 우리나라의 경우, 불교나 유교처럼 외국에서 들어와 한국화한 외래문화를 제외한, 외래문화로 혼탁해지기 전의 본래적이고 순수한 우리 민족문화를 연구하는 학문을 말한다. 반면, 한국학이란 국학의 범주에 더해 한국화한 외래문화까지를 모두 포함하는 것이다. 삼국시대에 들어온 불교가 국가가 장려하고 민중이 성원한 덕에 수많은 유물과 유적을 남기며 찬란히 꽃피고, 조선시대에 유교가 가정과 국가를 지탱하는 근간이 되었다고는 하지만, 불교나 유교가 우리 국학의 범주에 포함될 수는 없는 것이다.

국학의 뿌리는 우리 민족의 선도문화에 있다

그렇다면 우리 국학의 뿌리는 어디서 찾아야 할까? 그 뿌리는 삼국시대 이전의 역사에서 찾을 수 있다. 외래문화로 혼탁해지기 전의 순수한 우리 민족문화를 찾기 위해 탐구해간 길에서 만난 것이 있으니, 그것이 바로 단군왕검의 고조선, 한웅천황의 신시배달국, 한인천제의 한국을 거슬러 마고성 시대에서부터 전해 내려온 우리 한민족 고유의 선도仙道문화였다.

이 시대야말로 우리 민족 고유의 홍익인간 이화세계의 사상과 철학이 완성과 상생의 문화로 찬란히 꽃핀 한민족 최고의 전성기였던 것이다. 그 시대에는 선도가 개인의 완성을 위한 수련법으로서뿐 아니라 가정과 사회, 국가를 유지해주는 사회적인 규범으로 기능했다.

여기에 대해서는 신라의 석학이었으며 천부경天符經을 발견하고 해독하여 우리에게 전한 고운 최치원 선생 또한 일찍이 밝힌 바가 있다. 아래에 난랑비 서문의 일부를 그대로 옮긴다.

우리나라에 현묘한 도가 있으니 이를 일러 풍류도라 한다.

國有玄妙之道 曰風流

이 가르침의 연원은 선사仙史에 상세히 실려 있거니와, 근본적으로 유·불·선 3교를 이미 자체 내에 지니어 모든 생명이 가까이 하면 저절로 감화한다.

說敎之源 備詳仙史 實乃包含 三敎 接化群生

들어와서는 부모에 효도하고 나가서는 나라에 충성하니, 이는 노사구 (공자)의 가르침과 같다.

且如 入則孝於家 出則忠於國 魯司寇之旨也

하염없는 일에 머무르고 말없이 가르침을 행하는 것은 주주사(노자)의 가르침과 같다.

處無爲之事 行不言之敎 周柱史之宗也

모든 악한 일을 짓지 않고 모든 선한 일을 받들어 실행함은 축건태자 (석가)의 가르침과 같다.

諸惡莫作 衆善奉行 竺乾太子之化也

선생은 이 비문에서 유·불·선 3교는 인류 시원의 이 가르침(풍류도)에서부터 갈라져 나가 제2의 고등종교(유, 불, 선)로 발전한 것이며, 유·불·선의 사상을 포괄하고 그 모체가 된 철학이 우리 한민족에게 예로부터 있었다는 것을 명확히 적어서 전했던 것이다. 여기서 말하는 '선사仙史'는 선가에서 대대로 전해 내려오는 역사서로 이해하기도 하고, 18대의 한웅천황을 배출한 신시배달국의 역사서로 이해하기도 한다. 이 두 가지 해석이 결국 한 가지인 것이, 우리 한민족의 상대 문화가 바로 선도문화였기 때문이다. 최치원 선생이 말한 풍류도가 바로 신선도이다.

한민족 선도문화의 핵심은 홍익인간 정신이다

선도문화라고 하면 중국 도교문화의 신선술을 떠올리며 거기서 뿌리를 찾는 이들이 많다. 그러나 선도문화의 진정한 뿌리는 우리 한민족에게 있다. 우리나라의 선도와 중국의 선도는 그 격에서부터 차이가 있는데, 전자가 신선도라면 후자는 신선술이다. 중국의 선도가 장생불사長生不死, 즉 죽지 않고 오래 사는 것이 목적이라면 우리나라의 선도는 수련을 통해 자기 실체를 깨닫고 널리 인간을 이롭게 하며 평화로운 세상을 만드는 데 있다. 국조 단군이 나라를 열며 건국이념으로 세운 뜻이 홍익인간弘益人間 이화세계理化世界였던 이유는 우리 한민족의 고유문화가 바로 선도문화였기 때문이다.

단군시대의 홍익인간 이화세계는 건국이념인 동시에 정치, 종교, 문화, 생활의 철학이었는데 그 시대의 철학은 그 시대의 문화에서 파생된다. 개인의 깨달음에 그치는 것이 아니라 전체 평화에 기여하는 삶을 살자는 성통공완性通功完의 정신이 선도문화의 핵심이다. 이것을

(위) 2006년 6월 6일 잠실 올림픽 체조경기장에서 열린 '민족혼 회복을 위한 선도문화 율려 콘서트'. 전국 각지에서 1만여 명의 인원이 참석해 선도문화 부활의 꿈을 함께 나누었다.
(아래) '선도문화 율려 콘서트'에 참가한 시민들.

천화侠化사상이라고 한다. 이 천화 사상을 담고 있지 않은 것은 신선도가 아니다.

사람의 목숨이 다한 것을 표현하는 우리말은 다섯 가지가 있다. 첫째로 세상에 태어나 득은커녕 주위 사람들에게 해악만 끼쳤을 때 우리는 '뒈졌다'라고 표현한다. 이 말도 원래는 자연에서 와서 자연으로 돌아간다는 뜻의 '되어지다'에서 나온 말이므로 속된 표현은 아니었다. 다음으로 큰 해악도 득도 없이 목숨을 다한 사람은 '죽었다', 주위 사람들이 크게 애통해할 만큼 덕을 베풀고 살았다면 '돌아가셨다', 임금이 죽었을 때는 '붕어하셨다'라고 표현했다. 마지막 한 가지 표현이 바로 '천화하셨다'이다. 영적으로 완성되어 홍익인간의 삶을 살다가 생을 다하는 사람만이 '천화하셨다'라고 표현되었다. 우리의 선도는 수도해서 어느 경지에 오르는 것이 아니라 생활을 중요시하여 이 세상에 얼마만큼 유익한 일을 했는가를 중요시했다. 저울로 깨달음의 무게를 달 수 있겠는가? 그것이 혼자만의 착각인지 아니면 환상인지 무엇으로 검증할 수 있겠는가? 오직 그 깨달음을 세상에 전해서 얼마나 인간을, 세상을 이롭게 했는가만이 깨달음을 검증하는 기준이 될 수 있다고 보았던 것이다.

이것이 방중술이나 불로장생을 목적으로 하는 중국의 신선술 따위와는 비교도 할 수 없는 우리 민족의 선도문화이다. 원류보다 훌륭한 아류가 있던가? 중국의 선도가 원류이고 우리의 선도가 아류라면, 원류에는 없는 위대한 철학을 지닌 아류, 이 아이러니를 어떻게 설명할 것인가!

이러한 신선도를 전하는 경전이 있으니 그것이 바로 천부경이다.

우리 한민족의 신선도는 마고시대부터 한인 7대, 한웅 18대, 단군 47대를 전해오다가 47대 고열가 단군을 끝으로 맥이 끊어졌다. 그러나 그 정신만은 우리 민족의 3대 경전인 〈천부경〉, 〈삼일신고〉, 〈참전계경〉에 담겨 전해져왔던 것이다.

이 시대에
왜 국학이 필요한가

여기까지 읽은 독자라면 국학이 무엇인지는 알겠는데 이 시대에 국학을 말하는 이유가 무엇인지 궁금할 것이다. 지금부터 그 이야기를 하고자 한다.

국학은 민족의 정신을 대변하며 그 민족의 앞길을 밝히는 횃불과도 같다. 지금 세계를 움직이고 있는 나라들을 살펴보면 저마다의 국학이 있다. 스스로 국가의 정체성을 확립하기 위해 국조에 대한 교육을 강화하고 동상과 기념관 등을 건립하여 국가의 구심점을 확립하고 있는 것이다. 중국의 중화삼조당中華三祖堂, 미국의 국부國父 조지 워싱턴 기념관 등이 바로 그런 예다.

가까운 일본을 보자면 신도를 들 수 있다. 2001년 고이즈미 총리가 태평양전쟁 전범들의 위패를 합사한 야스쿠니 신사를 참배하여 전 세계의 따가운 눈총을 받기도 했으나, 눈 하나 꿈쩍하지 않았다. 그들에게는 신도가 그들의 국학인 것이다. 중국 역시 중국 문화가 최고이며, 모든 것이 중국을 중심으로 세계만방에 퍼져야 한다는 '중화사상'이 그들의 국학으로 존재한다.

물론 그들 국학의 정신이 다분히 이기적이고 배타적이어서 세계적인 비난을 받기도 한다. 그러나 우리의 국학은 나라와 인종의 벽이 없는 범세계적인 철학을 담고 있다. (여기에 대해서는 이후에 더 자세히 설명하기로 한다.) 그럼에도 이들 나라를 예로 드는 이유는, 그들은 그런 정신이나마 국학이라는 이름으로 맥을 이어왔기에 지금 세계를 위협하는 강대국이 될 수 있었다는 것이다. 역사의 격동기에 국학을 잃어버린 나라는 살아남지 못한다.

지구의 운명을 좌지우지하다시피 하는 미국은 다인종 다민족으로 이루어졌지만 미국을 움직이는 배후가 유태인임은 이미 잘 알려진 사실이다. 어떤 이들은 '미국은 이스라엘의 식민지다'라고까지 표현하기도 한다. 정치, 경제, 사회, 문화 등 각 분야를 선도하는 리더들의 대다수가 유태인이라는 보고는 깊이 생각해볼 문제다. 로마가 예루살렘을 파괴한 후 세계 각지에 흩어져 나라도 없이 수천 년을 떠돌아다닌 이스라엘 민족이 1948년 팔레스타인에 다시 이스라엘을 세우고, 지금은 세계를 쥐락펴락하는 힘을 가질 수 있었던 비결은 무엇일까?

그것은 다름 아닌, 19세기 말에 일어난 시오니즘Zionism 운동이라는 그들 민족의 국학의 힘이다. 고대 예루살렘 중심부에 '시온'이라는, 유태인들을 위한 약속된 땅이 있다는, 팔레스타인에 대한 유태인들의 민족주의적인 염원이 바로 시오니즘이다. 18세기 말에 일어난 계몽운동은 유태인들을 서양의 세속적인 문화에 동화되도록 유도했으나 그들은 시오니즘으로 더 철저히 하나 되어 오늘날의 민족적인 영광을 이룩했다.

얼마 전, 한 교육학자가 어느 일간지에 올린 칼럼을 읽은 적이 있다. 미국에 교육 시찰을 갔다가 유태인 학교의 수업을 참관한 이야기였다. 칠십도 더 돼 보이는 늙은 랍비가 초등생 저학년 정도의 아이들을 앉혀놓고 이스라엘 민족 수난사와 유태인의 우수한 민족성에 대해 가르치는 모습을 참관했더란다.

그런데 그 모습이, 자기 민족에 대한 긍지와 자부심으로 똘똘 뭉친 늙은 랍비 자신의 영혼을 마치 아이들에게 그대로 불어넣는 것처럼 보이더라는 것이다. 실제로 유태인 학교에서는 머리가 맑은 오전에 민족정신을 교육하고 그 나머지 오후 시간에 수학, 과학과 같은 지식 수업을 한다고 한다. 그만큼 민족정신과 민족혼, 즉 국학의 중요성을 인식하고 교육을 통해 자손 대대로 물려주고 있는 것이다.

그 교육학자는 같은 교육자로서 자신이 지금까지 강단에서 다음 세대들에게 지식만 전해온 것이 뼈저리게 후회스럽고 부끄러웠다고 했다. 그러면서 이것이 미국을 움직임으로써 세계를 움직이고 있는 유태인의 힘이라고 글을 맺었다.

유태인들은 땅은 잃었으나 정신을 지켰기에 지금 세계를 움직이는 민족이 되어 있다. 그러나 우리는 땅은 지켰으나(일부에 지나지 않지만) 정신을 잃었기에 지금도 정치가, 경제가, 사회가, 교육이 혼란 속에 있는 것이다.

국학의 있고 없음이 민족의 운명을 좌우한다

나는 10여 년 전부터 미국에 거주하며 우리의 정신문화를 단학과 뇌호흡이라는 이름으로 해외에 알리는 일을 하고 있다. 그러다 보니 미국에서 교포 2세들을 만나 강의할 기회가 종종 있다. 우리 교포자녀들에게 한국인으로서의 긍지와 자부심을 일깨워주기 위해 우리 민족의 문화와 정신에 대해 이야기하는 자리에서 나는 충격적인 사실을 알았다. 한 학생이 손을 번쩍 들고 다음과 같이 질문했다.

"저희가 배우기로는 한국에는 고유한 전통문화가 없으며, 있다면 그 주변국인 일본과 중국의 아류다, 라고 배웠는데 어떤 점에서 한국문화와 한국인임을 자랑스러워해야 하나요?"

이 질문을 받았을 때 정말 그렇게 배웠느냐고 몇 번이고 되묻지 않을 수 없었다. 미국의 중학교 2학년생이 배우는 역사 교과서에 그렇게 쓰여 있다는 사실을 나는 그때 처음 알았다. 역사 교과서 왜곡을 말할 때 우리는 일본이나 중국은 자주 도마 위에 올리지만 미국에 대해서는 누구도 언급하지 않는다. 아니, 모르고 있다는 것이 더 정확한 표현일 것이다. 어쩌면 지구상의 많은 나라들 중에 한민족의 역사와 문화를 2세들이 배우는 교과서에 이렇게 서술하고 있는 나라가 더 있을지도 모르는 일이다.

물론 그들을 탓할 일은 아니다. 그들이 단군을 알 리도 없거니와 홍익인간 이화세계의 철학을 알 리도 없다. 미국이 한국이라는 나라를 알기 시작한 것은 일본을 통해서였고, 일본이 식민사관이라는 이름으로 재단한 한국사 속에 삼국시대 이전의 역사는 신화 또는 전설에 지나지 않았다. 또한 삼국시대 이후의 역사 속에서 우리는 중국과 일본의 문화 침투를 생활 속 깊이까지 경험했다. 미국인들이 일본이라는 프리즘을 통해 본 것은 거기까지였으니 그들은 자기네가 본 대로 기술한 셈이다. 그렇게 본다면 우리는 중국과 일본의 아류일 수밖에 없다.

우리 문화가 중국이나 일본의 아류가 아니라고 당당히 말할 수 있으려면 선도문화를 알아야 한다. 우리조차 우리 문화의 뿌리인 선도문화에 대해 배운 적이 없는데 그들이 모른다고 탓할 수는 없는 노릇 아닌가! 책임을 따지자면 우리 것에 대해 관심이 없고, 우리 것을 몰랐으며, 우리에 대해 잘못 알고 있는 것을 바로잡아주지 못한 우리에게 있다. 우리의 '동해'가 '일본해'로 둔갑하는 일들이 우리도 모르는 사이, 우리가 모르는 곳에서 실제로 일어나고 있는 것이다.

진정으로 필요한 것은 정신과 문화의 독립이다

그들의 우리 역사 왜곡 문제를 탓하기 전에 우리 스스로의 역사 인식을 돌아보는 것이 먼저가 되어야 할 것이다. 작년 10월 용산으로 이전한 국립중앙박물관의 연대표에 고조선이 누락되어 충격을 주었던 사건을 기억하는가? 국학운동시민연합이 서명운동을 하고 탄원한 끝에 박물관장이 공식사과를 하고 연대표를 수정하는 것으로 사건은 일단락되었지만 참으로 통탄을 금치 못할 일이었다. 우리나라의 역사학계를 이끌고 있는 지도층들이 일본 역사학자들에게 배웠고, 그러다보니 실증사학이라는 이름으로 포장된 일제 식민사관을 그대로 수용하고 있는 현실이 안타까울 뿐이다. 식민지 시대 일제의 교육 목표는 조선 역사의 부끄러운 점만 들추어내어 민족혼을 말살하고 황국신민이 되게 한다는 것이었다. 이 내용은 일본 총독부 조선 식민 통치사에 그대로 드러나 있다.

> "조선인들은 유구한 역사적 자부심과 문화에 대한 긍지가 높아 통치가 어렵다. 그들을 대 일본제국의 식민으로 만드는 방법은 그들의 가장 큰 자긍심인 역사를 각색하여 피해의식을 심는 것이다. 조선인을 뿌리가 없는 민족으로 교육하여 그들의 민족을 부끄럽게 하라. 문화 역시 일본의 아류임을 강조하여 교육해야 한다. 그렇게 될 때 그들은 자신의 정체성을 잃고, 스스로 대 일본제국의 시민으로 거듭나고 싶어 할 것이다. 창씨개명을 통해 먼저 조상 단군을 부정하게 하라. 그것이 식민 국민을 식민 국민답게 만드는 가장 좋은 방법이다."
>
> ─일본 총독부 〈조선 식민 통치사〉 중에서─

이것이 우리 고대사를 왜곡한 제국주의 일본의 명백한 의도였다. 그들마저도 한국인들을 '유구한 역사적 자부심과 문화에 대한 긍지가 높다'고 이미 인정하고 있는데 안타깝게도 그들의 음모로 눈이 가리어진 우리만 스스로를 평가절하하고 있는 것이다. 민족혼이 거세되어 꿈과 희망이 없는 역사를, 식민사관에서 벗어나지 못한 학자들이 광복 60주년이 지난 오늘날까지도 우리 2세들에게 그대로 교육하고 있는 현실을 어떻게 납득해야 하는가! 일제가 걸어놓은 주문에서 아직도 풀려나지 못하는 우리를 보고 저들은 얼마나 득의양양할 것인가! 35년간의 식민 지배로도 모자라 우리가 왜 아직까지도 저들의 손에 놀아나야 하는가!

일제의 간악한 의도대로 우리가 혼이 거세된 역사교육을 통해 민족적인 자긍심을 잃어버리고 있는 동안에도 해외 언론들은 한국을 눈부신 경제 발전과 민주주의를 실현한 이상적인 국가 모델로 격찬했다. 언어학자로서 세계정세에 대해서도 탁월한 견해를 피력해온 세계적인 석학 노엄 촘스키Noam Chomsky가 미국 MIT MBA 과정 수업 중 한국에 대해 언급한 내용을 옮겨본다.

"지구상에서 바람직한 발전의 모델을 이룬 나라는 바로 한국입니다. 다른 나라에 종속되지 않고, 독자적으로 경제 발전을 이루면서, 동시에 독재 정권에 항거해 평화적인 방법으로 민주주의를 이룩해 냈습니다. 세계 최고의 휴대전화와 인터넷 보급을 자랑할 정도로 첨단 기술이 온 국민에게 골고루 퍼졌고, 2002년에는 네티즌들의 힘으로 개혁적 정치인을 대통령으로 선출할 정도로 풀뿌리 민주주의가 발전했습니다."

중동잡지 〈알 아라비AL Arabi〉에 실린 기사도 살펴보자.

"한국인들은 경제 기적, 민주화 기적에 이어 남북통일이라는 세 번째 기적을 향해 뛰고 있다. 이 모든 것을 가능하게 하는 것은 한국의 숨겨진 힘과 민족성 속에서 나온다. 그들은 IMF 시절, 개인의 금을 털어 국가를 위해 줄을 섰고, 타 종교에도 관용이 있어 다양한 문화가 존재한다. 자원도 없고 전쟁까지 겪은 나라가 어떻게 이런 위치에 이르렀는지……. 아랍권의 지도자들은 한국에 가서 하나하나 배워야 한다."

우리가 일제의 손아귀에서 벗어난 지는 반 백 년이 훨씬 지났다. 그러나 우리는 아직도 일제 식민통치자들의 눈으로 우리 자신을 보면서 스스로를 비하하고 있는 것은 아닌가? 우리에게 진정으로 필요한 것은 정신과 문화의 독립이다. 지금까지 어떤 정부도 이런 문제에 대해 관심을 가진 적이 없었다. 이것이 우리 국학의 현실이다. 국학의 중요성을 모르는 나라, 그래서 국학이 정립되지 않은 나라, 국학을 2세들에게 가르치지 않는 나라의 현실인 것이다. 지금 우리가 다시 국학을 부활시키지 않는다면 우리의 정신문화는 영영 사라질 것이며, 국제무대에서 우리는 영원히 중국과 일본의 아류로 남고 말 것이다.

국학은 민족을 민족답게 하는 철학적·사상적 정수다. 민족의 얼과 생명이다. 한 민족의 과거이자 미래이며, 세계무대에 당당히 설 수 있게 하는 자부심과 긍지다. 우리의 국학이 정말로 국학다우려면 저 넓은 동북아를 누비며 널리 인간을 이롭게 하라는 치세 철학으로 찬란한 문화를 꽃피웠던 우리 선조들의 선도문화에서 그 뿌리를 찾아야 한다. 학문이라는 울타리 안에 갇힌 국학이 아니라 오늘을 살고 있는 우리에게 꿈과 희망이 되는 국학이어야 한다. 현재의 식민사관에 젖어 있는 역사는 우리 국민들에게 꿈과 희망을 심어주지 못한다. 비전이 없는 역사는 죽은 역사다.

이제 전 세계가 한국에 시선을 집중하고 있다. 지구상에 마지막 분단국으로 남은 대한민국, 그 어느 나라보다도 평화가 절실한 곳이다. 우리가 원하지는 않았지만 힘이 없었기에 결국 우리는 남북으로 갈라져야 했다. 무력통일을 하고자 한다면 철학은 필요 없다. 그러나 정말로 평화통일을 원한다면 남북이 서로 교류하고 함께 화합할 수 있는 철학이 있어야 한다. 민족의 통일을 말하는 사람은 많지만 우리에게 통일 철학이 있는가? 그 통일철학을 불교에서 찾을 것인가? 유교에서 찾을 것인가? 아니면 기독교에서 찾을 것인가?

그것은 바로 우리 민족의 전통적인 정신과 문화 속에서 찾아야 한다. 우리민족의 횃불이 될 정신은 '홍익인간 이화세계'의 정신이다. 그 빛이야말로 우리민족을 통합할 수 있는 유일한 정신적 구심이다. 그 구심을 바로 세우지 못했기에 우리는 사상과 이념이 좌우로, 계층으로, 파벌로, 집단간의 이해다툼으로 끊임없이 분열해왔다. 국학에서 선도문화의 위치가 그래서 더욱 중요한 것이다.

국학 정신이 지구인정신이다

나는 국학운동과 지구인운동을 함께 펼치고 있다. 국내에서는 국학운동을 강조하고 해외에 나가서는 지구인운동을 강조한다. 그런 내게 많은 사람들은 의문을 담아 질문한다. 민족주의를 강조하는 국학과, 민족과 국가와 인종을 초월한 지구인운동이 어떻게 양립할 수 있느냐고. 우리의 국학을 내세우는 것이 일본의 신도와 중국의 중화사상과 유태인의 시오니즘과 다를 것이 무어냐고. 그것이야말로 지구

(위) 평화를 위한 새로운 세계관과 방법론을 모색하는 행사 '휴머니티 컨퍼런스'에 참가한 여러 인사들과 함께.
(아래) 제2회 휴머니티 컨퍼런스에서 지구인정신에 대해 강연했다.

인운동을 방해하는 걸림돌이 아니냐고.

나는 이 질문을 받을 때 가장 안타깝다. 더구나 외국인도 아닌 한국 사람이 그렇게 물어올 때는 가슴을 치고 싶은 심정이다. 우리가 초등학교 때부터 들어온 우리나라의 건국이념이자 정치ㆍ교육ㆍ문화의 최고 이념인 '홍익인간' 의 뜻을 주입식으로 암기하는 데 그치지 않고 한 번이라도 깊이 생각해본 사람이라면 이런 질문은 하지 않을 것이라고 생각한다.

중화사상은 '중국' 민족이 세상의 중심이 되어야 한다는 것이고, 시오니즘은 '유태인들' 만을 위한 약속된 땅이 존재한다는 것이지만, 홍익인간의 철학 속에는 민족이나 국가의 벽이 없다. 뜻 그대로 널리 인간을 이롭게 하자는 것이지, 우리 민족만을, 우리나라만을, 우리 인종만을, 하는 울타리가 애초부터 없는 것이다. 이 철학이 우리 고유의 선도문화에 뿌리를 두었기 때문에 한민족의 국학일 뿐, 세계인이 함께할 지구인정신으로도 손색이 없는 철학이다.

나는 지금까지 이렇게 너른 품을 지닌 어떤 철학이나 사상도 보지 못했다. 어떤 나라의 국학도 그 국학에 충실하면 할수록 국제적으로 외교 분쟁이나 마찰을 초래할 뿐 인류평화와 세계평화에 기여할 수 있는 국학은 없었다. 우리 국학이 자국민의 권익만을 담보로 하는 가치였다면 나는 지난 26년 동안 국학운동을 계속해올 수 없었을 것이다. 나는 이것이야말로 '나와 민족과 인류를 살릴 수 있는 길' 이라고 생각했고, 이 길에 내 인생을 걸었다.

대개 국학이라고 하면 그 케케묵은 한국의 옛 정신과 문화로 어떻게 현실의 문제를 해결할 수 있겠느냐고 생각하기 쉽다. 그러나 그거

야말로 우리 국학의 진정한 정신을 제대로 모르고 하는 소리다. 한국의 정신 속에 바로 현재 지구가 안고 있는 여러 가지 문제, 미래에 닥쳐올 인류의 문제를 해결할 수 있는 열쇠가 있다. 그것이 바로 천지인 사상이고, 홍익인간 철학이고, 지구인정신이다.

오늘 아침 신문을 보니 강도 7에 가까운 지진이 인도네시아 자와섬을 강타해 9천 명의 사상자, 1만5천 명의 부상자가 속출했다고 한다. 2002년 뉴올리언스 대홍수, 2004년 쓰나미, 2005년 파키스탄 대지진 등 최근 매해 엄청난 사상자와 재산 피해를 내는 자연재해가 잇달아 일어나고 있다. 이런 자연재해의 원인이 환경오염에 있다고 한다.

지구는 지금 위기를 맞고 있다. 지난 91년의 걸프전은 석유 전쟁이었지만 멀지 않은 미래에 지구는 물을 쟁취하기 위한 전쟁으로 몸살을 앓을지도 모른다. 지금도 인류의 10억 이상이 물 부족으로 고생하고 있다고 한다. 전문가들의 분석에 따르면 2020년에는 현재보다 물 사용량이 40퍼센트 가량 더 늘어날 거라고 한다. 지구는 현재도 물 부족 상태인데 이대로 인구가 계속 늘어난다면 그 결과는 참담해질 것이다.

얼마 전, 남아프리카공화국에서는 전 세계의 국가원수와 총리들이 모여서 지구 환경에 대한 정상회의를 가졌다. 이 날 각 분야의 노벨상 수상자 30여 명과 지구과학자 100여 명은 세계의 국가원수들에게 '지구를 환경의 재앙으로부터 구원해 달라!'는 호소문을 발표하기도 했다. 이 사실만 보더라도 현재 지구의 상태는 자못 심각하다 하지 않을 수 없다. 그 조짐이 서서히 나타나고 있지만 어느 종교, 어느 국가도 이러한 문제를 해결하고자 나서는 곳이 없다. 지구의 암담

한 미래를 예견하기는 하지만 대안을 마련하지 못한 채 그냥 가고 있는 것이다.

그뿐인가. 인류는 기아, 전쟁, 테러, 종교와 이념의 대립, 양극화 등 참담한 미래가 예견되는 여러 가지 시한폭탄들을 안고 있다. 이러한 문제들은 경제력이나 군사력으로는 그 해결책을 찾을 수 없다. 너와 나, 더 나아가 지구와 내가 하나이며 생명을 같이하는 운명공동체임을 인식하는 인류 전체의 큰 의식 변화가 없이는 해결이 불가능하다. 그간의 인류의 역사는 힘의 역사, 정복의 역사, 지배의 역사였다. 되풀이되는 이러한 역사의 한계를 극복하지 못하면 지구의 문제, 인류 평화의 문제는 해결할 수 없다. 성공과 승리라는 가치보다 함께 성장하고 완성에 이르는 가치를 깨달을 때 인류는 운명공동체로 새롭게 태어날 수 있다.

이제 전 세계가 21세기의 새로운 가치, 평화를 위한 새로운 정신과 문화를 찾고 있다. 그렇다면 인류의 의식을 진화시킬 수 있는 새로운 철학과 문화가 어디서 탄생할 것인가? 나는 그 답을 우리 민족 고유의 선도문화에서 보았다. 국가와 국가 간의 대립, 종교와 종교 간의 대립, 그 첨예한 대립을 넘어설 수 있는 철학이 우리가 지구에 뿌리를 둔 생명공동체임을 인식하는 지구인정신이며, 그것이 바로 홍익철학이요, 천지인 사상인 것이다.

현재 인류가 겪고 있는 양극화의 문제를 해결할 수 있는 대안을 보여준 첫 번째 모델이 단군의 탄생이라고 나는 생각한다. 당시 한웅이 이끌고 있던 신시배달국은 선도문화를 치세 철학으로 가진 천손족이었으나 그 주변에는 곰, 호랑이 등 동물들을 신앙의 대상으로 하는 토테미즘 문화를 벗어나지 못한 미개한 여러 부족, 지손족들이 공존하고 있었다. 우리가 세계사를 통해 배운 대로라면 고대국가들이 세력을 확장하는 방법은 전쟁을 통해 영토를 빼앗고 그 부족들을 노예화하는 것이다. 그러나 한웅은 그렇게 하지 않았다. 정치적, 군사적으로는 충분히 강력했으나 침략하여 정복하는 대신 교화하여 상생하는 길을 택했다.

단군사화에 나오는 단군의 탄생 이야기는 그 과정을 잘 보여준다. 천손족들의 삶을 부러워한 웅족과 호족의 공주, 웅녀와 호녀가 한웅을 찾아와 천손족이 되고 싶다고 간청하자 마늘과 쑥을 주며 21일간 정성을 들이라고 한다. 동굴에서 쑥과 마늘만 먹으며 21일을 견디는 과정이 지손족에서 천손족이 되는 자기 수련 과정이었던 것이다. 그 수련을 거쳐 마침내 천손족이 된 웅녀를 한웅은 아내로 맞아 단군을 낳기에 이른다.

이것은 힘의 역사, 지배의 역사로 점철된 인류사에서는 찾아볼 수 없는 예다. 고대국가뿐 아니라 현재에도 인류는 자기 나라의 이권을 위해 정치력, 군사력으로 약소국들을 지배하면서 양극화의 문제를 낳고 있다. 한웅이 웅녀를 교화하여 아내로 맞아들임으로써 보여준 홍익인간의 정신은 패권주의와 양극화의 위기에 처한 현재의 인류를 위기에서 구할 수 있는 대안적 가치다. 이것이야말로 인류의 평화를 위해 지구인 모두가 품어야 할 지구인정신인 것이다.

우리 민족의 3대 경전 중 하나인 〈삼일신고〉에는 하늘과 땅, 사람에 대한 가르침의 구절이 있다. 그 중 하느님으로 표현되는 하늘에 대한 가르침은 다음과 같다.

"하느님은 시작도 끝도 없는 근본 자리에 계시며, 큰 사랑과 지혜와 힘으로 밝고 신령하여 언어로는 표현할 길이 없다. 말이나 생각을 통해 하느님을 찾는다고 해서 그 모습이 보이는 것이 아니다. 오직 진실한 마음으로 찾으면 너의 머리 속에 이미 내려와 계시니라."

여기서 우리 민족이 하느님, 즉 신에 대해 어떻게 규정했는지를 짐작해볼 수 있다. 한민족의 하느님은 시기·질투하고 징벌하는 인격신이 아닌, 사람 안에 있는 신성을 가리키는 것이었다. 이것을 글자로 표현할 때도 '하느님 신禮'으로 써 현재의 귀신 신神자와는 구분했다. 귀신 신자는 하느님 신과는 다른, 여러 잡신을 표현하는 글자였다(한자는 원래 중국 글이 아니라 동이족의 문자였다). 현재 우리는 '하느님'을 한자로 쓸 때 귀신 신자를 쓰는데 하느님 신자를 잊어버림으로써 사람 안에 있는 신성을 회복하자는 본성광명本性光明의 의미도 점차 잃어버린 것이다.

하느님 신자에 대한 문헌은 고서에서 종종 발견된다. 금호서관에서 발행한 옥편에서는 하느님 신자를 '神' 자의 고어로 밝히고 있으며, 1913년에 출판된 〈삼일신고〉에는 하느님을 '神' 대신 '禮'으로 적고 있다.

하느님 신자를 파자破字해 보면, '사람(人)과 태양(日)과 달(月)이 하나(一)가 될 때 보인다(示)'라는 뜻이 된다. 여기서 태양은 양陽으로 하늘(天)을 뜻하며, 달은 음陰으로 땅(地)을 뜻한다. 즉, 하늘과 땅과 사람이 하나가 될 때 내 안에 거하는 하느님을 알게 된다는 의미로, 우리 민족의 천지인 사상을 글자 속에 그대로 담고 있다. 사람 안에 내재한 하느님, 이 신성을 중심으로 만날 때 인류는 민족, 국가, 인종, 이념, 종교, 사상 따위를 초월하여 진정한 지구인으로 거듭날 수 있다. 이것이 우리 민족의 위대한 철학이다.

나는 MIT, 하버드, 스탠포드 등 세계 유수의 대학에서 강연을 했다. 그럴 때마다 빠트리지 않는 강연 주제가 바로 지구인정신을 알리는 것이다. 각 강연에서마다 많은 외국인들이 크게 공감하는 것을 보며 나는 다시 한 번 확인하곤 한다. 우리의 정신과 철학은 진정으로 세계적이고 인류적이라는 것을. 앞으로 전 인류의 1퍼센트가 지구인정신으로 거듭난다면 나는 지구의 미래는 희망이 있다고 본다. 모든 역사는 1퍼센트의 선각자들에 의해 이루어진다. 지구의 100억 인구 중에 1퍼센트인 1억 명의 사람들이 지구인정신을 가진다면 인류는 스스로를 구원하게 될 것이다. 그럴 때 우리 한민족은 현실의 수많은 장애를 극복하고 인류 앞에 정신지도국으로 우뚝 설 수 있다.

그렇게만 된다면 우리는 인류 역사상 어떤 민족도 하지 못한 일을 해낸 것이다. 현재 우리 사회가 교육 파탄, 의료 파탄, 가정 파탄, 정치 파탄 등 여러 가지의 혼란을 겪고 있지만 그 속에서도 나는 가능성을 본다. 세계를 넘나들며 우리 국학의 정신, 홍익철학과 지구인정신을 전하면서 전 세계 어느 곳에서도 환영받을 수 있는 숭고하고 거룩한 철학임을 이미 내 두 눈으로, 내 가슴으로 확인했기 때문이다. 한민족의 문제가 곧 인류의 문제이며, 그 둘이 하나임을 확인했기 때문이다.

나의 26년 국학운동

나는 지난 26년 동안 국학을 국학이 아닌 여러 가지 이름으로 알리는 일에 주력해왔다. 어떻게 하면 홍익철학을 누구나 쉽게 체험할 수 있는 기술로 만들까, 어떻게 하면 많은 사람이 신명나게 동참할 수 있는 국학운동이 될 수 있을까를 고민했고, 국학의 현대화, 생활화, 과학화, 세계화를 위해 연구하면서 많은 프로그램을 개발했다. 단학, 뇌호흡, HSP 정충호흡 들이 모두 그런 일련의 과정에서 탄생한 것들이다.

나는 이것들을 통틀어 인간 삶의 질을 높이는 기술이라는 뜻에서 휴먼 테크놀로지(HT)라고 부른다. 이 내용들을 정리해 미국에서 먼저 출간한 책 〈휴먼 테크놀로지〉는, 홍익인간 이화세계의 정신을 서구식으로 표현한 책 〈힐링 소사이어티〉에 이어 동양인으로서는 유일하게 아마존 베스트에 오르기도 했다.

나는 이 사실을 널리 자랑하고 싶다. 작가로서의 내 능력을 말하는 것이 아니다. 두 권의 책은 내가 쓴 것이나 그 책에 담긴 모든 내용은 우리 한민족의 국학에 뿌리를 두고 있다. 그 정신과 철학이 바탕이 되지 않았다면 나올 수 없는 책들이었다.

그 책들이 서구인들에게도 열렬히 환영받는 것을 보며 나는 거듭 우리 국학에 담긴 범세계적인 정신을 확인했다. 영혼의 성장을 위한 삶, 인류와 지구를 생각하는 마음, 그것이 바로 국학의 핵심이자 타오Tao, 도의 정신이다. 대한민국에 희망이 있다면 그것은 바로 우리 한민족의 정신문화와 철학, 그것을 상품화하여 세계에 알리는 것이다. 그것은 나와 민족과 인류를 살리는 길이다. 나는 이것이 우리 민족 최고의 상품이라고 자부한다.

국학의 생활화, 국학의 현대화

우리의 국학은 천지인사상, 홍익인간 정신, 지구인정신을 품은 큰 철학이다. 이것을 철학으로만, 학문으로만 알리는 것은 파급 효과도 적으며, 따라서 내가 기대하는 만큼의 반향을 불러일으키기가 힘들 것이라고 생각했다. 필요한 것은 우리 국학에 담긴 철학과 정신을 우리 국민 모두가 직접 몸으로 체험하고 생활화하여 삶 자체가 건강하고 행복하고 평화로워짐으로써 우리 국학의 가치를 재발견하고 국학운동에 동참하게 되는 것이었다. 인터넷에 비유하자면 국학의 정신은 기지국의 메인서버요, 단학이나 뇌호흡 등의 각종 수련 프로그램들은 메인서버의 정보를 각 가정까지 전달하기 위한 회선들이라고 할 수 있다. 속도도 빠르고 에러율도 낮은 성능 좋은 회선들을 개발하는 것이 급선무였다.

그렇게 가장 먼저 개발된 회선이 단학이었다. 나는 26년 전 안양 충현탑 공원에서 중풍 환자 한 사람에게 단학수련을 지도하는 것으로 국학운동을 시작했다. 건강해지겠다는 일념으로 불편한 팔·다리를 이끌고도 아침운동을 나온 환자에게 몸이 건강해지는 수련이 아니라 국학의 정신과 철학부터 들이밀었다면 어땠을까? 그는 나를 제정신이 아닌 사람으로 취급하고 말았을 것이다.

단학수련으로 점점 건강을 되찾은 그는 자기가 하고 있는 수련의 원리와 뿌리를 궁금해 했고, 이미 몸으로 체험하고 있었기에 나의 설명에 크게 공감했다. 국학을 부활시키겠다는 나의 꿈은 그 중풍환자에게서 첫 꽃을 피워 하나의 센터로, 전국 36개 센터로, 더 나아가 전국 300여 개 센터로, 미국, 캐나다, 영국, 러시아, 일본, 브라질 등 전 세계로 퍼져 나갔다. 87년 민족정신광복운동본부 발족, 88년 국학원의 전신인 한문화원 창립, 97년 민족정신광복 기념대회 개최, 99년 통일기원 국조단군상 건립 운동 추진, 04년 동북공정 대응 고구려지킴이 프로젝트, 04년 국학원 개원, 05년 광복 60주년 기념 '으라차차 코리아' 개최 등도 매년 빠짐없이 치러 온 개천절 국민축제와 더불어 국학을 부흥시킬 수 있는 사회적 분위기를 마련하기 위한 준비 작업들이었던 셈이다.

그 과정에서 가장 이슈가 되었던 것이 단군상 건립 문제였다. 85년 염보현 서울시장이 단군전 건립을 추진했을 때 기독교 진영의 결사

(위) 2005년 천안 유관순체육관에서 열린, 광복 60주년 기념 국민대축제 '으라차차 코리아'.
(아래) 2004년 개천절을 맞아 제주 컨벤션센터와 탑동광장에서 동시에 열린 '세계 한민족 평화 대축제'.

반대로 무산되는 것을 보면서 나는 상당한 충격을 받았다. 일본도 아니고 미국도 아닌 대한민국에서 이 나라의 국조전을 짓겠다고 했다는 이유로 서울시장 자리를 내놓아야 하는 사태가 벌어지는 것을 보면서 나는 어떤 광기를 느꼈다. 동시에 어느 언론 하나 그런 사태를 반박하는 기사를 내보내지 않는 것을 보면서 또한 큰 울분을 느꼈다.

그때 나는 민족 단체들의 힘이 너무 보잘것없으며 보수적인 단체라는 냉대 속에 국민들의 공감을 얻지 못하는 것을 보면서 우리의 국학을 바로 알리면서 실질적으로 사람들의 건강과 깨달음에 도움을 줄 수 있는, 힘 있는 단체가 필요하다고 생각했다. 그래서 공원에서 시작해 전국으로 단학과 뇌호흡을 알렸고, 때를 기다려 전국에 360기 단군상을 세울 것을 제안했다.

처음에 시작할 때는 1년 정도의 시간을 예상했으나 놀랍게도 6개월 안에 360기의 단군상이 세워졌다. 마치 독립운동을 방불케 하는 뜨거운 열기로 삽시간에 전국적인 붐을 일으킬 수 있었던 것은 사재까지 털어가면서 신나게 동참해준 국민들이 있었기에 가능했다. 지금 이 지면을 빌어 당시 한마음으로 뜻을 모아준 국민 여러분께 다시 한 번 깊은 감사를 드린다.

우리 역사를 공자, 석가, 예수의 눈으로 보지 말라

지난 2004년, 26년 국학운동의 꼭짓점을 찍는 국학원이 드디어 완공되었다. 국학원은 우리 민족 고유의 선도문화를 부활시키기 위하여 선도문화를 현대화한 단학과 뇌호흡을 뇌철학과 평화사상으로 승화시켜 대중화하는 대 국민교육 기관이다. 이 책의 초판에서 나는 단군기념관을 조성할 수 있도록 정부와 국민 모두가 힘과 지혜를 모아줄 것을 당부했고, 그것도 안 된다면 나와 국학운동시민연합 회원들의 힘으로라도 꼭 그 일을 이루겠다고 약속했었다. 처음의 구상은 기념관이었으나 지난 2004년 실제로 세워진 것은 교육원이다. 시간이 지날수록 더 시급하고 중요한 것은 단순한 전시관이나 기념관이 아니라 교육의병의 역할을 할 수 있는 민족교육 시설이라고 생각했기 때문이다. 물론 국학원 안에는 단군, 한웅, 한인을 기리는 전시관도 마련되어 있다.

국학원을 설립하기까지 많은 우여곡절이 있었다. 국학은 나라의 학문이며, 민족의 정신을 잃지 않은 정통성 있는 정부라면 국학원 설립은 나라에서 해야 할 일이다. 그러나 정부의 지원은커녕 어떤 경제 단체나 종교 단체의 지원도 없었다. 하지만 반드시 해야 할 일이었고, 아무도 나서지 않는다면 뜻을 세운 자가 해야 했다. 국학원을 설립한다는 것은 2천년 동안 잃어버린 민족의 중심철학을 세우는 일이기 때문이다. 2천년 동안 사라진 민족의 얼과 정신이 국학원을 통해서 부활하는 것이기 때문이다.

국학원의 공식적인 설립일은 2004년 6월 5일이지만 그 터를 보면서 꿈꾸기 시작한 것은 10년도 더 된 일이다. 민족의 정신과 웅지를 품고 기를 수 있는 전당을 마련하고자 하는 소망을 품은 후부터 나는 적당한 자리를 찾아 다녔다. 마땅히 국가가 해야 할만한 규모의 일을 한 개인이 이끄는 민간단체가 하려다 보니 어려움은 도처에 산재해

(위) 2004년 6월, 공사 시작 10년 만에 개원한 천안 흑성산 자락의 국학원 전경. 민족교육의 전당으로 자리매김하고 있다.
(아래) 국학원 내부의 고구려 전시관.

있었다. 가장 큰 어려움은 재정적인 문제였다. 민족교육의 장으로서의 국학원, 지구인정신과 인류 평화의 문제를 연구할 평화대학원대학교 등을 염두에 두면서 터를 보러 다녔으나 서울은커녕 천안 시내에도 그만한 터를 마련할 만한 여유 자금이 없었다. 당시로서 내가할 수 있었던 최선의 선택은 천안 흑성산 골짜기의 땅을 매입하는 것이었다.

십여 년 전, 그 터를 처음 방문하던 날은 눈발이 날리는 차가운 겨울이었다. 차가 드나들 길조차 닦여 있지 않은 산길을 걸어 올라가 눈앞에 맞닥뜨린 곳은 폐허가 돼버린 양계장 터였다. 나는 그 곳에 나의 꿈을 심기로 했다. 당시로선 아무 볼 품 없는 땅이었으나 유관순 열사, 임시정부 주석을 지낸 이동녕 의사, 흥사단에서 독립운동을 했던 조병옥 박사 등 많은 애국지사들의 정기가 서려 있는 터 하나만큼은 민족혼의 부활을 꿈꿀 만했다.

국학원 건립은 그렇게 첫 삽을 떴다. 터를 잡고부터 개원을 하기까지 10년이라는 시간이 걸렸고 어마어마한 자금이 투입되었다. 그 공사비를 감당하느라 나는 사재까지 털었으나 턱도 없이 모자랐고, 재정난을 해결하지 못해 공사가 한동안 중단되는 사태도 있었다. 정부나 어떤 정치, 경제, 종교 단체의 도움도 없이 단학과 뇌호흡을 국내와 해외에 보급함으로써 모아진 회비만으로 이 어마어마한 공사를 진행하다가 생긴 문제이긴 했으나, 지금 생각하면 그래서 더욱 의미가 있는 일이다. 국학원 설립은 한민족의 염원이 담긴 일이요, 국민한 사람 한 사람의 정성을 모을 때 더 의미 있는 일이기 때문이다.

그 시간 동안 나를 믿고 따라준 제자들과 홍익문화운동연합, 국학운동시민연합 회원들의 지지가 없었다면 국학원 건립은 불가능한 일이었다. 그들의 피땀 어린 신념과 의지가 없었다면 불가능했을 것이다. 우리민족의 정신을 바르게 알리고 부활시키지 않으면 우리 민족의 미래가 없다는 신념으로 나는 국학원 완공에 총력을 기울였다.

2004년 6월 5일 국학원 개원을 선포하던 날, 많은 제자들과 회원들이 눈물을 흘리는 것을 나는 보았다. 나 역시 가슴 속으로 뜨거운 눈물을 쏟았다. 26년 전, 모악산에서 깨달음을 얻고 그 깨달음이 진짜인지를 세상 속에서 검증하고자 하는 것에서 시작한 국학운동이 오늘에 이르기까지 정말로 많은 일들이 있었다. 안양 충현탑 공원에서 한 명의 중풍 환자를 지도하던 것에서 25평의 단학선원으로, 전국 순회 강연을 통해 다시 12개 센터, 36개 센터, 300여 개 센터, 2,000여 개의 직장·공원 단학동호회, 미국을 비롯한 세계 여러 나라의 300여 개 센터로 계속 발전해온 것이 지금의 단월드의 역사다. 그 과정 속에서 많은 오해와 견제도 받았지만 그런 어려움 속에서 쓰인 역사이기에 더욱 가치가 있다.

현재 국학원에서는 효충도 교육, 민족혼 교육 등 민족정신 교육을 하고 있고, 3군 사관학교의 생도들 및 여러 정부 기관의 공무원들, 각종 기업체의 사원들이 교육을 체험하고 있다. 국학을 연구하는 많은 학자들과 연대해 포럼이나 세미나를 개최하고 학술집을 발간하고 있으며, 학문적인 차원에 머무르지 않고 사회를 향해, 대중들의 가슴을 향해 나아가기 위해 끊임없이 노력하고 있다.

국학은 민족혼의 상징이다. 우리 역사를 공자의 눈으로도, 석가의 눈으로도, 예수의 눈으로도 보지 말라. 우리 역사는 단군의 눈으로,

단군의 가슴으로 이해해야 한다. 나는 국학원을 통해서 이를 알리고
자 하는 것이다.

깨달음과 희망의 붉은악마

얼마 전 치른 2006년 독일 월드컵 G조 경기에서 우리는 스위스에 패해 16강 진출에 실패했다. 그러나 토고와의 첫 경기에서 2:1로 승리했을 때, 프랑스전에서 1:1 무승부를 기록했을 때 우리는 새벽잠도 반납해가며 안방에서 거리에서 하나 되어 대한민국을 응원했다. 비록 2002년의 4강 신화에 비하면 만족스러운 성적은 아니지만 우리 선수들의 본선 세 경기를 지켜보는 동안 우리는 행복했고, 대한민국을 연호하는 것만으로도 가슴이 뜨거웠다. 붉은악마를 선두로 한 온 국민의 응원 열기는 또 한 번 한국인의 응집력을 전 세계에 보여주기에 모자람이 없었다. 이것이야말로 월드컵이 우리에게 가져다준 진정한 선물일 것이다.

2002년 월드컵 때 우리 대표 선수들과 온 국민들이 하나 되어 일구어낸 4강 신화를 생각하면 나는 아직도 가슴이 뛴다. 한국 축구 대표 선수팀의 쾌거는 감동적이었고, 관중석을 가득 메운 붉은 물결은 장관이었다. 전국의 거리마다 자발적으로 모여 한마음으로 응원한 붉은 물결은 감동 그 자체였다. 혼연일체의 함성, '대~한민국'과 '오! 필승코리아'. 서로를 얼싸안고 기뻐하며 하나 된 우리의 모습은 축구 경기보다 더 멋진 축제요, 국민적 이벤트였다.

붉은 스크럼과 사그라질 줄 모르는 함성 속에서, 거리로 쏟아져 나와 행진하는 시민들의 대열 속에서 나는 어떤 염원을 보았다. 그 곳에는 지역감정이나 세대 차이, 계층간의 분열과 대립 따위는 없었다. 오로지 '코리아 파이팅'이라는 하나된 목소리만 있었다. 코리아 파이팅은 한국 축구 대표 선수팀에 보내는 열띤 응원이자 우리 자신에 대한 힘찬 격려였다. 분열과 대립을 씻고 냉소와 이기주의를 넘어 대통합과 새로운 도약의 기회를 맞이하자는 시민들의 자발적인 결의이자 자기 선언이었다.

나는 그 함성 속에서 5천년 동안 잠자고 있던 우리 민족의 영혼을 보았다. 가장 웅대한 기상을 떨쳤으나, 지금은 한낱 도깨비의 형상에 갇혀 잊혀진 치우천황의 영혼을 보았고, 건강하고 성숙한 의식으로 하나 되어 응원하는 우리 국민의 모습에서 단군 할아버지의 지혜와 홍익정신을 보았고, 온갖 억압과 고난 속에서도 면면히 이어져 온 한민족의 영혼이 부활하는 것을 보았다. 우리 축구팀은 FIFA 랭킹 40위라는 한계와 약점을 딛고 투지와 신념으로 연습한 끝에 당당히 4강에 진출했다. 골 결정력과 개인기 부족 등의 약점과 한계를 뛰어넘어 체력과 자신감으로 뭉친 대표팀 선수들의 활약은 우리 모두에게 눈부신 희망을 보여 주었다. 그들은 지금 이 시대에 가장 필요한 것이 무엇인지 확인시켜 주었다. 우리에게 필요한 것은 현란한 개인기보다는 '할 수 있다'는 자신감이다. 우리에게는 충분한 가능성이 있고, 능력이 있다. 남은 것은 우리 안에 잠재된 능력을 믿고 힘차게 뛰는 것뿐이다.

나는 오랫동안 인간의 능력은 뇌의 정보를 바꾸는 데서 나온다고 믿었고, 이를 두뇌개발법인 뇌호흡으로 체계화하였다. 뇌호흡의 핵심은 내 안의 가능성을 믿고 무엇이든 이룰 수 있다는 자신감으로 행동하는 것이다. 이러한 자기 확신과 의지가 붉은악마가 우리에게 준 가장 큰 선물이고, 이 글에서 전하고자 하는 핵심적인 메시지다.

단군 이래 우리 민족이 이렇게 한마음 한뜻이 되어 희망에 부푼 적이 없었다. 지난 26년 동안 어떻게 하면 우리 민족이 인류 앞에 당당한 민족이 될 수 있을지를 모색하고 그 모색의 결과를 실천해온 한 사람의 한국인으로서 나는 붉은악마가 한국사회에 일으킨 변화에 큰 충격과 감동을 받았다. 붉은악마의 에너지와 열정이 더 큰 차원으로 승화하여 우리 민족의 역사를 다시 쓰게 하는 동력이 되기를 진심으로 바란다.

붉은악마가 깬 두 가지 국민적 콤플렉스

"온 국민이 붉은악마였다" 신문, 잡지, TV 할 것 없이 이구동성으로 소식을 전했다. 그때 대한민국은 붉은악마의 나라였다. 경기장뿐만 아니라 집집마다, 직장마다, 거리마다 붉은악마가 넘쳐났다. 'Be the

Reds'라는 티셔츠를 입고 있으면 남녀노소를 불문하고 무의식중에 가슴을 열고 하나임을 느꼈다.

붉은악마는 해방 이후 지금까지 우리 국민의 잠재의식 속에 깊이 뿌리내리고 있던 두 가지 콤플렉스 혹은 고정관념을 깼다. 그 하나가 레드 콤플렉스다. 레드 콤플렉스는 분단 이후 반세기 이상 우리 사회의 집단의식 속에 똬리를 틀고 있던 피해의식이다. 전쟁과 이념 대립으로 점철된 현대사에서 우리는 집단최면처럼 레드 콤플렉스에 빠져 있었고, 사상을 의심받아 사회에서 매장되거나 소외될지도 모른다는 두려움이 많은 사람의 생각을 지배하고 있었다.

하지만 이제 붉은색은 더 이상 이데올로기의 상징이 아니다. 과거 50년 동안 공산주의를 연상시켰던 빨간색이 이제 '정열과 희열'의 상징으로 받아들여지고 있다. 빨간색 티셔츠와 태극기 등으로 대변되는 열광적인 응원문화가 한국사회의 고정관념과 편견의 벽을 일시에 무너뜨렸다. 우리는 이러한 과정을 통해 짓눌렸던 사회의 고정관념을 벗어버리고 더 가볍고 더 명쾌하고 더 단순하게 새로운 세상으로 나아갈 수 있다. 시대의 흐름은 이미 시작되었고, 월드컵은 다만 그 촉매역할을 한 것에 불과하다. 이것은 2002년 월드컵이 우리에게 준 4강 진출보다 더 값진 선물이 아닐 수 없다.

붉은악마는 또한 악마주의 논쟁을 멋지게 넘어섬으로써 이분법적인 관념을 깼다. 붉은악마가 기독교적 가치관으로 바라본 부정적인 이미지가 아니라 파워와 카리스마를 지닌 매력적인 이미지로 새롭게 인식되고 있었던 것이다. 이제 붉은악마라는 이름을 들으며 종교적인 관념에서 오는 거부감이나 불길함을 느끼는 이는 없다. 오히려 2

백만의 시민이 붉은 티셔츠를 입고 거리에 모여 스스로를 당당하게 붉은악마라고 부른다. 붉은악마에게서 열정과 희망, 화합과 조화의 메시지를 발견한다. 오랜 사회적, 종교적 통념이 만들어낸 틀을 일시에 깨고 우리 스스로 새로운 의미와 상징을 만들어낸 것이다. 붉은악마는 악마 아니면 천사, 내 편 아니면 네 편이라는 이분법적 사고의 고리를 역설과 해학으로 멋지게 끊어냈다. 이원론적인 세계관이 인류 역사를 지배하기 전에 하늘과 땅과 사람이 하나라는 삼원론적 세계관 속에서 조화를 이루었던 옛 선인들의 지혜가 5천 년이나 지나서야 되살아나는 듯하다.

붉은악마와 치우천황

붉은악마의 심벌은 치우천황이다. 한국 축구에 활력을 불어넣을 응원팀의 상징을 치우천황에게서 빌려온 젊은이들의 기개와 재치에 박수를 보낸다.

치우천황은 단군시대 이전 한국의 고대국가인 배달국(밝은 나라)의 제14대 왕(자오지 한웅)이었다. 우리의 고대 역사서 〈한단고기〉 〈삼성기편〉에 따르면, 치우천황은 단군왕검보다 3~4백 년 전에 살았던 인물이다. 중국의 옛 문헌들은 '동이족의 수장', '구려의 임금' 등으로 기록하고 있다.

그는 중국보다 먼저 선진문물과 철기를 도입하여 나라를 발전시켰고 광개토대왕보다 더 넓은 영토를 개척하고 경영했으며 덕으로 나라를 다스린 인물이다. 갑옷을 입고 투구를 쓴 탓에 중국인들은 그를 구리로 된 머리에 쇠로 된 이마를 가진 사람으로 기억하였고, 뛰어난 전술과 기술력으로 전쟁에서 지지 않는 그를 두려워했다고 한다. 중국과 한국의 많은 역대 왕조가 치우천황을 국가의 수호신으로 추앙했다. 민간에서는 씨름, 장승, 도깨비 등에 그 흔적이 남아 있으며, 삿된 것을 쫓아내는 벽사의 상징으로 쓰이기도 했다.

치우의 깃발을 휘두르면 그 영험으로 반드시 전쟁에서 이긴다는 전설은 붉은악마에게 그대로 현실이 되었다. 거리 응원전에서 징과 꽹과리에 이어 치우천황의 뿔모자와 뿔피리가 등장하는 것을 보면서 혈관을 타고 흐르는 민족의 뿌리와 힘을 발견할 수 있었다. 아니, 그 민족성조차도 축제의 한 일면으로 승화시킨 젊은 세대의 기상과 재치에 나는 통쾌함을 느꼈다.

젊은 세대들은 대한민국의 상징인 대형 태극기와 붉은악마의 상징인 '치우천황' 깃발로 관중석을 뒤덮고, 우리나라가 이미 20세기 전에 서구에 알려졌다는 사실을 Corea가 새겨진 머플러를 흔들며 일깨웠다.

희망을 현실로 보여준 감독과 선수들, 한마음 한뜻으로 응원을 했던 국민들, 우리 모두의 힘이 하나로 모여 이룩한 월드컵 4강 진출. 담대한 기상으로 동북아 일대를 누볐던 영웅 치우천황의 후예, 홍익철학으로 세계경영의 웅지를 드높였던 단군의 후예, 우리가 일군 기적의 한국 축구와 붉은악마의 신화를 세계는 경이로운 눈으로 지켜보았다. 그때의 기쁨을 오래 기억하자. 그리고 그 기쁨을 새로운 에너지로 승화시키자.

또 다른 붉은악마를 꿈꾸며

나는 희망한다. 월드컵과 붉은악마를 통해 결집된 국민적인 신명과 자신감이 우리 사회 전반으로 확산되어 나가기를 바란다. 그 희망과 감동을 각자의 삶의 현장으로 가져가 또 하나의 기적을 일궈내기를 희망한다. 자유롭고 창의적이며, 자발적이고 활력 넘치는 젊은이들이 만들어낸 이 대열에 기성세대들이 기꺼이 합류하는 모습을 떠올린다. '대~한 민국'이라는 연호와 '짝짝~ 짝 짝짝' 박수 소리가 모든 삶의 현장에서 기찬 발상으로 되살아나기를 기원한다.

월드컵이 끝나면 우리 모두는 각자 자신의 삶의 현장으로 돌아간다. 그러나 붉은악마를 통해 형성된 이 대화합과 도약의 분위기만은 우리의 의지와 힘으로 끝까지 이어나가자. 모든 일에는 때가 있는 법이다. 그 흐름을 잘 타면 쉽게 이루어낼 수 있고, 때를 놓치면 기회가 올 때까지 또 한참을 기다려야 한다. 월드컵을 통해 승화한 국민의식을 정치, 경제, 교육, 문화 등 사회의 모든 분야에서 문제해결의 구체적인 힘으로 전환할 수 있는 기회를 놓치지 말아야 한다. 이러한 노력은 특정한 전문가나 특정한 집단이 할 수 있는 일이 아니다. 오직 사회에 대한 순수한 애정과 의지로 우리 모두가 하나 될 때만 이룰 수 있는 과제다.

누구나 더 인간적이고 창조적이며 풍요로운 삶을 원한다. 파워풀한 축구를 원하듯 지혜롭고 강한 나라를 원한다. 우리의 혈관 속에 흐르는 홍익정신을 실천으로 증명하는 나라를 원한다. 인류의 행복과 평화에 기여하는 당당하고 성숙한 한민족의 모습을 원한다.

그래서 나는 다시 희망한다. 붉은악마가 단지 열렬한 축구응원단이 아니라 평화와 정의를 사랑하고 화합과 조화, 상생을 실현하는 사람들의 자랑스러운 상징이 되기를 바란다. 붉은악마가 선물한 열정과 의지, 평화와 상생의 정신을 통해 우리나라가 민족의 문제를 해결하고 인류와 지구 앞에 자랑스러운 민족으로 설 수 있기를 바란다. 2002년 월드컵의 응원 열기에서 시작해 사회의 모든 분야로 퍼져나간 '평화와 상생'의 물결, 신명과 자신감, 재도약의 의지로 가득 찬 시민들, 끝없는 자기혁신을 통해 5천 년 민족사의 대 결실이라 할 만한 평화와 번영의 시기를 누리며 세계의 모범으로 우뚝 선 대한민국을 역사가 '붉은악마의 기적'이라고 기록할 수 있게 말이다.

두 번째로 나는 평화의 지구공 운동을 제안한다. 축구공뿐만 아니라 골프공, 야구공, 농구공, 배구공 등 지구촌의 오지마을 코흘리개 아이들의 소박한 공놀이에서부터 전 세계 수백억 인구를 동시에 사로잡는 월드컵까지 공으로 하는 모든 스포츠는 지구인을 열광시킨다.

공은 지구를 닮았다. 공도 둥글고 지구도 둥글다. 공이 경기장의 하늘을 날 듯 지구도 끊임없이 우주공간을 날고 있다. 모든 스포츠는 경쟁을 통한 화합을, 상극을 통한 상생을 꿈꾼다. 서로 승리를 다투지만 그 안에서 화합과 평화를 모색한다. 나는 이러한 스포츠 정신이 말로만 끝나는 것이 아니라 실질적인 의지와 실천으로 이어지기를 기대한다.

공이 있는 모든 스포츠 현장에서 인류의 생존의 터전이며 우리가 추구하는 모든 가치들의 토대인 이 초록의 지구공을 생각하자. 모든 공에 인간사랑 지구사랑의 꿈과 의지를 담자. 그 꿈을 담아 공을 더 높이 차 올리고 그 의지를 실어 공을 더 힘껏 던지자. 지구의 아이들이 초록의 지구가 그려진 공을 가지고 놀게 하자. 지구상의 모든 공놀이가 깨달음과 평화의 놀이가 되게 하자.

붉은악마가 한국 사회에 놀라운 신화를 창조했듯이 지구촌의 모든 스포츠 축제가 지구에 평화와 치유의 에너지를 불어넣는 대화합과 생명의 축제가 되게 하자. 공을 통해 하나 된 지구인의 의식이 인류와 지구의 문제를 해결할 수 있는 실질적인 힘으로 전환되도록 하자. 그리하여 공이 위기의 지구를 살려냈다는 우주의 신화를 만들어내자. 붉은악마를 통해 그 가능성을 직접 확인한 우리가 먼저 평화의 지구공 운동을 시작하자.

국학은
우리 모두의 꿈이요, 비전이다

나는 국학원 설립을 통해 추구하고자 하는 목표가 있다. 위대한 한민족의 탄생과 지구 경영이 그것이다. 이 목표는 한 사람의 힘으로는 이룰 수가 없다. 한 단체가 나서서 할 수 있는 일도 아니다. 26년 전 안양의 한 공원에서 국학운동의 첫발을 내디뎠을 때 나는 아무것도 가진 것이 없었다. 내가 가진 것이라고는 언젠가 한민족은 위대한 세계 정신 지도국이 될 것이라는 꿈뿐이었다. 남들은 너무 거창하고 허황된 것 아니냐고도 했지만 나는 그 꿈을 가슴에 품었고, 오늘날까지 그 꿈을 나누고 있다. 그 꿈을 실현하기 위해 국학원을 설립한 것이다.

단학과 뇌호흡을 통해서 인류는 잃어버린 인간성을 회복하게 될 것이다. 인류의 인간성 회복에 기여하지 못하는 철학과 교육은 의미가 없다. 이 인간성 상실의 시대에 어떻게 인간성을 회복할 것인가? 그 키는 뇌에 있다. 뇌를 어떻게 운영할 것인가에 달려 있다.

"HSP현상의 인지신경과학적 접근과
     첨단 뇌영상기술을 통한 기전 연구"

공동연구자 대표 : 이승헌(한○○과학연구원), 조장희(○○의과대학 뇌과학연구소)

(위) 가천의과학대학교 뇌과학연구소 소장이자 세계적인 뇌과학자인 조장희 박사와 HSP 현상에 대한 연구 협약을 맺으면서.
(아래) 2005년에 시작해 올해로 2회째를 맞는 '국제 브레인 HSP 올림피아드'에서 참가 어린이들이 'HSP Brain Window' 테스트를 하고 있다.

일 관계로 여행이 잦은 나로서는 비행기를 탈 때마다 놀라움을 금치 못한다. 수백 명의 승객과 엄청난 양의 수화물을 실은 비행기가 땅을 박차고 하늘로 날아오를 때는 경이로움마저 느낀다. 비행기가 발명되지 못했다면 인류의 발전은 한 단계 더뎌졌을 것이다. 그러나 인류에게 이토록 편리함을 주는 비행기도 그것을 이용하는 사람에 따라서는 엄청난 무기가 될 수 있다는 것을 우리는 9 · 11을 통해 경험했다. 9 · 11 테러 사건에서 비행기는 무수한 인명을 살상하고 재산 피해를 입히는 폭탄으로 사용되지 않았던가. 우리가 무엇을 안다는 것, 그리고 어떤 좋은 물건이나 훌륭한 재능이 있다는 것은 인류 평화와는 관계가 없다. 문제는 그것을 어떻게 쓰느냐다. 지식을 어떻게 쓰고, 돈을 어떻게 쓰고, 권력을 어떻게 쓰느냐가 문제인 것이다. 뇌를 어떻게 운영할 것인지의 방향과 그 구체적인 방법을 제시해주는 뇌 운영 프로그램의 중요성이 바로 여기에 있다.

세계적인 거부인 마이크로소프트사의 빌게이츠가 윈도우라는 컴퓨터 운영 프로그램을 가졌다면, 우리는 뇌호흡이라는 두뇌 운영 프로그램을 가지고 있다. 뇌 감각 깨우기, 뇌 유연화하기, 뇌 정화하기, 뇌 통합하기, 뇌 주인 되기라는 뇌호흡 5단계를 거치면 누구나 자기의 뇌를 조절할 수 있게 됨으로써 몸과 마음과 영혼의 건강을 스스로 책임질 수 있다. 그렇게 되면 저절로 행복해지고 평화로워져서 주위도 둘러보게 되고 '나'에서 더 나아가 내 이웃, 내 나라, 전 인류, 지구의 건강과 평화까지 생각하는 삶을 살게 된다.

21세기는 누가 뭐라 해도 뇌의 시대다. 세계 각국의 과학과 의학 분야에서는 오늘날까지도 황무지 상태로 남아 있는 뇌의 비밀을 밝혀내기 위해 전력을 기울이고 있다. 세계적인 뇌 관련 전문가들이 뇌호흡에 관심을 기울여 뇌과학이나 뇌의학 측면에서 공동 연구를 진행하고 있기도 하다.

대한민국의 10년 후를 우리 손으로 만들자

이제 우리는 떨쳐 일어나야 한다. 언제까지 우리가 이렇게 이웃나라의 눈치와 압력을 견디면서 살아야 하는가! 우리의 정신문화를 전 세계에 알리고 그것을 바탕으로 인류평화를 이끌어내는 위대한 민족으로 인류 앞에 다시 우뚝 서는 꿈을 가져야 한다. 꿈이 꿈으로 끝나서는 안 된다. 2002년 월드컵 4강 신화를 이루어내며 우리가 목이 터져라 소리쳤던 '꿈은 이루어진다'는 외침처럼 꿈은 이루어져야 한다.

이제 우리에게 기회가 왔다. 올림픽과 월드컵을 통해 세계가 우리를 주목하고 있다. 기회는 자주 오는 것이 아니다. 이 기회를 놓쳐서는 안 된다. 축구선수는 올지도 모를 단 한 번의 슈팅 찬스를 잡기 위해 경기가 끝날 때까지 죽을힘을 다해 필드를 뛰고 또 뛴다. 기회는 그럴 때 주어지는 것이다.

우리가 이루어내야 할 민족통일과 인류평화의 길은 아직도 멀고 그 길에서 우리가 해야 할 일은 많을 것이다. 그러나 분명한 것은 이 일만큼은 우리 손으로 해내야 한다는 것이다. 누가 대신해줄 일이 아니다. 나와 같은 꿈을 가진 사람들이 모이고 모이다 보면 그 응집된 힘이 결국은 거대한 민족적 역량으로 폭발하게 될 것이다. 위대한 한

민족의 탄생과 지구 경영이라는 꿈은 나 혼자 품기에는 너무나 큰 꿈이다. 이 꿈이야말로 우리 한민족 모두가 소중히 품어서 가꾸어야 할 꿈이 아니겠는가!

10년 후 대한민국의 미래는 어떻게 될까? 그것은 역사를 창조해내는 사람들의 손으로 만들어질 것이다. 그렇다면 10년 후 우리의 미래를 우리 손으로 한번 만들어 보자. 지금부터 준비한다면 10년 후 우리의 모습은 우리가 원하는 대로 만들어낼 수가 있을 것이고, 그때 우리는 비로소 위대한 한민족의 탄생을 보게 될 것이다.

꿈이 현실화되려면 구체적인 전략과 계획이 필요하다. 나는 26년 동안 앞서서 그 일을 해왔다. 한민족이 세계의 정신지도국으로 우뚝 서기 위해 땅을 갈아 터를 닦고 주춧돌을 놓는 준비 작업이었다. 그 준비작업들은 하드웨어와 소프트웨어로 나눌 수 있다. 전국 300여 개 단월드 센터와 천안의 국학원과 국제평화대학원대학교, 충북 영동의 천화원, 미국 아리조나주 세도나의 일지명상센터, 미국, 캐나다, 영국, 러시아, 일본, 브라질 등 세계 각국의 단센터들은 하드웨어가 될 것이고, 단학, 뇌호흡, HSP 정충호흡으로 대표되는 휴먼 테크놀로지와 민족혼 교육, 효충도 교육 등의 각종 국학 프로그램들은 소프트웨어가 될 것이다. 인류의 행복과 지구의 평화를 위해서라면 이 하드웨어들과 소프트웨어들을 누구든지 마음껏 활용해주기를 바란다.

시작은 나 한 사람이었으나, 그 끝은 같은 비전을 품은 여러분들의 손으로 이루어주기를 나는 간절히 바란다.

국학원國學院 창립 선언문

　지난 2002년 6월 월드컵 기간에 세계인을 놀라게 한 붉은 악마를 비롯한 우리 국민의 응원 열기와 자율적인 질서는 진정으로 민족혼의 부활을 보여주었습니다. 이 에너지가 일회적으로 그칠 것이 아니라 이 민족을 살리고 인류의 평화와 영적 성장에 공헌할 수 있어야 합니다. 그리하여 21세기 정신문명의 시대를 여는 힘찬 원동력이 되어야 하겠습니다.

　이를 위하여 우리 사회의 지도층 인사를 비롯한 국민 한사람 한사람이 자신의 좁은 울타리에서 벗어나 민족정기를 바로 세우는 일에 큰 관심을 가져야 하겠습니다. 오늘, 민족정기를 살리는 구체적인 방법은 국학國學 부흥에서 찾을 수가 있습니다.

　우리는 이 자리에서 우리나라에 진정한 국학이 있는지, 국학이 올바로 교육되고 있는지를 자문해야 합니다. 또한 국가적, 민족적 응집력을 보이고 있는 몇몇 나라들이 한결같이 국가에 대한 자긍심과 민족정신을 교육하고 있음을 눈여겨보아야 합니다. 미국에는 독립정신을 알리는 기관과 교육 프로그램이 있고 이스라엘에는 유대인의 정신을 가르치는 기관이 있습니다. 세계를 이끌어가는 나라들은 그 나름의 국가 철학과 사상을 갖고 있습니다.

이제 우리에게도 한민족의 정신과 정체성을 올바로 알리고 교육하는 기관이 필요합니다.

이러한 시대적 요청을 자각하여 우리는 국학원國學院 설립에 나섰습니다. 월드컵 기간의 국민적 열기, 즉 기氣가 민족정기로 승화하려면 민족철학, 즉 이理와 만나야 합니다. 이런 뜻에서 국학원은 '이기묘합理氣妙合'을 중시할 것이고, 국학원 설립은 민족정기를 살리는 새로운 전기가 될 것입니다. 국학원은 그동안 한민족의 정신과 문화를 연구하고 자료를 집대성해온 정신문화연구원을 비롯한 몇몇 연구기관과는 달리 한민족의 정신과 문화를 국민들에게 광범위하게 알리는 기능을 적극적으로 수행할 것입니다.

국학운동은 외래 문물과 사조가 들어오기 이전의 고유한 정신문화적 자산, 즉 천지인 사상과 홍익인간 이화세계의 정신을 오늘의 현실에 맞게 재창조하는 작업입니다. 선도仙道문화를 오늘에 되살려 한민족의 인간사랑, 지구사랑의 정신을 전 세계에 전파하는 작업이기도 합니다. 우리는 홍익철학을 재발견하고 꽃피움으로써 인류의 행복과 평화에 기여하는 당당하고 성숙한 한민족의 모습을 전 세계에 보여줄 수가 있습니다.

따라서 국학원은 천부경 속에 있는 천지인 사상과 홍익인간 이화세계의 정신을 널리 알리는 데 앞장설 것입니다. 국학원은 민족정신을 가르치는 강사를 대량으로 배출하여 우리나라 방방곡곡에, 더 나아가 해외에 살고 있는 교포 자녀들에게 민족정신

교육이 이루어지도록 할 것입니다. 홍익철학, 지구인정신, 평화철학을 바탕으로 한 국학운동은 건강, 깨달음, 인간성 회복, 평화, 지구 회복운동으로 전개될 것입니다.

우리는 국학운동을 통해 우리 국민들이 경제 발전과 정치적 민주화를 위해 쏟아온 열정과 에너지를 새로운 단계로 발전시킬 것입니다. 우리는 국학운동을 통해 우리나라와 세계를 이끌어갈 창조적이고 생산적이고 평화적인 리더들을 양성할 것입니다.

역사는 역사를 새롭게 쓰려는 사람들에 의해 창조됩니다. 우리 모두 위대한 한민족의 탄생을 위하여 역사를 새로 쓰는 국학운동에 참여합시다.

단기 4335년 7월 18일
국학원 설립자 이승헌

2

나는 왜 이 일을 하는가

이리 채이고 저리 채여

생채기 투성이인 모습으로라도

끊어지지 않고 여기까지 와준

민족의 정신이 너무나 소중하여

나는 엎드려 절하지 않을 수 없었다.

그 맥을 잇지 않으면 안 된다는 사명감으로

잠을 이룰 수 없었다.

이 일은 목숨을 걸고 지켜야 하는 하늘과의 약속이었고
나의 깨달음이 선택한 비전이었다.

이 깨달음으로
무엇을 할 것인가

'홍익'이라는 화두를 품고 살아온 지 어느덧 26년이다. 모악산에서 목숨을 건 21일 간의 수행 끝에 천지기운 천지마음을 깨달은 것이 그 긴 여정의 시작이다.

모악산에서 마지막 관문을 넘으며 하늘에 나를 완전히 맡긴 순간, 끝없는 고요와 평화 속에서 '홀로 스스로 존재하는 영원한 생명'을 느꼈다. 그때 '나는 누구인가'라고 스스로 물어 보았고 가슴 속에서 '나는 천지기운이다', '나는 천지마음이다'라는 대답이 들렸다. '나는 태어난 적도 없고 죽음도 없는, 태초부터 존재했던 생명 그 자체다. 나는 천지기운이요, 천지마음이다'라는 깨달음 속에서 나와 세상이 하나로 물결치는 것을 경험했다.

많은 사람들이 나에게 묻는다.

"그렇게 깨달음을 얻고 나니 무엇이 어떻게 달라졌습니까?"

처음에는 모든 것이 저절로 확연하게 알아지는 '앎' 가운데 있으면서 모든 고민과 번뇌가 사라질 줄 알았다. 그러나 며칠이 지나자 새로운 고민이 시작되었다. 지난 26년을 돌아보면 나는 고민한 것밖에 없다. 모든 것을 걸고 고민하다 보면 무언가를 선택하게 되었고, 그 선택을 실천하다 보면 늘 더 큰 고민과 선택이 기다리고 있었다.

삶의 의미를 몰랐을 때 나는 꽃을 보고도 "왜 꽃이 아름다운가?" 물었다. 근본적인 의문이 풀리지 않았기 때문에 그 어떤 것에서도 기쁨을 발견할 수 없었다. 그래서 '나는 누구인가'라는 의문을 풀지 않고서는 더 이상 살 수 없을 것 같은 절박함으로 모악산을 올랐던 것이다. 삶의 의미를 깨닫고 비로소 나는 이렇게 외칠 수 있었다. "피는 꽃마다 아름답구나!" 목숨을 건 고민이 내게 생명의 아름다움을 알게 해주었다.

지금도 많은 사람들이 고민을 안고 나를 찾아온다. 쉬려고, 무언가 편안함을 얻으려고 찾아온다. 그러나 나는 늘 작은 고민을 해결해주면서 더 큰 고민을 준다. 편안함을 찾으려는 사람들에게 나는 이렇게 말하곤 한다.

"쉬려고 하지 마십시오. 편안하려고 하지 마십시오. 정말로 편안한 길은 목적을 향해서 죽기살기로 가는 것입니다. 그것 이상 편안한 길은 없습니다. 마음의 평화와 대자유를 쟁취하는 길은 큰 목표를 향해서 모든 것을 걸고 가는 길밖에 없습니다. 바르게 고민하는 것이 바로 사색이요, 수행입니다. 큰 고민이 승화될 때 평화와 자유가 저절로 따라옵니다. 그러니 고민이 없기를 바라지 마십시오."

고민과 의문이 없는 삶은 죽은 삶이다.

모악산에서 깨달음을 얻은 지 며칠 후, 바위에 앉아 어두워지는 마을을 바라보고 있었다. 그때 이런 고민이 밀려들기 시작했다.

'저것이 세상이다! 저 세상에서 내가 얻을 것이 더 남아 있겠는가? 이제 어떻게 할 것인가? 이 깨달음을 어찌할 것인가, 이 깨달음으로 무엇을 할 것인가?'

그때 하늘은 나에게 인류 앞에 놓인 두 가지의 미래를 보여주었다. 하나는 완전한 암흑 속에서 모든 생명이 소멸해 버린 죽음의 지구였고, 다른 하나는 인류의 의식이 진화하여 서로의 영혼을 사랑하고 축복하는 아름다운 지구의 모습이었다. 하늘은 두 가지 미래 중에서 어떤 것을 선택할 것인지를 나에게 물어왔다. 나는 두 번째를 선택했다. 나의 깨달음이 바르다면 그 깨달음은 전달될 것이고 실현될 것이며 인류의 미래를 아름다운 쪽으로 바꾸는 데 도움이 될 것이라고 믿었기 때문이다.

전달할 수 없는 깨달음은 깨달음이 아니다

나는 확실히 깨달음의 세계를 '보았다'. 보았기 때문에 도전하고 싶었다. 내가 본 것이 진짜인가, 아니면 환상에 불과한가. 내 깨달음이 진짜인지 아닌지 확인하는 길은 그것을 세상에 전달해 보는 것이며 현실 속에서 실천해 보는 것이라고 믿었기 때문이다.

당시 내 안에서는 "세상 사람들아! 내 안에 천지天地가 있으니 와서들 가져가라!"는 사자후가 꿈틀대고 있었으나, 그것이 과연 깨달음에서 나온 것이라고 누가 확언할 수 있겠는가?

나의 깨달음이 진짜라면 현실을 바꿀 수 있을 것이요, 현실을 바꿀 수 없다면 혼자만의 착각일 뿐이다. 전달할 수 없는 깨달음은 깨달음이 아니다. 이것이 스스로 정한 깨달음의 기준이었다.

'나는 평화와 법열法悅 속에서 안주하고 있지 않겠다. 세상 속에서 이 평화가 산산조각 난다 하여도 설계도를 쥐고 세상으로 나가겠다. 직접 나무도 깎고 말뚝도 세우고 지붕도 잇고, 내가 본 이 세계의 아름다움을 현실에 구현해 보겠다.'

나는 무無의 자리에서 세상에 대한 뜨거운 사랑이 샘솟으며 창조의 열망이 솟아오르는 것을 경험했다.

처음 사람들에게 수련을 가르칠 때는 특별한 체계가 없었다. 나는 호흡법이나 내기內氣를 터득하는 법을 배운 적이 없다. 간절하게 찾으면 어떤 식으로든 답이 주어졌고, 내 몸을 깊이 바라보면 몸이 알아서 방법을 찾아냈기 때문이다.

그래서 사람들이 방법을 물어오면 "무슨 방법이 있습니까? 그냥 하면 됩니다."라고 대답했다. 그래도 자꾸 물어 보면 이렇게 말하곤 했다.

"기氣는 분명히 존재하니 하고 싶으면 하고 싫으면 그만두십시오. 이 공부를 하려면 적어도 두 가지 중에 하나는 할 수 있어야 합니다. 당신 스스로 수행을 통해 터득하든지, 아니면 나를 믿고 그냥 하라는 대로 하든지!"

나는 '천지기운이 곧 내 기운이고 천지마음이 곧 내 마음'이라는 나의 깨달음을 전하는 것만으로도 사람들이 크게 달라질 것이라고 생각했다. 그것이 내가 얻은 깨달음의 전부였기 때문이다.

그러나 그 말의 의미를 알아듣는 사람이 많지 않았다. 나는 이 깨달음을 대중적으로 보급하려면 체계적인 수련법이 필요하다고 생각하게 되었다. 그러한 고민 속에서 우리 민족의 전통심신수련법을 현대화하여 '단학'이라는 수련체계를 세운 것이다.

깨달음을 대중화할 구체적인 방법을 정리하고 나서 내가 처음 한 일은 아침 일찍 일어나 공원에 나간 것이다. 공원에서 중풍으로 거동이 불편한 단 한 사람을 상대로 체조와 호흡법을 가르친 것이 국학운동의 시작이다. 그때 그 사람에게 한 말이 지금도 기억에 생생하다.

"당신은 한 사람이지만 내게는 커다란 의미가 있습니다. 당신은 단지 한 개인이 아니라 이 민족과 인류를 대신해서 내 앞에 서 있기 때문입니다."

그 사람은 영문을 모르겠다는 표정을 지었지만, 나에게는 단학이 나와 민족과 인류를 살리는 길이라는 확신과 신념이 있었기 때문에 그 한 사람이 너무나 소중하고 감사했다.

내 꿈이 너무 거창합니까?

내가 세상에 처음 내놓은 책은 〈단학, 그 이론과 수련법〉이다. 이 책을 서둘러 내놓게 된 데는 이유가 있었다. 당시 전국적으로 소설 〈단 丹〉의 열풍이 불 때였는데 어느 날 서울대 법학과를 다닌다는 준수한 남학생이 나를 찾아와서 하는 말이 걸작이었다. 축지법을 가르쳐 달라는 것이었다. 비행기를 타면 하루 만에도 미국까지 날아가는 세상인데 왜 축지법을 배우려 하느냐고 물었더니 눈만 꿈벅꿈벅하고 대답을 못했다.

"인생은 호기심으로 사는 게 아니다. 그럴 시간이 있으면 차라리 운전이나 배워라, 이놈아!" 냅다 호통을 쳐서 보내고는 단학에 대한 잘못된 선입견을 하루 빨리 바로잡기 위해서라도 단학의 철학을 담은 교과서가 필요하다는 생각을 하게 되었다.

나는 그 책의 마지막 원고를 넘길 때 '나와 민족과 인류를 살리는 길'이라는 부제를 써넣었다. 그랬더니 출판사 사장이 난처한 표정으로 이렇게 말했다.

"너무 거창하지 않습니까? 그냥 건강에 좋다고만 쓰시지요."

그러나 나는 잘라 말했다.

"그 말을 뺀다면 출판에 동의할 수 없습니다. 나는 건강법이나 운동법을 알리기 위해 단학을 보급하는 것이 아닙니다. 정말로 단학이 나와 민족과 인류를 살리는 데 도움이 되는 길이라는 신념 때문에 이 일을 하는 겁니다."

단순히 건강법을 알리기 위해 시작했다면 이 책을 쓸 일도 없었을 것이다. 때로는 돈키호테라는 소리까지 들어가며 남들은 꾸지 않는 꿈을 꾸고, 남들은 품지 않는 의문을 품은 채 고민할 까닭도 없었을 것이다. 불필요한 오해를 살 일도 없고, 단군상 건립이다 율려律呂운동이다 하여 세간에 오르내리는 일도 없었을 것이다.

그러나 나는 그런 일들을 해야만 했다. 하지 않을 수가 없었다.

왜냐하면 그것은 나의 개인적인 소망이 아니라 목숨을 걸고 지켜야
하는 하늘과의 약속이었고 나의 깨달음이 선택한 비전이었기 때문
이다.

민족의 철학이
내게 힘을 주었다

내가 변함없이 이 길을 걸어올 수 있었던 첫 번째 힘은 앞서 말한 나의 깨달음에서 나온 것이다. 지칠 때면 나는 늘 '홀로 스스로 존재하는 영원한 생명'에게로 돌아가 무한한 창조의 힘을 얻었다. 그러나 나의 깨달음 못지않게 중요한 것이 있다. 내 힘의 또 다른 원천이 바로 우리 민족의 철학과 정신에서 비롯했다는 것이다.

깨달음을 얻었을 당시, 나는 내면에서 뿜어져 나오는 형언할 수 없는 권위와 힘에 스스로 압도되어 나의 깨달음은 세상에서 유일무이한 것이라고까지 생각했다. 그러나 깨달음을 전달할 수 있는 원리와 구체적인 방법을 정립하기 위해 우리 민족의 역사를 공부하던 가운데, 단군과 천부경天符經을 만나면서 강렬한 인식의 전환을 경험하게 되었다.

깨닫고 나서 바라본 역사는 그 이전과는 달랐다

단군을 안 것이 처음이 아니요, 한민족의 건국이념이 홍익인간임을 모르는 바도 아니었지만 그때 만난 단군은 그 이전과는 전혀 달랐다. 우리 역사를 본격적으로 공부하기 전에도 단군이 민족의 뿌리라고는 생각하고 있었지만, 우리의 첫 나라인 고조선을 세운 국조라는 의미 정도였다.

나는 '인간' 단군이 생생하게 살아나는 것을 경험하였다. '뿌리'라는 말은 비유적인 표현이 아니라, 정말로 나의 정신이 역사적으로 실존했던 인간 단군의 정신에 뿌리를 대고 있다는 사실이 온몸으로 전해졌다. 그 전에 알고 있었던 단군은 껍데기에 불과한 것이었다.

〈한단고기〉를 비롯 〈단기고사〉나 〈규원사화〉 등 상고사를 다룬 민족사서들의 공통점은 단군을 인명人名이 아니라 왕의 칭호로 본다는 점이다. 이것은 민족사서들을 후대에 지어 쓴 위서僞書라고 비판하는 실증사학자들도 대부분 인정하는 역사적 사실이다. 이들 사서에 따르면 우리 역사에서 역대의 한웅은 18명, 단군은 47명이었다. 한웅 대에는 천부경이라는 나라 경전이 있어 백성들을 교화하는 근간으로 삼고 온 백성이 함께 수행에 정진했으며 그 전통은 단군 대에까지 이어졌다. 고조선을 세운 제1대 단군 왕검부터 제47대 단군 고열가까지 우리나라에는 홍익인간 재세이화의 이념으로 나라를 이끌었던 2천 년의 역사가 있었다. 그러나 47대 단군인 고열가 때에 이르러 수행하는 전통도 점차 사라지고 백성들의 타락이 끝이 없자, 고열가 단군은 더 이상 뜻을 이을 사람이 없음을 한탄하며 제사장이자 스승의 자리였던 왕위를 버리고 산으로 들어가고 말았다. 이 민족의 건국이념을 실현시키고자 하는 뜻을 닫아버린 것이다. 이를 단군시대의 폐관이라고 한다.

나는 이러한 역사를 접하고 전율하지 않을 수 없었다.

'널리 사람을 이롭게 하리라'는 단군의 뜻이 단순한 통치이념이나 지배 이데올로기가 아니었구나. 내가 목숨을 걸고 삶의 이유를 찾았듯이 그들도 하늘이 준 생명으로 무엇을 할 것인지를 간절히 물었구나. 그리하여 얻은 답이 홍익이었구나. 그 뜻으로 나라를 세운 것이로구나.

한민족이 처음 나라를 세웠을 때 "이렇게 한번 살아 보자. 다같이 이런 나라를 한번 만들어 보자."며 품었던 민족의 첫 마음, 순수하고 힘찼던 그 마음이 바로 홍익이었구나. 우리 선조들이 공동체와 국가, 그리고 개인의 삶을 통하여 실현하고자 했던 염원과 이상, '나는 누구인가', '나는 어떻게 살고 싶은가'에 대한 우리 조상들의 대답, 그들이 가장 소중하게 생각했던 삶의 가치와 존재 이유가 바로 홍익이었구나.

그런데 삼국시대 이후 지난 2천 년 간 많은 백성이 그 역사와 뜻을 잃어버리고 살아 왔구나. 최면에 걸려서 2천 년의 역사를 내팽개친 채, 제 정신이 아니라 남의 정신으로 살아 왔구나. 좌절된 꿈의 역사라는 것이 이런 것이구나. 그래서 우리의 깊은 곳에 알 수 없는 큰 희망과 큰 좌절이 공존하는구나. 그것을 알면 우리가 겪는 자그마한 좌절은 좌절이 아니구나. 자그마한 꿈은 꿈이 아니구나. 참으로 우리는 개인의 인생만 사는 것이 아니고, 민족의 역사를 함께 살아가고 있구나.

이런 생각을 하게 되었다.

나는 단군이 민족의 뿌리인 진정한 이유는 5천 년 민족사의 첫머리에 '홍익'이라는 불을 밝힌 분이기 때문이라는 사실을 알았다. 우리 민족의 핵심적인 가치관, 우리 민족의 중심가치와 철학을 세운 분인 것이다. 그렇기 때문에 단군을 바르게 알지 못하면 우리 민족의 가치관과 정체성의 핵을 알 수 없고, 중심과 가치기준이 없으므로 자연히 민족이 가야 할 목표와 방향을 제대로 잡을 수 없다는 것을 뼈저리게 알게 되었다.

천부경을 처음 보았을 때의 감동과 놀라움도 말로 표현할 수 없다. 내가 모악산에서 경험한 모든 것이 천부경 81자 속에 고스란히 표현되어 있었기 때문이다. 내 깨달음의 실체를 글로 옮겨 보라고 해도 그 이상을 말할 수 없을 것이다.

역사학자들 가운데는 천부경의 사료적 가치를 인정하지 않는 사람이 많다. 누군가 후대에 지어 쓴 위서라고 생각하기 때문이다. 그러나 나는 그 진정성을 믿어 의심치 않는다. 학문적인 증거를 대며 논박할 수는 없지만, 내 혼이 먼저 알고 전율했기 때문이다.

천부경은 핵심부를 숫자로만 기술하여 인간적인 요소를 철저히 배제한 경전이다. 아니, 경전이라고 하면 곧바로 종교를 떠올리는 사람이 많을 것이므로 극도로 응축된 사상서라고 봄이 옳을 것이다. 너무나 정연하여 섬뜩한 느낌이 들 정도로 무정無情한 진리가 그 안에 있었다. 천부경에 비하면 다른 경전들은 너무나 문학적이고 언어적이다. 우리가 흔히 접하는 경전들이 비단옷을 차려 입고 화장을 한 여인네라면, 천부경은 살점 하나 없이 뼈와 해골을 다 드러내고 있는 것처럼 보였다. 두렵기까지 했다.

천부경은 81자로 이루어진 짧은 글 안에 우주의 생성 · 진화 · 완성의 원리, 대립과 경쟁의 이원론적인 세계관을 극복할 수 있는 조화와 상생의 철학을 담고 있다. 원래 한글의 고대문자인 녹도_{鹿圖}문자로 기록되어 고대로부터 전승되던 것인데, 신라의 대학자인 최치원 선생이 한자로 번역하여 오늘에 이르렀다고 전한다.

천부경은 '모든 것은 하나에서 시작하여 하나로 돌아가되 그 하나는 시작도 끝도 없으며, 사람 안에 하늘과 땅과 사람이 모두 들어 있다'는 가르침을 담고 있다. 이러한 천부경의 정신이 누구나 실천할 수 있는 생활철학으로 구체화된 것이 단군의 홍익인간 재세이화이다. 홍익인간이라는 건국이념은 단군이 어느 날 갑자기 혼자 만들어낸 것이 아니다. 그 전부터 전해 내려오던 민족의 사상이 집약된 정신이며, '하늘과 땅과 사람이 하나요, 모든 것은 하나에서 나와 하나로 돌아가니, 세상에 났으면 널리 인간을 이롭게 하는 삶을 살다가 하나로 돌아가는 것이 우주의 이치'라는 큰 깨달음 속에서 나온 위대한 사상인 것이다. 그런데 대부분의 국민들이 그러한 사실을 모르다 보니 '홍익'은 죽은 글자요, 우리의 삶과는 아무런 상관도 없는 무용지물처럼 생각하는 것이다.

나는 역사학자처럼 문헌과 고증자료를 찾아 연구하는 사람은 아니지만 천부경을 보고 이 민족의 뿌리가 얼마만큼 깊으며 그 안에 담긴 정신이 얼마나 심원한지 알게 되었다.

왜 우리나라에는 성인이 없는가

이렇게 단군의 홍익정신과 천부경을 접하면서 우리 민족에게는 고대로부터 하늘과 땅과 사람이 하나로 만나는 천지인 정신이 있었고, 지감 · 조식 · 금촉을 통해 몸과 마음을 닦는 수행문화가 있었으며(지감止感은 생각과 감정을 고요히 하는 마음공부이고, 조식調息은 호흡을 통해 기운을 조절하는 숨공부이며, 금촉禁觸은 욕망을 조절하여 자기 자신의 진정한 주인이 되는 생활공부이다), 나의 깨달음도 그러한 민족의 정신에 맥이 닿아 있다는 것을 알게 되었다. 내가 5년여의 시간을 쏟아 부으며 정립하고자 했던 단학의 원리와 수련체계의 핵심이 단군의 홍익정신과 천부경 안에 다 들어 있었다.

내가 깨달은 세계를 우리 선조들은 이미 보았고, 그러한 깨달음을 현실 세계에 실현하려고 노력했던 역사가 있었다는 것을 알았다. 그러한 앎은 나에게 말할 수 없는 기쁨과 감동, 무한한 자부심과 긍지, 그리고 힘을 주었다.

초등학교 때 도덕 시간에 4대 성인에 관한 이야기를 듣고 선생님께 왜 우리나라에는 성인이 없는지, 세계 4대 성인은 누가 정했는지 질문한 적이 있다. 그로부터 수십 년이 지난 후에 나는 우리나라의 건국시조인 단군이야말로 어디에 내놓아도 부끄럽지 않은 성인 중의 성인이라는 사실을 알게 되었다.

자기 자신의 존재 가치를 깨달은 사람이 할 수 있는 유일한 일은 단군의 말대로 정말로 '홍익' 하며 살다가는 것뿐이다. 나는 홍익이 사랑이나 자비 못지않은 위대한 개념이며 매우 현실적이고 실천적인 가르침이라고 생각한다. 홍익인간이야말로 깨달은 사람의 표본이다. 예수, 석가, 공자, 소크라테스 등의 성인이 모두 이 세상을 널리 이롭게 하다 간 홍익인간들이다.

　깨닫고 나서 본 우리 역사는 예전과는 달랐다. 나는 단군 이후 근 2천 년 동안 숱한 전쟁과 침략, 외세와 결탁한 지배자들의 사대주의 속에서도 끊어질 듯 이어져온 민족의 정신을 온몸으로 느끼고는 통곡하지 않을 수 없었다.

　역사의 앞줄에 선 자들이 지지하는 민족사의 동력이 되어보지 못하고 힘없고 배우지 못한 백성들의 손에 의해 어렵게 지켜져 온 것일지라도, 이리 채이고 저리 채여 생채기투성이인 모습으로라도 끊어지지 않고 여기까지 와준 그 정신이 너무나 소중하여 엎드려 절하지 않을 수 없었다. 그리고 그 맥을 잇지 않으면 안 된다는 사명감으로 잠을 이룰 수 없었다.

민족사 속에 깃들인 정신의 역사를 온몸으로 체험했기 때문에 나는 단학이라는 심신수련법을 널리 알리는 한편으로 꾸준히 민족정신 광복운동을 펼쳐 왔다. 내게는 단학 보급과 민족정신 광복운동이 둘이 아니다. 나는 단학을 널리 알리는 것이 민족정신을 회복하는 지름길이라고 믿어 왔다. 지금도 그 믿음에는 변함이 없다. 홍익정신의 의미를 알리는 가장 쉽고 빠르며 실제적인 방법은 몸을 통해, 생명현상을 통해 접근하는 것이다.

88올림픽을 눈앞에 둔 1987년, 안호상 박사 등 민족 원로들과 함께 민족정신광복국민운동본부 창립총회를 열어 고유의 천지인 정신을 뿌리내리기 위한 방안을 모색한 이래, 해마다 민족정신에 대한 심포지엄과 토론회, 지역 축제, 광복절과 개천절 행사 등을 열어 왔다. 민족정신광복만이 우리 민족의 살 길이며, 정부에서 앞장서지 않으면 뜻이 있는 민간단체라도 나서서 하지 않으면 안 되는, 절체절명의 과제라고 생각했기 때문이다. 통일기원 국조단군상 건립운동도 이와 같은 흐름 속에서 전개한 것이다.

그 과정에서 내가 국수주의자라는 오해를 받을 때마다 가까운 사람들은 이렇게 말하곤 했다.

"그런 오해를 받으면서까지 왜 힘들게 고생을 자초합니까? 그냥 건강 차원에서 단학만 보급하면 여러모로 좋지 않겠습니까?"

그러나 그렇게 하기에는 나의 역사의식과 양심이 허락하지 않았다. 내가 알게 된 민족의 철학과 정신이 나를 당당하게 만들었고, 나에게 활동할 수 있는 힘과 기반이 되어 주었기 때문이다. 그것을 외면하는 것은 개인적인 이익을 위해 세상과 타협하는 것이며 위선처럼 여겨졌다.

단군을 거론하면 거의 반사적으로 '국수주의'라는 단어가 따라 나온다. 나는 우리나라에서 그 단어만큼 쓰임새가 어긋난 단어도 없을 것이라고 생각한다. 내가 아는 국수주의는 자기 나라의 전통적 특수성만이 우수하다고 믿은 나머지 다른 나라를 억압하거나 배제하는, 매우 편협하고 극단적인 민족주의를 가리키는 말이다.

우리의 정신과 철학의 중요성을 강조한다고 해서 왜 일방적으로 '국수주의'라는 꼬리표를 갖다 붙이는 것일까? 그렇게 이야기하는 사람들의 두 눈을 똑바로 바라보며 이렇게 묻고 싶다.

"당신이 말하는 국수주의는 무엇을 뜻하는 겁니까?"

단군의 홍익철학을 제대로 이해하는 사람은 국수주의자가 되려야 될 수가 없다. 홍익철학은 키우고 발전시킬수록 세계평화에 이바지할 수 있는 평화의 철학이고 화합의 정신이다.

민족이 빠진 세계화는 의미가 없다

우리는 탈 가정, 탈 종교, 탈 국가 시대를 살아가고 있다. 나는 세계 곳곳을 돌아다니며 오랫동안 다양한 국적, 종교, 신념을 가진 사람들과 교류해 왔기 때문에 그러한 흐름과 변화를 누구 못지않게 민감하게 느끼고 있다. 또한 그러한 변화가 사회적 구속이나 억압에서 벗어나 개인의 자유를 확장하고 성장할 기회를 얻기 위한 영혼의 요구이므로 대체로 긍정하는 입장이다.

그러나 아무리 탈 국가 시대라도 민족의 정서와 문화는 사라지지 않는다. 만약 전 세계가 영어만 쓰고 미국 영화만 보고 빵과 스테이크를 주식으로 하는 것이 세계화라면 열일 제쳐놓고 세계화 반대 운동부터 해야 옳다. 다른 것은 다 제쳐두고라도 재미없어서 그런 세상을 어찌 살겠는가. 백범의 말대로 '민족마다 최선의 문화를 낳아 길러서 다른 민족과 서로 바꾸고 돕는 것'이 의미 있는 세계화다.

나는 세계인들과 함께 지구인운동을 벌이고 있지만, 그 운동의 철학적 기반은 단군의 홍익인간 정신에서 비롯한 것이다. 그래서 어디를 가든지 나의 정신적 뿌리는 단군의 홍익철학에 있다고 당당하고 자랑스럽게 이야기한다.

미국에서 출간한 〈힐링 소사이어티〉라는 책의 제목도 단군의 홍익인간을 영어로 옮기기 위해 고심하다가, 홍익인간 정신이 현대문명의 곪은 상처를 치유하는 철학적 대안이라는 생각으로, 치유한다, 살린다는 뜻의 '힐링Healing'을 써서 '힐링 소사이어티'라고 한 것이다.

외국인들에게 서양의 철학이나 문화가 아니라 한국의 철학, 우리의 전통문화와 정신을 이야기할 때 나를 진심으로 이해하고 존경하는 것을 느낀다. 나 또한 자신의 나라에 대한 자부심을 가진 사람에게서 그 나라의 문화와 정신에 대한 이야기를 들을 때 기쁘고 즐겁다. 그 가운데서 서로를 더 깊이 이해하고 존중하게 되며, 지구의 평화를 위한 우리의 연대와 실천이 더욱더 굳건해지는 것을 경험한다. 나에게는 민족과 세계가 대립하는 것이 아니다.

나는 미국에 단학을 알릴 때 인도의 요가, 중국의 태극권이나 기공의 아류가 아닌 '한국의 전통심신수련법 단학'으로 알리기 위해서 노력했다. 단학은 서양인들이 동양 문화에 대해서 갖는 단순한 호기심이나 신비에 대한 동경을 만족시켜 주는 것에 그쳐서는 안 된다고 생각했다. 경제적으로 여유 있는 계층들이 즐기는 여가나 취미생활, 에어로빅이나 헬스를 대신하는 건강법에 머물러서도 안 된다는 기준을 갖고 있었다.

단학이 미국 사회의 중심부로 들어가지 못하고 변방의 문화로 남는다면 차라리 알리지 않는 것만 못하다. 홍익철학을 전할 수 없다면 아무리 수련 프로그램이 좋고 센터가 여러 개 늘어도 그것은 단순한 생계수단에 불과하다. 어디를 가든지 홍익철학을 바탕으로 한 문화운동, 인류평화운동으로 자리 잡아야 한다는 원칙을 견지했기 때문에 지식인들의 호응을 얻을 수 있었다.

미국인 단학 지도자들이 바로 옆에 있어도 미국인 회원들은 한국인 단학 지도자들을 먼저 찾는다. 영어도 서툴고 미국 문화가 몸에 배지 않아 실수를 해도 그들은 우리를 통해 한국의 문화와 정신을 배우고 싶어 한다.

나는 나와 단학 지도자들이 미국에서 우리의 정신과 심신수련법을 알리면서 존경받으며 살아가는 것을 기쁘고 자랑스럽게 생각한다. 이 모든 것이 다 단군할아버지 덕이다.

민족의 이야기를 강조하면 곧바로 민족우월주의나 국수주의를 충동하기 위함이라며 경계하는 태도가 오히려 더 위험하다. 세계화가 무엇인가? 우리에게 세계인들과 나눌 우리의 것이 있어야 그 교류가 값지고 세계화도 의미가 있다. 우리 민족만 최고라고 자랑하기 위함도 아니요, 다른 나라를 위협하기 위함도 아니요, 내가 나를 알고자 하는 지극히 기본적이고 인간적인 소망의 표현인데, 왜 단군을 이야기하면서 눈치를 보아야 하는가? 무엇이, 어디에서부터, 어떻게 잘못되었는가? 부끄럽고 통탄스러운 현실이다.

단군할아버지가 보내온 편지

다음에 나오는 내용은 지난 1997년 4월 깊은 명상 중에 떠오른 글이다. 나는 이 글에 '단군할아버지가 보내온 편지'라는 제목을 붙였다. 가감 없이 그대로 싣는다. 부디 5천 년 역사가 이야기하는 것이라 생각하고, 아니 우리의 할아버지의 할아버지, 그 할아버지의 …… 할아버지가 들려주는 이야기라고 생각하고 진지하게 읽어 주기 바란다.

"2천 년의 모진 풍파를 견디어 온 나의 자손들아! 너희들이 인내하여 참고 살아온 기나긴 세월은 이제 끝나는 운세가 되었구나. 순박하고 마음씨 착한, 그리고 싸움을 멀리하고 정답게 살아가는 나의 자손들아! 너희가 받은 고통이 오히려 너희를 성장시키어 세계 민족 중에서 어른이 되었구나.

그렇다. 너희는 이제 어른이다. 어른이 무엇이냐? 얼이 큰 사람이다. 큰 얼을 가진 사람은 조화로운 사람이다. 스스로도 조화로워 건강하고 밝은 마음을 지녔다. 어른은 나와 민족과 인류를 키우고 걱정하는 사람이다. 우리말 중에서 제일 좋은 말이 무엇이더냐? 어른스럽다는 말이 아니냐! 너희는 이제 어른이 된 것이다.

땅에서 사는 너희에게 시간이 있듯 하늘에도 시간이 있다. 이것을 천시天時라고 한다. 천시에 따라서 기운이 돌고 그에 따라 국가마다 운이 달라지느니, 너희가 어른스럽고 의젓한 모습으로 성장하는 것도 천시 때문이다. 나는 너희에게 이 천시를 알려주고자 한다. 민족이 어렵고 험한 지경에 처했던 이유 중 하나가 천시를 몰랐던 무지 때문이었다. 이제 똑같은 실수를 범해서는 안 된다.

나의 자손들아! 너희가 크게 잘못하는 일이 있다. 이대로 두었다가는 큰일이 나겠기에 미리 너희를 꾸짖는다. 너희는 어찌 한민족임을 잊고 사는가? 너희 피는 누구의 피더냐? 너희들 속에 흐르는 피는 핏줄도 조상줄도 없는 것이더냐? 너희 피가 너희 몸 속에서 힘차게 박동하며 활기를 주고 있는데 너희가 나를 무엇이라고 하더냐?

곰의 아들 단군이라고 부르는 얼빠진 자들은 누구이더냐? 내 땅, 내 조상님들이 살았던 이 땅에서 숨쉬는 바로 나의 아들들이 그리고 딸들이, 너희의 할아버지가 존재하여 나라를 다스렸는데도 신화로 만들어 버리지 않았느냐!

너희들이 말하는 신화의 그때에 천시에 따라서 기운이 바뀌고 나의 백성들은 힘을 잃게 되었으며 적들은 국경을 공격하고 백성을 끌고 갔다. 오랫동안의 태평성대가 백성들에게 게으름과 욕심만을 키워놓았다. 내가 왕으로서 꾸짖고 다스려 왔으나 백성들은 듣지 않았고 눈앞의 이익 때문에 싸움만 벌였다.

나를 곰의 자식이라고 부르는 나의 핏줄들아! 너희 할아버지들이 그렇게 망해 갔다. 웅대한 기상으로 강대한 활을 들고 대륙을 개척하고 넓혔던 너희 할아버지였느니라. 나라 밖의 세력은 힘이 없었기에 큰 걱정거리가 아니었으나 국가에 내분이 일어나 위험한 사건들이 많게 되었다. 대륙 개척 시기에는 서로 협동하면서 아픔과 기쁨을 함께 나누었다. 더욱이 나라에는 예로부터 내려온 경전이 있어서 정신을 크게 깨우치는 공부와 수련을 했다.

광활한 대지는 끝도 보이지 않는데 기운은 거칠어 어른들의 발걸음을 더디게 했다. 낮에는 말고삐를 당겨 땅을 치며 북소리를 울렸고 황혼이 되면 모닥불이 타는 주위에 앉았다. 큰 어른의 말씀은 큰 깨우침을 열어 무리들이 하늘에 제사하며 춤을 추고 노래를 불렀다.

큰 어른을 우리는 한웅 천황이라고 불렀다. 한웅 천황이 큰 원을 그리고 하늘에 대한 강론을 펴니 그 강론을 듣고자 모이는 무리가 인산인해를 이루었다. 어른께서 말씀하시기를, 예부터 나라에 전해오는 경전이 있으니 천부경이라고 한다. 이는 하늘의 모습을 나타낸 글이요, 너희가 해야 할 바를 알려 주는 하늘의 가르침이다. 천부경에 의하여 너희에게 하늘이 열릴 것이요, 너희의 삶이 되어질 바를 알게 해줄 것이다.

이로써 무리들이 어른의 가르침을 따르니 무릇 수련치 않은 자가 없었고 온 나라에 효자와 충신이 많았다. 그러함이 오래더니 국토를 정하고 삶이 순탄하게 되었다. 그러한 시대가 이제 바야흐로 수천 년이 지나고 수련치 않는 자가 많게 되었다. 정신은 썩어 갔으며 육체는 병들어 갔다. 소중한 것을 잃으면서도 백성들은 재물을 탐하여 인정이 말라 갔다. 나라 밖의 적들은 호시탐탐 엿보는데 나라는 시끄럽고 분열되었다. 위대한 성인을 모신 나라가 성인의 가르침을 따르지 않고 어두운 길로 들어서고 말았다. 자손들은 가르침을 받지 못하여 어리석고 욕심만 키우며 거짓은 교묘해졌다.

그러한 때에 왕으로서 나는 가르침을 폐하고 천시를 잃으니 국운이 2천 년 후에나 돌아올 것을 알았다. 천운이 돌아 서쪽으로 향했으니 준비도 못한 자손들은 그 고생이 얼마나 크겠는가. 곳곳에 고비를 넘길 수 있는 공사는 보아 놓았으나 그래도 고생은 심하리라. 근근이

2천 년을 버티어 이제야 잘못을 뉘우치고 하늘이 내려주신 말씀을 지닌 한민족의 얼을 다시 세우리라.

이제야 너희는 그때에 도착하였으니 무엇을 하려 하느냐? 너희의 할아버지가 범했던 실수를 또 하려느냐? 너희 아버지가 범했던 실수를 너희도 다시 하려느냐? 뜻을 잃어버리고 물질과 재물에 눈이 멀어 정신과 얼을 팽개치려 하느냐? 저 높으신 곳에서 할아버지 기운이 이르노니, 너희는 마음을 정결히 씻고 뜻을 받들어 성실과 정성을 다하라. 너희는 기운을 타고 우주를 떠도는 한얼 속에 한울 안에 한 알이다!"

홍익인간이 지구인이다

나는 2000년 8월 유엔에서 열린 세계정신지도자회의에 50인의 대표자 중 한 사람으로 참석했다. 세계 각국에서 초청된 대표들과 함께 유엔 본회의장 건물에 들어서는 순간 기쁨과 안타까움이 교차했다. 유엔이 기억하는 한국은 괄목할 만한 경제성장이나 88올림픽 개최국이 아니라, 50년 전 자신들이 참전했던 한국전쟁의 나라, 남북이 아직까지 대치하고 있는 세계 유일의 분단국가다. 그러하기에 개막식 때 평화의 기도를 올리는 내 마음이 더욱 간절하고 남다를 수밖에 없었다.

그 기도의 마지막을 '홍익인간 이화세계'라는 말로 마무리할 때 내 가슴에는 벅찬 감회가 밀려왔다. 우리 민족의 건국이념이자 민족정신의 정수인 이 철학을 유엔 본회의장 중앙연단에서 전 세계 정신지도자들을 향해 자랑스럽게 선언할 수 있었기 때문이다. 20년 동안

2000년 8월 유엔 세계정신지도자회의 개막식 때 '평화를 위한 지구인의 기도'를 올렸다.

품고 살아온 그 여덟 마디의 힘이 너무나 크고 자랑스러워 스스로 감동하였다. 유엔에서 올린 평화의 기도는 내게 본격적으로 지구인운동을 할 수 있는 계기와 내적인 힘을 마련해 주었다.

〈힐링 소사이어티〉 영문판이 널리 알려지면서 다양한 영역에서 인류평화운동을 벌이는 인사들을 많이 만나게 되었다. 그분들의 적극적인 참여와 우정어린 후원으로, 2001년 6월 서울에서 평화를 위한 새로운 세계관과 방법론을 모색하는 행사를 가졌는데, 그것이 제1회 휴머니티 컨퍼런스이다.

앨 고어 전 미국 부통령과 모리스 스트롱 유엔 평화대학 총장, 시모어 타핑 퓰리처위원회 위원장, 〈신과 나눈 이야기〉의 저자 닐 도널드 월시, 미국정신의 국보라고 일컬어지는 문화인류학자 진 휴스턴, 마틴 루터 킹 목사와 함께 일한 국제적인 인권운동가 와이엇 티 워커 목사 등 여러 분들이 참석해 주었다.

이 행사의 주제가 앞에서도 여러 차례 언급한 지구인정신이었는데, 이쯤에서 지구인정신을 제안하게 된 배경과 의미를 짚고 넘어가야겠다.

지구인은 홍익인간의 세계 버전이다

인류의 문명이 위기 상황에 처한 것은 어제 오늘의 일이 아니다. 많은 과학자와 인류학자, 그리고 문명 비판가들이 오래 전부터 위험 신호를 보내며 인류의 각성을 촉구해 왔지만 상황은 크게 달라지지 않고 있다. 자연환경은 나날이 악화되고 인구는 쉴 새 없이 늘어 이제 60억에 이르렀다. 자원은 점점 줄어드는데 서로 더 많이 차지하기 위해 싸우는 인간의 경쟁은 그칠 줄 모른다. 이대로 가면 인류의 미래는 기껏해야 50년을 넘지 못할 것이라고 내다보는 학자들도 있다.

이제 평범한 사람들도 무언가 근본적인 변화가 일어나지 않으면 큰일 나겠다는 생각을 하기 시작했다. 그러나 다들 어디서부터 손을 대야 할지 몰라 지금껏 살아 왔던 대로 그냥 살아가고 있을 뿐이다.

우리는 아직 인류가 안고 있는 여러 문제들에 대한 완벽한 해결책을 발견하지는 못했다. 그러나 한 가지, 확실하게 말할 수 있는 것이 있다. 문제를 만든 것도 사람이고, 그 문제를 해결할 주체도 사람이라는 것, 바로 우리 자신이 문제 해결의 열쇠라는 점이다.

이대로는 안 된다는 것도 알고, 우리 모두가 주인의식을 가지고 변화해야 한다는 것도 알겠는데, 그럼 무엇을 어떻게 할 것인가? 나는 우리 사회와 지구를 치유하기 위해서는 크게 세 가지가 필요하다고 생각한다.

첫째는 모든 사람이 지구의 문제를 자기 자신의 문제로 생각할 수 있는 새로운 철학이다. '걱정스럽군', '큰일이야' 이렇게 말하고 마는 것이 아니라 '나는 무엇을 할 것인가'를 고민하게 하는 그런 철학이 필요하다.

둘째는 많은 사람들이 그러한 철학을 머리가 아닌 가슴으로 받아들일 수 있도록 안내하는 체험적 교육이 있어야 한다.

셋째는 그러한 철학을 생활 속에서 구체적으로 실천하기 위한 새로운 생활문화운동이 필요하다.

(위) 정치인이 아닌 한 사람의 지구인으로서 제1회 휴머니티 컨퍼런스에 참가한 앨 고어 전 미국 부통령과 함께
(아래) 제1회 휴머니티 컨퍼런스에 참가한 여러 인사들과 함께

첫째에서 강조한 철학이 바로 지구인정신이고, 둘째를 위해 내가 하는 일이 단학과 뇌호흡, 휴먼 테크놀로지와 HSP 정충호흡을 보급하는 것이며, 셋째를 위한 제안이 뒤에 자세히 언급할 홍익가정운동(힐링패밀리운동)이다.

우리는 지금까지 나와 너, 물질과 정신, 자연과 인간, 선과 악, …… 이런 식으로 세상을 나누어 보았다. 공통점을 찾기보다는 차이점을 내세우고, 내가 너보다 더 우월하다는 것을 끊임없이 강조해왔다.

이렇게 모든 것을 대립과 경쟁의 관계로 생각하다 보니 서로의 성장을 위해 협력하기보다는 좋은 것을 더 많이 차지하기 위해 싸우는 문화가 만연하게 되었다. 이대로 가면 안 된다는 것을 뻔히 알면서도 무한경쟁을 멈출 수 없게 되어버린 것이다.

이제 이러한 대립적 이원론을 넘어설 수 있는 새로운 세계관, 새로운 철학이 필요하다. 서로 대립하는 가치를 조화시키기 위해서는 그 가치들을 모두 포용하고 통합할 수 있는 더 큰 중심가치가 있어야 한다. 그것이 과연 무엇일까?

사람은 누구나 하늘의 기운을 호흡하고 땅에서 나는 음식을 먹으며 이 두 가지가 사람의 몸 안에서 하나가 된다. 인류는 모두 지구 어머니의 자녀이며, 지구라는 큰 밥상을 앞에 둔 한식구다. 우리는 남자이거나 여자이기 전에 지구인이며, 기독교인이나 불교인이기 전에 지구인이며, 서로 다른 생각과 문화를 가진 사람이기 전에 먼저 지구인이다. 지구에서 살아가는 모든 사람의 공통된 뿌리가 지구라는 사실을 알 때 우리는 사상과 종교와 문화의 차이를 넘어서 진정으로 하나될 수 있다.

그러나 지구에 산다고 다 지구인이 아니다. 지구를 내 몸처럼 아끼고 사랑하는 사람, 지구를 느끼고 지구의 입장에서 생각하고 지구를 판단의 중심으로 삼는 사람, 차이를 내세워 대립하기보다는 같은 지구인이라는 생각으로 서로 협력하는 사람이 진정한 지구인이다. 이것이 우리 시대에 필요한 철학, 바로 지구인정신이다.

지구인정신은 하늘과 땅과 사람이 모두 하나라는 우리 민족의 천지인 정신에 뿌리를 두고 있으며 홍익인간을 확장한 개념이다. 즉, 홍익인간의 세계 버전이다. 홍익인간이 곧 지구인이고 지구인이 곧 홍익인간이다.

제1회 휴머니티 컨퍼런스는 이러한 철학을 바탕으로 개최한 것이다. 이 행사에 참가한 모든 이들은 지구인정신에 깊이 공감하고 인간사랑 지구사랑의 실천운동을 범지구적으로 펼쳐나가자는 데 뜻을 같이했다.

새천년평화재단에서 초안을 마련하고 휴머니티 컨퍼런스에 참가한 패널들의 토론과 합의를 거쳐 만든 지구인선언과 그 선언을 만방에 고하는 자리인 지구인선언대회는 이 행사의 꽃이었다. 나는 그 대회에서 6월 15일을 지구인의 날로 제정하자는 제안을 했고, 참석자 모두가 동의해 이 날을 지구인정신을 기리는 국제적인 기념일로 발전시켜 나가기로 했다. 지구인선언대회에 1만2천 명의 시민들이 참석했으며, 현재까지 인터넷 등을 통해서 3만여 명이 지구인선언문에 서명했다. 나는 지구인선언문에 서명하는 이들이, 그 선언이 다름 아닌 우리의 천지인 정신과 홍익정신에서 발원한 것임을 잊지 말고 기억해 주기를 바란다. 천지인, 홍익인간, 그리고 그 철학이 확대된 지구인정신이 얼마나 큰 깨달음인지, 그 의미를 아는 사람의 영혼은 기절할 만큼 놀랄 것이다.

(지구인선언문은 이 책의 부록에 실려 있으며, 더 구체적인 내용은 〈힐링 소사이어티를 위한 12가지 통찰〉에 자세히 소개되어 있다. – 편집자 주)

평화의 기도

"세계적인 종교 및 정신 지도자들이 함께한 자리에서, 이 시대의
마지막 분단국인 한국인의 한 사람으로서 평화를 위한 기도를 드
리게 된 것을 무척 의미있고 기쁘게 생각합니다."

나는 이 평화의 기도를
기독교의 신에게 드리는 것도 아니요
불교의 신에게 드리는 것도 아니요
이슬람교의 신에게 드리는 것도 아니요
유대교의 신에게 드리는 것도 아닙니다
모든 인류의 신에게 드립니다

우리가 기원하는 평화는
기독교인만의 평화나
불교인만의 평화나
이슬람교인만의 평화나
유대교인만의 평화가 아니라

우리 모두를 위한
인류의 평화이기 때문입니다

나는 이 평화의 기도를
우리들 모두 안에 살아계신 하느님,
우리를 기쁨과 행복으로 충만하게 하시고
우리를 온전케 하시며
우리로 하여금 삶이 모든 인류를 위한
사랑의 표현임을 이해하게 하시는
하느님께 드립니다

어떤 종교도 다른 종교보다
더 우월하지 않으며
어떤 진리도 다른 진리보다
더 진실되지 않으며
어떤 국가도 지구보다 크지는 않기 때문입니다

우리로 하여금 우리의 작은 한계를 벗어나도록,
그리하여 우리의 뿌리가 지구임을
우리가 인도인이나 한국인이나 미국인이기 전에
지구인임을 깨닫도록 도와주소서
신은 지구를 만드셨지만

그것을 번영토록 하는 것은 우리의 일입니다
이를 위해 우리는
우리가 어떤 나라의 국민이거나
어떤 인종이거나 종교인이기 전에
지구인임을 깨달아야 하며
우리가 우리의 영적인 유산 속에서
진정으로 하나임을 알아야 합니다

이제 종교의 이름으로 가해진
모든 상처들에 대해 인류 앞에 사죄함으로써
그 상처를 치유합시다
이제 모든 이기주의와 경쟁에서 벗어날 것을
그래서 신 안에서 하나로 만날 것을
서로에게 약속합시다

나는 이 평화의 기도를
전능하신 신께 드립니다
우리가 우리 안에서 당신을 발견하게 하시고
그리하여 언젠가 당신 앞에
하나의 인류로서 자랑스럽게 설 수 있게 하소서

나는 이 평화의 기도를

모든 지구인들과 함께
지구의 영원한 평화를 위해 드립니다

홍익인간 이화세계

2000년 8월 유엔에서 열린 세계정신지도자회의 첫날, 개막식과 함께 '세계 평화를 위한 기도의 날' 이
라는 주제로 명상과 기도의 시간을 가졌다. 이 기도문은 아시아의 정신 지도자들을 대표해 올린 평화의
기도다.

세도나 마고가든의 단군상

나는 요즘 많은 시간을 세도나의 마고가든에서 보낸다. 이곳 마고가든의 가슴에 해당하는 곳에 단군상이 서 있다. 나는 내 영혼의 뿌리를 잊지 않기 위해, 그리고 인간사랑 지구사랑 운동의 철학적 기반인 홍익정신을 기리기 위해 이곳에 단군상을 세웠다. 멀리 세도나의 붉은 바위 병풍들을 뒤로 하고 사막의 선인장과 향나무 군락들 사이에 단군상이 서던 날을 나는 잊을 수가 없다.

마고가든은 미국 애리조나 주의 세도나에 있는 아름답고 특별한 땅이다. 나는 지난 1997년에 거부할 수 없는 신비한 인연과 인간사랑 지구사랑 운동을 펼칠 세계 영성운동의 새로운 중심지를 찾던 나의 오랜 바람으로 이곳에 정착하게 되었다.

마고가든은 세도나 시내에서 40분 정도 차를 달려 비포장 길을 타고 들어가는 국립공원 안에 있다. 붉은 대지 위에 향나무와 선인장,

(위) 미국 애리조나 주 세도나에 있는 마고가든 전경. 이곳은 지구인운동의 중심지가 될 것이다.
(아래) 세도나 마고가든에 세워진 단군상. 인간사랑 지구사랑 운동의 철학적 기반인 홍익정신을 기리기 위해 세웠다.

강렬한 야생의 힘을 뿜어내는 사막 식물들이 낮게 깔려 장대하게 펼쳐져 있는 평원 한가운데 들어선 명상센터다.

내가 마고가든을 특별하게 생각하는 이유는 이곳에서는 누구라도 저 멀리서 맞닿는 하늘과 땅을 보며 저절로 지구를 느낄 수 있고, 지구의 영혼을 만날 수 있기 때문이다. 내가 홍익인간을 지구인이라는 21세기의 가치관으로 새롭게 정립한 것도 이곳에서의 일이요, 지구를 중심가치로 내세우는 것만이 진정한 인류평화가 이루어지는 길이라는 결론에 다다른 것도 이곳에서의 일이다.

이곳은 원래 레스트 레븐슨이라는 미국의 정신지도자가 자신의 깨달음을 펼치기 위해 세운 곳인데, 그가 죽은 후 주인을 만나지 못하고 제자들에 의해 어렵게 운영되고 있었다. 세도나에는 벨락이라는 종 모양의 유명한 붉은 바위가 있다. 1996년 겨울 어느 날 벨락 정상에 혼자 앉아 명상하고 있을 때, 레스트 레븐슨의 영혼이 나타나 사막 한가운데 자신이 세우고 가꿔 온 보금자리를 보여 주었다. 놀라운 우연과 신비한 일이 계속되는 가운데 나는 몇 번을 망설인 끝에 온갖 어려움을 무릅쓰고 이 땅을 구입하였다. 그리고 이곳이 지구의 영혼, 지구의 어머니인 '마고'를 느낄 수 있는 곳이라는 의미에서 '마고가든'이라는 이름을 붙였다.

마고가든의 단군상은 1999년 한국에 세워진 통일기원 국조단군상 369기 중에서 268번째에 해당한다. 4월에 부산항에서 배에 오른 후 보름 동안 태평양을 건너고 다시 수백 마일의 사막을 달려 온 단군상은 마고가든의 평원이 내려다보이는 야트막한 언덕 위에 서 있다.

그해 5월 나는 이곳에서 세계적인 베스트셀러 〈신과 나눈 이야기〉

의 저자인 닐 도널드 월시와 '창조주와의 만남'이라는 포럼을 개최했다. '창조주'라는 말만 들어도 종교를 떠올리는 사람이 있을지 모른다는 노파심에서 미리 얘기해 두자면, 여기서 말하는 창조주는 우리 내면에 있는 신성, 창조의 주체인 우리 자신을 가리키는 말이다.

닐 도널드 월시와 처음 만난 자리에서 나눈 이야기가 바로 단군과 천부경에 관한 것이었다. 그는 천부경에 담긴 뜻을 설명하는 나의 이야기에 깊이 감동했다. 자신이 〈신과 나눈 이야기〉 3부작을 통해서 전달하려고 했던 모든 것이 천부경에 다 들어 있다며 놀라워했다.

닐은 마고가든을 산책하며 나눈 이야기와 포럼에서 발표한 나의 강연에 깊이 공감하며 미국에서 책을 출판할 수 있도록 도와주겠다고 선뜻 제의했다. 그의 우정어린 후원으로 〈힐링 소사이어티〉 영문판이 출간되었고, 나는 닐을 비롯한 여러 평화운동가들과 함께 새천년평화재단이라는 비영리법인을 설립했다.

나는 이곳 마고가든에서 지구인운동을 구상했지만, 그 뿌리에는 단군과 그의 홍익인간 정신이 있다. 그래서 이곳에 단군상을 세운 것이다. 나는 마고가든을 찾아온 사람들과 산책하는 것을 즐기는데, 늘 첫 번째로 가는 곳이 단군상이다. 궁금해 하는 외국인들에게 나는 단군을 이렇게 소개한다.

"이 분이 나의 스승입니다."

내가 생각하는 '지구평화시스템'

세도나는 세계에서 기氣가 가장 강력하게 밀집되어 있는 곳으로 유명하다. 인디언의 성지이며 사람들을 평화와 화합의 정신으로 이끌 새 시대의 땅이라는 예언이 전해 내려오는 곳이기도 하다. 그러나 이곳을 찾는 많은 관광객들은 평화와 화합의 정신을 찾기 위해서가 아니라 휴식과 붉은 기암괴석에 대한 호기심 때문에 온다. 나는 지구인정신에 공감하는 여러 사람들과 함께 십 년 안에 세도나를 단순한 관광지가 아닌 인간사랑 지구사랑 운동의 중심지로, 세계 영성운동의 중심지로 만들겠다는 계획을 세우고 기반을 닦아 나가고 있다.

앞으로 세도나는 지구인운동의 중심지가 될 것이다. 세도나를 중심으로 이 운동이 전 세계로 퍼져 나갈 것이다. 특정한 나라, 특정한 민족의 힘만으로는 인류 문제를 해결할 수 없다. 깨달음을 자각한 전 세계적인 정신공동체가 탄생해야만 지구에 진정한 평화가 정착될 수 있다. 우리 민족의 정신과 뿌리를 찾자는 말은 단지 주체적인 나라, 주체적인 국민이 되자는 것이 아니다. 우리 민족의 철학과 정신이 지구에 평화와 깨달음의 문화를 정착시키는 데 도움이 되기 때문에 그 정신을 찾고 실현하자는 것이다.

인류학자들은 현재의 지구문명을 위기의 문명으로 진단하고 있다. 우리는 위기의 문명을 희망의 문명으로 전환하지 않으면 안 된다. 방법은 오직 하나밖에 없다. 현재의 물질문명 대신 정신문명을 여는 것이다. 정신문명은 물질과 대립하거나 물질을 부정하고 적대시하는 개념이 아니다. 물질보다 정신의 가치를 더 중요시하는 문명,

(위) 지구인정신을 체험하기 위해 세도나를 방문한 외국인들과 함께
(아래) 닐 도널드 월시는 천지인 정신과 홍익인간 정신에 깊이 공감하여 미국에서 〈힐링 소사이어티〉가 출간되도록 도와주었다.

정신이 물질의 주인이 되는 문명을 말한다. 정신문명에서는 물질 그 자체가 목적이 아니라, 정신을 성장시키기 위해 활용하는 하나의 도구로 자리매김 된다.

정신문명시대를 이끌어갈 수 있는 중심가치는 물질에 중심을 둔 외형적인 가치가 아니라 정신적인 성장에 중심을 둔 내면적인 가치, 영적인 가치다. 정신문명은 경쟁과 지배와 소유를 통한 외적인 성장이 아니라, 존중과 사랑과 평화를 통한 내적인 성장을 지향한다. 그러므로 정신문명에서의 성장은 외형적이고 물질적인 '성공'이 아니라, 내면적이고 정신적인 '완성'이다. 지구인운동은 희망의 문명, 완성의 문명을 지향한다.

나는 세도나에서 지구의 '평화시스템'에 대해 고민하고 있다. 지구에 평화가 깃들게 하기 위해서는 구체적인 계획이 필요하다. 집을 짓겠다는 의지만 갖고는 집을 지을 수 없다. 집을 지으려면 우선 땅이 있어야 하고, 설계를 해야 하며, 여러 건축 자재와 기술자들이 필요하다. 그 모든 것이 준비되었을 때 원하는 집을 지을 수 있다. 이렇게 집을 짓듯이 지구에 평화가 깃들게 하는 작업을 나는 '평화시스템'이라고 부른다.

우리에게는 단계적인 평화시스템이 필요하다. 평화시스템의 시작은 하나의 비전에서 출발한다. 먼저 평화로운 지구촌, 정신문명시대를 열고자 하는 비전을 가져야 한다. 정확한 목표와 간절한 염원도 없이 뜻이 이루어질 리 만무하다.

평화시스템의 둘째 요소는 이 비전을 이루겠다는 열정을 가진 사람들을 만들어내는 지구인 양성 프로그램이다. '인간사랑 지구사

지구인선언대회 참가자들이 밝힌 1만 2천 개의 촛불. 우리 시대의 진정한 홍익정신은 곧 지구인정신이다.

랑'이 단지 지식 차원에서만 끝나는 것이 아니라 행동으로 연결되려면 지구의 에너지와 지구의 마음을 실제로 느낌으로써 지구인으로 탄생할 수 있는 체험적인 수련법이 있어야 한다. 여러 가지 프로그램들이 활용될 수 있겠지만 그 필요성을 절감한 나는 현재 단학과 뇌호흡을 바탕으로 한 지구인 프로그램을 개발하여 전 세계에 보급하고 있다.

평화시스템의 셋째 요소는 지구인 프로그램을 통해 비전을 이루고자 하는 책임감과 사명감을 자각한 사람들, 즉 지구인들이다. 스스로 지구인이라는 정체성을 자각하고 이를 현실에서 실천하는 사람들이 각지에서 탄생하여 그들이 사회를 힐링하고 지구를 힐링해야 한다.

평화시스템의 넷째 요소는 이러한 지구인들이 연대할 수 있고 그들의 활동을 하나로 묶어 줄 수 있는 전 지구적 연합체다. 나는 그것을 '지구인연합(SUN)'이라고 부르고자 한다. 인류문명의 위기를 극복하고 지구에 평화를 정착시키는 일은 어느 한 민족이나 국가, 하나의 국제기구가 할 수 있는 일이 아니다. 그것은 지구 곳곳에서, 민족과 사상과 문화의 차이를 극복한 모든 지구인들의 영적인 연대가 이루어질 때 비로소 가능한 일이다.

제1회 휴머니티 컨퍼런스에 참석한 1만2천 명의 지구인선언으로 출발한 지구인운동은 사회 힐링과 지구 힐링을 통해 스스로가 선택한 깨달음을 실천하는 전 세계 지구인들의 영적인 연대(Spiritual Union of New Humans)로, 국가의 정치적 이해를 넘어서 인간사랑 지구사랑을 실천하는 비정부 민간운동기구들의 영적인 연대(Spiritual Union of

NGOs)로, 그리고 궁극적으로는 여러 민족들이 같은 지구인이라는 입장에서 서로를 이해하고 인정함으로써 만들어지는 민족간, 국가 간의 영적인 연대(Spiritual Union of Nations)로 성장해 나갈 것이다.

이것이 내가 세도나에서 그리고 있는 큰 그림이다. 이 그림이 현실화되려면 60억 지구 인구 중에 적어도 1억이 지구인정신을 깨닫고, 그들이 인류의 의식을 이끌어가야만 가능하다. 이러한 인류의 꿈을 이루는 데 하나의 사다리 역할을 하겠다는 것이 나의 의지이고 바람이다.

나는 이 일에 다른 어느 나라 사람들보다도, 홍익철학을 정신적 뿌리로 가진 우리 한국인들이 앞장서 주기를 바란다. 나는 이 일이야말로 홍익인간 재세이화의 정신을 오늘에 부활시키는 것이라고 믿는다.

지구인

내가 지구에 왔노라
지구를 사랑하여 지구에 왔노라
건강하고 아름다운 지구가 병들어 고통받으므로
내가 지구를 위하여 왔노라
나와 함께 많은 사람들이 지구를 사랑하여 왔노라

지구를 위한 새로운 문화와 정신이 필요함을
우리는 느낀다
이제 지구를 사랑하여 이 지구에 온 사람들이
서로가 가슴을 맞대고 함께 대화할 때가 되었다

문화올림픽을 통하여
지구를 사랑하는 사람들이 모이게 되리라
문화올림픽을 통하여
인류의 의식이 진화되리라
지구를 사랑하고 인간을 사랑하고
모든 민족과 종교와 생명을 존중하는 시대가 도래하리라

아름다운 지구의 새로운 탄생을 그리며

스피리추얼 유엔은 이 지구에 세워질 것이다

인류의 영적인 성장을 위하여 지구가 병들었나니

지구를 사랑함으로써

인류의 의식 성장이 이루어지리라

영적인 성장이 이루어진 사람,

그 사람이 지구인이다

이곳 지구에서 도달할 수 있는 최고의 깨달음은 지구인의 의식을 갖는 것임을 알릴 방법을 생각하던 중,
세도나의 슬라이드 파크를 지나가다가 문득 영감이 떠올라 차를 멈추고 제자에게 받아 적게 한 시다.

우리에게 단군은 누구인가

3

단군할아버지는 7천만 동포의 가슴속에
오랜 정서로서 살아계신다.
종교적인 이유로 단군을 부정하는 것은
신앙의 자유가 아니라 정신의 식민상태다.
단군은 우리 한민족의 피와 혼의 상징이다.

외래의 정신과 문화, 사상은 흘러가는 것이고
유행이나 시대에 따라 갈아입는 옷이지만
단군은 한민족의 실체이자 몸이다.

나는 왜 단군상을 세웠는가

1985년의 일이다. 당시 염보현 전 서울시장이 사직공원 안에 있는 낡은 단군성전을 사직단과 함께 확장·개축하기로 하고 그에 따른 건축위원회를 구성하겠다고 발표한 적이 있다. 나는 그 발표를 접하고 88서울올림픽대회를 준비하며 한국의 자랑스러운 전통문화를 세계인들에게 알리고, 더 나아가 민족의 구심점 부재로 인한 사회분열적인 현상을 극복할 수 있는 훌륭한 결정이라고 생각했다.

그런데 그 발표 이후 전국의 수많은 교회에서 '단군성전 건립 결사반대운동'이 벌어졌다. 서울시민이 낸 세금으로 특정 종교가 섬기는 인물의 성전을 건립하는 것은 부당하며 우상숭배를 조장할 우려가 있다는 것이 그 이유였다. 철야기도회와 연합예배, 반대 서명운동, 거리시위 등이 연일 계속되었다. 그 결과, 당시 여론조사에서 67퍼센트의 국민이 단군성전 건립을 찬성했음에도 서울시는 결국 계획

자체를 전면 백지화하고 말았다.

나는 큰 충격을 받았다. 그러한 상황에 놀라움을 금할 수 없었다. '정말로 이 나라의 정체성과 민족의 구심점이 사라져 버렸구나. 민족의 뿌리인 단군을 기리자는데 이렇게 많은 국민들이 우상숭배라며 결사반대하는 현실을 어떻게 받아들여야 한단 말인가? 이것이 어찌 신앙의 자유를 지키기 위한 행위란 말인가? 이것은 신앙이 아니라 정신의 식민 상태다!

8.15광복 이후 40년이 지났건만 우리 민족의 힘에 의한 광복이 아니었기 때문에 결국은 또 다른 식민지의 국민이 되고 말았구나. 해방 전에는 일본의 식민지였고 해방 후에는 서양정신에 의한 식민지 시대를 살고 있구나.'라고 생각하게 되었다.

나는 며칠 동안 잠을 이룰 수가 없었다. 이대로는 안 된다, 민족의 뿌리와 정신에 대한 국민의 생각이 달라지지 않는 한 우리 민족의 미래는 없다는 걱정으로 잠이 오지 않았다. 또한 국민 개개인이 민족적인 정체성을 확립하고 올바른 역사의식을 갖는 것은 학교 교육만으로는 어림도 없겠다는 생각이 뼈저리게 들었다. 교과서에도 엄연히 단군은 국조이고 홍익인간 이념으로 나라를 세웠다고 쓰여 있지만, 홍익인간 정신을 제대로 가르치는 곳도 없고 올바르게 아는 국민도 많지 않았기 때문이다. 대다수의 국민에게 단군은 나하고는 아무 상관도 없는 교과서 속의 인물, 심지어 실존하지 않았던 신화 속 인물일 뿐이었기 때문이다.

나는 국가의 정책 결정자들이나 제도교육에만 의존해서는 안 되고 국민들 스스로가 민족의 정신을 알리고 배우는 일종의 교육의병운동이 필요하다고 결론지었다. 그러한 고민 끝에 민족정신 광복운동을 중심으로 하는 홍익문화운동을 주창했고 뜻을 같이하는 인사들과 함께 홍익문화운동연합을 설립했다.

자기 긍지와 존엄을 상실한 나라

통일기원 국조단군상 건립운동이 불붙었던 1999년 초는 IMF로 나라 전체에 정신적인 상실감이 팽배했고 북한의 기아 상황도 심각해서, 통일이라는 민족적 과제를 앞두고 이 민족 전체가 좌초하는 것은 아닌가 하는 위기감마저 감돌 때였다.

나는 지역과 사상과 체제와 종교를 초월하여 하나의 민족이라는 공동체 의식과 서로를 도와 주고자 하는 큰 사랑의 정신이 살아나야 한다는 절박함을 갖게 되었다. 기본이 안 되어 있는 총체적인 부실국가, 원칙을 우습게 아는 부실국민이라는 자괴감과 절망감, 피해의식을 딛고 스스로에 대한 긍지와 존엄을 회복해 다시 일어설 수 있게 하는 무언가가 필요하다고 생각했다.

무엇으로 이 민족의 가슴에 긍지와 자부심을 심어 줄 수 있을 것인가? 나는 단군과 그의 홍익인간 정신이 현재의 민족문제와 사회문제를 치유할 정신적 구심이 될 수 있다는 확신이 있었다. 이러한 생각에서 통일기원 국조단군상 건립운동을 발의했고, 홍익문화운동연합의 회원들과 함께 전국의 공원과 학교에 369기의 단군상을 기증한 것이다.

그 과정에서 오해와 비난도 받았다. 많은 국민들이 단군이 국조인 것을 가슴으로는 느끼지만, 실제로 단군을 이야기하는 이들은 대개 배우지 못한 사람이거나 노인들, 무속인 등 현 사회에서 주도권을 갖지 못하고 소외된 이들이었다. 또한 그들 대부분은 신앙적이고 기복적인 차원에서 단군을 모셔 왔다. 반면에 사회의 기득권층이나 지식인들은 서양 문화의 영향을 받으며 공부하다 보니 우리것의 소중함을 모르고, 단군을 얘기하면 국수주의나 민족주의라고 생각하는 경향이 많았다.

이러한 사회풍조에서 내가 단군을 공개적으로 거론하고 단군상을 세운다면 시대착오적인 국수주의자로 오해받을 뿐만 아니라 종교성 시비에 휘말릴 수도 있다는 사실을 잘 알고 있었다. 단월드가 짧은 기간 동안에 급성장하면서 종교성 시비 등의 오해를 받고 있다는 사실도 모르는 바 아니었다. 개인적으로나 단월드의 발전을 위해서는 단군을 이야기하지 않는 것이 백 번 유익하다는 것을 누구보다도 잘 알고 있었다.

그러나 세상의 눈치를 보며 적당히 타협하기에는 나의 내면의 목소리가, 양심의 소리가, 그리고 나의 역사의식이 절대 허락하지 않았다. 단월드를 설립한 목적은 나와 민족과 인류를 살리기 위해서였고, 그 길을 제시하는 것이 나의 사명이라고 생각하고 살아 왔기 때문이다. 이러한 삶의 철학은 나 자신에 대한 약속이고 사회에 대한 약속이고 민족에 대한 약속이며, 더 크게는 인류와 하늘에 대한 약속이었다. 나는 그 약속을 지키기 위해서 어떤 고난이 있다 해도 민족정신 광복운동을 포기하지 않겠다고 결심했다.

나는 지금도 국조단군이 한민족의 건국이념으로 제시한 홍익인간 이화세계 정신이 개인과 민족과 인류를 구할 수 있는 정신이라고 확신한다. 그리고 이 정신을 종교나 강압적인 방법을 통해서가 아니라 심신수련을 통해서, 교육을 통해서, 깨달음을 통해서 한민족뿐만 아니라 모든 인류가 알기를 바란다.

단군의 홍익인간 정신이 종교적인 차원에서 알려지는 것을 반대하는 이유는 종교가 가지고 있는 한계를 누구보다도 잘 알기 때문이다. 한 종교에만 국한된 정신이나 철학은 모두의 것이 될 수 없다는 것을 그 동안의 인류 역사가 충분히 보여 주지 않았는가. 홍익인간 정신이 우리 사회에 제대로 뿌리내리려면 교육적으로 철학적으로, 그리고 문화적으로 접근해야 한다고 생각한다.

홍익인간 이화세계 정신의 현대적인 의미는 '인간사랑과 지구사랑'이라고 할 수 있다. 국가와 국가간의 갈등, 종교와 종교간의 분쟁, 가진 자와 못 가진 자의 거리감, 산업화 과정에서 야기된 환경문제 등을 해결할 수 있는 핵심은 바로 '인간사랑 지구사랑' 네 단어로 모아진다. 나는 이러한 정신을 약 4천3백여 년 전에, 4대 성인이 나오기 2천여 년 전에 이 민족의 시조 단군이 우리 민족에게 알려 주었다는 사실에 큰 기쁨과 긍지를 느낀다.

통일기원 국조단군상을 건립하고자 하는 이러한 뜻을 밝히자 많은 분들이 학교 교정과 공원, 자신의 사유지를 민족정신 교육의 장으로 선뜻 내주었고 그 자리에 단군상이 세워지게 되었다. 6개월이라는 짧은 기간에 전국에 369기의 단군상이 세워졌다. 하루 평균 2기가 세워진 셈이다. 우리는 이 사실이 의미하는 바를 잘 생각해 보아야 한다. 학교에 단군상을 세우는 일은 돈이나 홍익문화운동연합 회원들의 열의만 가지고 되는 것이 아니다. 교육자들의 적극적인 찬성과 동의 없이는 불가능한 일이다. 통일기원 국조단군상 건립은 많은 교육자와 학부모들이 우리 아이들에게 민족정신 교육이 필요하다는 것을 깊이 공감했기에 가능한 일이었다. 여론조사에서도 82.7퍼센트의 국민이 초·중·고교의 단군상 건립이 역사의식과 민족의식 고취에 도움이 된다고 대답했다. 단군할아버지는 7천만 동포의 가슴 속에 오랜 정서로 살아계시는 것이다.

단군은 한민족의 피와 혼의 상징이다

369기의 단군상 중 지금까지 63기의 단군상이 훼손되었다. 초등학교 교정에 서 있던 단군상이 한밤중에 전기톱으로 목이 잘리고 불에 그슬리고 붉은 페인트칠을 당했다. 나는 미국에서 훼손 소식을 들었다. 1985년 일부 기독교인들의 반대로 단군성전 건립이 무산될 때 느꼈던 충격과는 비교할 수도 없는 마음이었다. 그로부터 15년이 지났건만 그 세월도 결국 아무 것도 바꾸어 놓지 못했다는 절망감까지 들었다.

　한국종교인평화회의에서 6대 종교 지도자들이 모여 '단군은 어느 한 종단의 신앙이 아니며, 한국의 역사와 문화의 뿌리이고 건국의 상징이다.'라는 성명서를 발표했음에도 훼손 사건은 끊이지 않고 계속

되었다. 부끄럽고 통탄스러운 일이다.

일본인들이 무력과 동양평화라는 궤변으로 한민족을 영원히 식민지화하려 했지만 국민들의 가슴 속에 배달민족, 한민족이라는 긍지가 있었기 때문에 목숨을 바쳐 독립운동을 했고 마침내 우리 민족은 해방을 맞았다.

아무리 단군이 신화 속 인물이고 곰의 아들이라며 단군에 대한 민족적인 정서를 없애려고 해도 그것은 불가능한 일이다. 화장을 해서 노란 피부를 하얗게 바꾸어도 혈관 속에 흐르는 피까지 바꾸어 놓을 수 없는 것과 마찬가지다. 단군은 우리 한민족의 피의 상징이자 혼의 상징이다.

외래의 정신과 문화, 사상은 흘러가는 것이고 유행이나 시대에 따라 갈아입는 옷이다. 그에 비하면 단군은 한민족의 실체이자 몸에 해당한다. 옷의 중요성을 아무리 강조한다고 해도 우리 몸보다 더 중요할 수는 없다. 홍익인간 이화세계 정신과 국조단군은 우리의 뿌리다.

단군의 실존 자체를 의심하게 하고 파괴하는 일은 옷을 위해서 자기 몸을 파는 행위와 같다. 단군을 부정하고 단군상에 톱질을 하고 망치질을 한 일부 종교인들의 행동은 일본 제국주의의 만행까지 생각나게 한다.

일제 시대 독립투사들이 모여 회의를 하곤 했던 만주벌판 용정시의 일송정이 단순한 소나무가 아니라 조선 정신의 상징임을 간파한 일제는 나무 밑동을 파헤치고 뿌리에 후춧가루와 고춧가루를 뿌려서 죽게 만들었다. 지금은 죽고 없는 일송정이 아직도 우리의 가슴속에 '선구자' 노래와 함께 살아 있는 것처럼 국조단군도 한민족의 마음

속에 길이길이 빛나며 살아 있다. 뿐만 아니라 지난 2천 년 간 사대주의 사상과 외세의 침략 속에 억눌린 한이 한민족의 가슴 속에 살아 있다. 이 두 가지가 우리 민족의 크나큰 힘이다.

우리나라에는 종교의 자유가 있다. 수많은 종교 중에서 자신이 원하는 종교를 선택하고 신앙할 수 있는 권리가 있다. 그러나 한민족으로서의 정체성은 선택하고 말고 할 대상이 아니다. 제멋대로 분석하고 비판할 대상도 아니다. 어떤 종교를 갖든 우리가 한국인이며 민족의 뿌리가 단군이라는 것은 변할 수 없는 사실이다. 고조선과 단군은 이미 학계에서도 신화가 아닌 역사적인 사실로 받아들여지고 있다.

이런 질문을 받았다고 상상해 보자.

"지금 당신의 아버지가 친부라고 확신하는가? DNA 검사는 해보았는가? 당신의 할아버지가 박씨인 것이 확실한가? 혹시 김씨는 아닌가?"

이런 질문을 받으면 그때부터 자신의 뿌리에 대한 혼란이 생기기 시작하고 모든 것에 의문을 품게 될 것이다. 단군은 신화 속 인물일 뿐이므로 현실에서 아무런 의미도 갖지 못한다는 일부 기독교인들의 논리는 우리 민족에게 위와 같은 질문을 하고 있는 셈이다. 민족의 뿌리를 의심하게 하고 정체성을 의심하게 하는 질문을 함으로써 정신적인 혼란을 주고 있는 것이다.

이것은 상대방의 정신을 파괴하고 정체성과 가치관에 혼란을 주는 논리다. 그 질문 자체가 폭력이 아니고 무엇이겠는가? 자신의 종교적인 신념을 이유로 민족의 정신을 억압하는 것이 아니고 무엇이겠는가?

기독교인들이 단군이 진짜인지 가짜인지를 논하는 것은 세를 들어서 살고 있는 사람이 집주인을 협박하는 것이나 다름없다. 외래 종교가 들어와 그곳에 원래부터 뿌리를 내리고 사는 사람들에게 이 집이 당신 아버지가 물려준 집이 맞느냐고 묻는 격이다. 우리나라에 수많은 종교가 들어왔지만 단군이 진짜냐 가짜냐, 혹은 종교적 대상에 불과한 것 아니냐고 몰아붙이는 종교는 오직 기독교밖에 없다. 한국 기독교의 역사는 5천 년 민족사에 비하면 120년 정도에 불과하다. 이 나라에 들어온 외래 종교로서 민족의 너른 품에서 뿌리를 내리고 그만큼 꽃을 피웠으면 민족사 앞에 겸허해질 줄 알아야 성숙한 종교라고 할 수 있다.

일부 기독교인들이 단군의 실존 여부를 문제 삼을 때 누군가 이런 식으로 반박한다고 생각해 보자.

"예수님은 진짜인가? 성모 마리아가 정말로 예수님을 성령으로 잉태했는가?"

예수님에 대해서 이런 식으로 얘기하는 것 자체가 몰상식하고 무례한 행위다. 많은 사람들이 존경하는 대상에 대해서는 그들의 정서와 감정을 존중해 주는 것이 인간관계의 기본이라고 나는 알고 있다. 자신의 신앙이나 신념을 이유로 민족의 뿌리를 부정하는 패덕과 패륜을 범해서는 안 된다.

단군상 파괴를 주도했던 몇 명의 목사가 법에 의해 구속되었다. 1999년 개천절 날, 홍익문화운동연합은 민족의 화합과 통일을 기원하기 위함이었던 원래의 단군상 건립 취지에 따라, 그리고 더 이상의 훼손이 일어나지 않기를 바라는 간절한 마음으로 단군상 훼손과 관련한 고소를 취하하였다.

국조단군 바로 세우기, 이제 정부가 나서야 한다

그러나 안타깝게도 그 후로도 단군상 훼손은 끊이지 않고 있다. 급기야는 2000년 8월 광복절 즈음에, 모든 국민이 일본의 역사왜곡 교과서 때문에 분노하고 있을 때, 또다시 하룻밤 새 4기의 단군상 목이 잘려나갔다.

자라나는 어린이들에게 민족의 뿌리와 우리에게 세계를 품을 위대한 사상이 있다는 것을 알려 주기 위해 세운 단군상이다. 그런데 이런 단군상을 망치와 톱으로 뭉개고 베는 그들은 도대체 어느 나라 사람인가? 또한 이런 흉측한 패륜을 보고도 분개치 않는 자가 있다면, 나하고는 아무 상관없는 일이라는 듯 팔짱을 끼고 있는 자가 있다면, 그들을 과연 단군의 자손이라 할 수 있겠는가?

이 땅에 종교란 미명 아래 반민족적이고 반인륜적인 범죄 집단이 출현하는 사태를 심히 우려한다. 민족의 뿌리에 테러를 가하는 자들을 더 이상 좌시할 수 없다. 다시 한 번 강조하지만 통일기원 국조단군상은 민족정신 광복을 위해 세운 것이다. 나는 민족정신의 상징인 단군이 신앙의 대상으로 축소되어서는 안 된다고 생각하기 때문에, 단군을 종교화하려는 시도를 누구보다도 강력하게 반대해 왔다. 그럼에도 종교성 시비를 걸어 단군상 기증 운동의 취지를 왜곡하고, 국조의 목을 치는 파렴치한 자들이여! 하루 빨리 범죄행위를 중단하고 민족 앞에 사죄하기 바란다. 정부당국은 단군상 훼손범을 찾아내 철저하게 수사하고 엄중한 처벌을 내려 다시는 국조의 목을 치는 끔찍한 범죄행위가 일어나지 않도록 해야 할 것이다.

2000년 8월 홍익문화운동연합에서는 단군상 건립과 훼손을 둘러싸고 일어나는 일들이 갈등의 양상으로 전개되는 것을 우려하여 단군상을 더 이상 건립하지 않겠다는 입장을 밝힌 이래 그 약속을 지켜 왔다. 다만 지금까지 훼손된 단군상은 원래대로 복원하고 있으며, 더 이상 그런 일이 일어나지 않기를 바라지만, 혹여 앞으로도 훼손사건이 발생한다면 복원작업을 끝까지 계속해 나갈 것이다.

이 땅에는 국조의 목을 치는 패륜집단만 있는 것이 아니다. 우리 민족에게 꿈과 희망의 원천이 있음을 알리겠다는 일념으로 이 나라 방방곡곡에 국조단군상을 건립한 시민들이 있다. 또한 단군상이 위협받는 상황에서 용기와 격려를 보내 주고, 모든 수단과 방법을 다하여 단군상을 함께 지켜 준 민족지도자, 종교지도자, 언론인, 사학자들이 있다. 그리고 교정과 공원과 사유지를 민족정신 교육의 장으로 선뜻 내어 준 교육자와 학부모, 선량한 시민들이 있다. 나는 그들의 힘을 믿는다. 또한 민족정신의 상징이며 국민의 공유재산인 단군상을 지키고 보존하는 데 온 국민이 함께 힘써 줄 것이라고 믿는다.

나는 앞으로도 민족의 뿌리와 정신을 지키는 일이라면 뜻을 같이하는 다른 모든 이들과 함께 신명을 바쳐 일할 것이다. 그러나 홍익인간 정신을 국민들에게 알리고 단군을 민족의 구심점으로 세우는 작업은 시민단체가 혼자 하기에는 힘에 부치는 일이다.

이제 정부가 직접 나서 주기를 바라며 정부에 다음과 같은 세 가지 사항을 건의하는 바다.

첫째, 우리나라의 교육이념인 홍익인간 정신을 제대로 실천했다면 지금과 같은 교육의 파탄 상황은 없었을 것이다. 교육부는 학계가 인정하는 단군의 역사성을 학교 교과서에 제대로 반영하고, 자라나는 세대들에게 우리나라의 건국이념이자 교육이념인 홍익인간 정신을 제대로 교육해 주기 바란다.

둘째, 개천절은 민족 최대의 경축일이다. 따라서 개천절이 전 국민의 축제, 더 나아가서는 남북한과 해외 동포까지 참여하는 한민족의 축제가 될 수 있도록 정부에서 주도적으로 자리매김해 주기 바란다. 또한 개천절 기념행사에는 반드시 대통령이 직접 참석하여 그 위상을 높여 주기 바란다.

셋째, 민간 차원이 아니라 국가적인 차원에서 남북의 평화통일과 민족정신 회복, 그리고 인류평화를 위해 국조단군기념관 건립을 제안한다.

왜 국조단군기념관을 건립해야 하는가? 단군의 정신이 경쟁과 대립을 넘어 우리 민족과 인류를 평화와 화합으로 이끌 수 있는 위대한 정신이기 때문이다. 우리는 그 정신을 잃어버리고 2천 년 동안이나 방황해 왔다. 이제는 그 방황을 끝내야 한다.

우리는 그동안 수많은 종교와 사상을 충분히 실험했다. 그 실험이 우리에게 무엇을 가져다주었는가? 평화인가? 조화인가? 번영인가? 아니다! 우리는 사기죄로 구속되는 사람의 비율이 세계 1위인 나라,

아이들 교육 때문에 이민이라도 가야겠다는 사람이 줄을 서는 나라, '질서와 기본을 지키자'는 상식이 아직도 온 국민의 구호인 나라, 국민의 80퍼센트가 입버릇처럼 이대로 가면 희망이 없다고 이야기하는 나라에 살고 있다.

어떤 정신으로 이런 문제를 해결할 것인가? 교회를 더 세워야 하는가? 절을 더 세워야 하는가? 그동안 소수가 외롭게 주장해 왔지만 한 번도 제대로 실험해 보지 않은 우리의 정신, 2천 년 동안 외면당해 왔던 민족의 정신을 중심으로 새롭게 태어나야 한다. 민족의 홍익철학으로 새롭게 태어나자는 대대적인 국민운동의 큰 상징으로서 단군기념관을 건립하자는 것이다.

단군기념관을 건립하려는 시도가 앞서 말한 1985년에만 있었던 것은 아니다. 해방 이후 때로는 민간 중심으로, 때로는 국가 주도로 여러 차례 시도되었지만 일부 기독교인들의 격렬한 반대를 넘어서지 못하고 번번이 좌절되고 말았다.

이승만 대통령 시절에는 경남 밀양에 단군기념관을 세우려던 정부 계획이 기독교인들의 반대에 부딪혀 좌절되었다. 박정희 대통령 시절에는 1963년 봄 서울 남산에 단군 동상을 건립하기로 확정하고, 이를 정부 대변인을 통해 발표했지만 이 역시 기독교인들의 반대로 무산되었다. 1960년대 중반에도 몇몇 문화계 인사를 중심으로 민간에서 서울 삼청공원에 개천전이라는 이름으로 단군사당을 건립하려는 움직임이 일자 서울시가 삼청공원 안에 부지까지 확정했지만 이 또한 기독교인들의 반대로 결실을 보지 못했다.

좌절된 단군기념관 건립 시도를 떠올리면 통분이 일어날 뿐이다.

일부 종교인들의 눈치를 보면서 언제까지 우리의 정신을 외면하고 업신여길 것인가? 경쟁과 지배의 논리를 벗어나 화합과 조화, 평화를 선택하는 깨달음과 지혜를 위하여 다시 한 번 강력하게 단군기념관 건립을 제안하는 바다.

정부가 앞장서 주기를 바라지만 그것이 안 되면 이 뜻에 동참하는 민간단체와 시민들의 힘으로라도 반드시 단군기념관을 건립해야 한다. 그것도 안 되면 나는 나와 홍익문화운동연합 회원들의 힘으로라도 꼭 그 일을 이룰 것이다.

방법은 여러 가지가 있을 것이다. 기운 좋은 새 땅에 단군기념관을 조성할 수도 있고, 제 역할을 상실한 독립기념관을 민족기념관으로 개칭하고 그곳에 단군기념관을 조성할 수도 있을 것이다. 여러 사람들의 뜻과 의지를 모으면 더 훌륭하고 좋은 방안이 나올 것이다. 많은 분들이 국조단군기념관 건립에 힘과 지혜를 모아 주기 바란다.

식민사관의 망령에서
벗어나야 한다

1999년에 TV에서 최태영 옹이라는 분이 상고사와 관련하여 대담을 나눈 내용을 본 적이 있다. 최태영 옹은 1900년에 태어나 서울대 법과대 학장을 지낸 학술원 최고령 회원으로, 77세 되던 해에 상고사 연구를 시작하여 그 분야에서 일가—家를 이루고 작년 11월 30일에 작고하셨다. 기독교계의 원로이기도 하며 〈인간단군을 찾아서〉라는 회고록도 출간한 바 있다.

이분 말씀이, 해방 이후 고시제도의 틀을 짤 때 자신이 발 벗고 나서서 시험 과목에 국사를 넣었다고 한다. 새로 서는 정부의 공직자들이 바른 역사관을 갖는 것이 무엇보다 중요하다고 보았기 때문이다. 해방 후 사학계는 단재 신채호, 위당 정인보 등의 민족사학 계열이 중심을 이루고 있어 고시 과목에 국사가 들어가면 자연히 바른 역사가 널리 보급될 것이라고 생각했기 때문이다.

그런데 불행히도 6.25와 함께 이들 대부분이 납북되거나 사망하고, 일제 식민사학 계보에 속하는 학자들이 사학계의 주류를 이루면서 오히려 고시의 국사과목이 왜곡된 역사를 널리 전파하는 결과가 되어버렸다는 것이다. 그래서 그분이 나라도 역사를 바로잡아야겠다고 마음먹고 남들은 다 황천길 갈 나이에 상고사 연구를 시작했다고 한다. 자다가도 생각이 나면 벌떡 일어나서 글을 쓴다고 한다. 그분이 어느 월간지와의 인터뷰에서 이런 말씀을 하셨다.

"민족 전체가 이렇게 집단적으로 기만당하기도 쉬운 일이 아니에요. 지금 배우는 것은 다 거짓부렁이 역사에 기초한 겁니다. 우리나라는 최면에 걸려서 삼국시대 이전의 역사는 몽땅 잘라먹었어요. 예수 믿으면서 단군상 반대하는 사람, 그게 다 무식해서 그래요. 제대로 된 역사를 몰라서 그런 겁니다.

지금까지 정치하는 잘난 사람들 중에 역사에 관심 있는 사람 몇 못 봤습니다. 재벌들 많이 만나도 역사 연구하는 데 쓰라고 돈 보태주는 사람 드뭅니다. 나라의 정신을 바로잡겠다고 하는 사람들이 없단 말입니다. 자기 뿌리를 캐고 자기 정신을 찾아서, 자기의 고유한 정신으로 살고 교육을 해야 해요. 제 정신을 안 찾으면 남의 정신으로 살게 됩니다. 역사의식 없이는 제 정신 못 찾습니다. 자기 뿌리를 찾는 것은 곧 나를 찾는 것이요, 죽을 때 제대로 된 혼을 가지고 죽어야 눈을 감아도 편해요. 한국인은 한국의 혼을 가져야 합니다."

생각 있는 한국인이라면 반드시 가슴으로 새겨들어야 할 꼿꼿한 어른의 말씀이다.

일본은 우리 역사를 어떻게 왜곡했는가

국사편찬위원회가 뽑은 한국역사인물 100인 중 1호가 단군이다. 나는 이것이 한국인의 상식적인 역사관이라고 믿는다. 단군이 단지 신화 속의 인물이라고 생각하는 사람들은 역사를 몰라도 너무 모르는 것이다. 단군은 어느 한 종단의 신앙의 대상이 아니라 한국의 역사와 문화의 뿌리다. 우리의 '과거'다.

단군이 개국한 고조선이 있었기에 그 터전을 이어받은 삼국과 고려, 조선이 있었으며 그 땅 위에 오늘의 대한민국이 서 있다. 국조 단군이 연 나라가 있었기 때문에 오늘 우리가 이렇게 숨을 쉬며 살아 있는 것이다. 단군은 우리 국민들의 가슴에 오랜 정서로 살아계시나, 그 역사적인 의미가 제대로 알려지지 않고, 아직도 단군이 신화 속의 인물이라고 생각하는 사람들이 많은 것은 일제의 역사왜곡과 식민지 교육 탓이 크다.

일제 강점 이후 우리 민족이 분연히 떨쳐 일어나 3.1운동을 일으킨 것에 충격을 받은 일본은 온갖 교묘한 정책을 써서 한국인을 반半 일본인으로 만들어 식민통치를 영구화하려 했는데, 그러한 속셈이 구체화된 것이 다음과 같은 내용의 이른바 '교육시책'이었다.

첫째, 조선 사람들이 자신의 일, 역사, 전통을 알지 못하게 함으로써 민족혼, 민족문화를 상실케 한다.

둘째, 그들의 조상과 선조들이 무능하고 하는 일이 없었음을 강조하고, 악행 등을 들추어 과장하여 가르침으로써 조선의 청소년들이 자신의 조상을 경시·멸시하게 하고, 이를 하나의 가풍으로 만든다.

셋째, 그 결과 조선 청소년들이 조선의 위인들과 사적에 대하여 부정적인 지식을 얻어 반드시 실망감과 허무감에 빠질 것이니, 이때 일본 사적, 일본 인물, 일본 문화를 소개하면 조선 청소년들을 일본인으로 쉽게 동화시킬 수 있을 것이다. 이것이 제국 일본이 조선인을 반 일본인으로 만드는 핵심사항이다.

이러한 동화정책의 일환으로 추진된 것이 바로 치밀하고도 대대적인 역사왜곡이었다. 그들은 우리의 민족의식을 말살하고 일본 민족의 우월성을 강조하기 위해 스스로 한국사 연구기관인 조선사편수회를 창설해 35권이나 되는 〈조선사〉를 만들었다.

일제는 가장 먼저, 우리나라의 국조인 단군과 상고사를 전면 부정했다. 한국사는 신라의 박혁거세가 즉위한 서기 전 57년부터 시작되고, 그 이전은 역사가 아니라고 제멋대로 규정해 버렸다. 조선 민족의 기원과 발달에 관한 조선 고유의 사화史話, 사설史設 등을 일체 무시하며, 정확한 연대를 알 수 없는 기록은 비과학적이므로 배제한다는 미명 아래 4천2백 년 역사 가운데 거의 절반에 해당하는 삼국 이전의 상고사 2천 년을 싹둑 잘라버린 것이다. 그 결과 우리 역사는 일본이 내세우는 자기네 역사 2천6백 년보다 짧은 2천 년 남짓으로 축소되어 버렸다.

또한 한민족의 정기를 말살하기 위해 '단군신화'라는 말을 만들어 널리 유포함으로써 은연중에 우리 국민들이 단군의 역사성을 부인하도록 획책했다. 단군에 관한 기록이 이야기 형식으로 되어 있지만 그것이 꾸며낸 소설 같은 것이라고 생각하는 국민이 그 전에는 많지 않았다. 일제는 몇 월 며칠에 무엇을 했는지 밝히지 못하는 한 역사라고 할 수 없다는 억지 주장을 부리며 단군에 관한 기록은 전설에 불과하다고 일축해버렸다.

또한 우리 민족은 한 번도 한반도를 벗어난 적이 없다는 반도사관을 주입하고, 우리의 민족성 자체가 민족분열을 일삼을 수밖에 없는 망국 근성이라는 최면을 걸어 일본을 동경하게 만들었다.

이처럼 엄청난 역사왜곡이 있었는데도, 해방 이후 좌우이념 대립으로 나라가 또다시 혼란스러워지면서 일제청산 작업이 뒷전으로 밀려났고, 덩달아 역사왜곡 또한 제대로 바로잡지 못한 채 시간이 흘러버렸다. 그 영향으로 우리는 아직도 식민교육의 잔재에서 벗어나지 못하고 있다.

현재는 문헌이나 고고학적 자료가 없으면 역사적 사실로 받아들이지 않는 실증사학계에서도 단군이 실존인물이 아니라고 주장하는 학자는 거의 없다. 최근에는 단군이 인명人名이 아니라 임금을 나타내는 칭호였으며, 고조선에는 여러 명의 단군이 존재했다는 사실을 주류사학계에서도 받아들이고 있다. 그러나 이와 같은 역사학계의 연구 성과가 국민들에게 제대로 교육되지 않고, 국민들의 뇌리 속에 '단군신화'라는 말만 남아 있기 때문에 아직도 단군을 신화 속의 인물일 뿐이라고 생각하는 사람이 많은 것이다.

이 모든 문제를 해결하는 길은 오로지 우리 역사를 올바르게 교육하는 데 있다. 교육부와 사학계가 역사교육의 중요성을 깨닫고 일본이 식민지 지배를 위해 왜곡하고 날조한 역사를 하루 빨리 바로잡아야 한다.

단군은 위기 때마다 민족의 정신적 구심이었다

일제시대 이전에도 우리나라는 주체적인 역사관을 갖지 못하고 사대
모화사상에 물들어 있었지만, 그 가운데서도 정신이 바른 이들은 단
군을 받들며 민족의 뿌리를 바로 세우기 위해 노력했다. 우리 역사에
서 단군은 민족의 위기 때마다 정신적 구심으로 부상하여 온 민족을
하나로 결집시키는 역할을 해왔다.

몽골의 침략에 맞서 30년 전쟁을 치르던 고려 말, 당시의 고려인들
이 고구려, 신라, 백제라는 옛 지역감정에서 벗어나지 못해 사분오열
할 때 대동단결의 구심점이 되었던 것이 바로 단군과 고조선이다.

조선시대에는 중국만이 하늘에 제사할 수 있다는 중화사상에 맞
서 우리나라도 제천祭天을 해야 한다는 주장이 제기되었는데, 그 주요
근거가 바로 우리가 단군의 자손이라는 것이었다. 태조, 세종, 세조
등은 단군 제사를 나라의 제사 중 중대사에 포함시켜 문무 관리들을
거느리고 직접 단군에게 제사를 올렸다.

단군은 특히 사상적, 계급적 차이를 뛰어넘어 민족적 대단결을 이
룬 3.1운동의 중요한 정신적 배경이었다. 우리는 반만 년의 역사를
이어 온 배달민족, 단군의 자손이라는 의식이 있었기 때문에 독립의
의지로 떨쳐 일어날 수 있었던 것이다.

단군의 홍익인간 정신은 나라가 융성할 때는 예술혼으로 살아나
신선도, 풍류도, 화랑도 등의 사상으로 발전했고, 민족의 수난기에는
호국의 정신으로, 일제 침략기에는 독립운동을 전개하는 민족의 구
심점으로 피어났다. 외세의 침략 때 권력을 가진 자들이 자기의 생명

을 보전하기 위해 다 도망갔을 때도 수많은 의병들이 일어나 나라를 위해 목숨을 바쳤다. 우리 민족의 무의식 속에 배달민족으로서의 자부심과 홍익인간 정신이 꿈틀대고 있었기 때문에 가능한 일이었다.

일본은 없는 역사도 만들어내고 왜곡을 해서라도 국민들의 민족의식을 불러일으키려고 안간힘을 쓰고 있다. 그런데 이 민족은 있는 역사도 없애려 하고 비하하지 못해 안달이다. 많은 사람들에게 영향을 미치는 위치에 있는 종교지도자들이, 일본이 칠팔십 년 전에 왜곡한 식민사관의 논리를 그대로 따르며, 더 기막히게는 의도적으로 이용하여, 국조단군을 신화라며 부정하는 이 현실을 언제까지 수수방관할 것인가!

다시 한 번 힘주어 말하거니와 단군은 우리의 핏줄이고 역사이며 문화다. 식민사관의 망령과 종교의 탈을 뒤집어 쓴 무서운 최면에서 하루 빨리 깨어나지 않으면 안 된다.

뮤지컬 '웅녀' 를
세계무대에 올리자

나는 오래 전부터 단군의 기록을 연극이나 영화로 만들면 좋겠다는 생각을 해왔다. 후손 대대로 물려 줄 소중한 역사일수록 딱딱한 책 속에 활자로만 머물게 할 것이 아니라 연극이나 영화로, 춤이나 노래로 만들어 많은 사람들이 쉽게 접할 수 있도록 해야 한다. 우리나라에 많은 작가와 감독, 연출가들이 있으니 민족의 시원에 대한 이야기를 스크린이나 무대에 올리고 싶다는 생각을 해본 이가 적지 않을 텐데 그런 연극이나 영화가 있다는 소식은 듣지 못했다. 해서, 글을 좀 쓴다는 사람들을 만날 때마다 단군을 주제로 시나리오를 한 번 써보는 건 어떠냐고 강권하는 형편이었다.

어느 날 여러 사람들과 함께 이야기하다가 다시 이 이야기를 화제에 올렸더니 한 제자가 내게 '뮤지컬 명성황후' 를 보았느냐고 물었다. 신문과 TV에서 여러 차례 기사를 본 적은 있지만 직접 관람하지는 못했다.

명성황후는 힘차고 감동적인 뮤지컬이었다고 한다. 일본 낭인들에게 시해된 명성황후가 혼백으로 나타나, 무대 뒤편에서 힘차게 발을 구르며 백성들과 함께 "백성들아! 일어나라, 일어나라……"라고 외치는 마지막 합창 때는 모든 관객들의 가슴이 뜨거워져 눈물을 흘렸다고 한다.

우리의 상고사는 지배가 아닌 교화의 역사다

나는 제자의 이야기를 듣고 웅녀의 이야기를 그와 같은 뮤지컬로 만들면 얼마나 좋을까, 하고 생각했다. 정말, 웅녀를 뮤지컬로 볼 수 있다면 얼마나 좋겠는가?

그 꿈이 2004년에 드디어 이루어졌다. 단군왕검의 탄생을 배경으로 한 한웅과 웅녀의 이야기를 다룬 순수창작뮤지컬 '하늘의 연인 웅녀'가 10월 3일 개천절부터 일주일간 국립극장 무대에 올랐던 것이다. 대학로 3040세대의 대표 주자로 인정받는 최용훈 씨가 연출을 맡았고, 시나리오는 청소년드라마 '반올림'으로 잘 알려진 박선자 작가가 맡았다.

특히 박선자 작가는 이 뮤지컬을 위해 당분간 방송작가 활동을 접을 만큼 온 정성을 쏟아주었다. 글 쓰는 사람들한테 단군이나 웅녀를 소재로 뭘 하나 써보는 것이 어떠냐고 물으면 대부분은 난색을 표하곤 했는데, 그 작업에 선뜻 발 벗고 나서준 박선자 작가와 최용훈 연출 및 출연진과 스탭들에게 가슴 깊이 고마움을 전한다.

웅녀야말로 우리가 마음으로 섬길 만한 진정한 국모다. 우리 역사에는 훌륭한 여성이 많이 등장하지만 나는 웅녀만큼 위대한 여성의 이야기를 알지 못한다. 웅녀는 단군의 어머니이기 전에, 인간이 어떻게 완성되어 가야 하는지를 보여 주는 인간완성의 한 원형이다.

교과서에 실린 단군신화에는 웅녀에 관한 이야기가 단 몇 줄밖에 나오지 않는다. 곰과 호랑이가 한웅에게 사람이 되기를 간청했더니 한웅이 둘에게 쑥과 마늘을 주며 백 일 동안 햇빛을 보지 말라 일렀고, 이를 충실하게 지킨 곰만이 21일 만에 사람이 되어 한웅과 결혼, 단군을 낳았다는 내용이다. 역사학자들은 한웅과 웅녀의 결혼을 하느님을 숭배하던 씨족마을과 곰을 숭배하던 씨족마을이 연맹체를 형성했다는 의미로 해석한다. 또, 웅녀에게서 한민족의 인내와 끈기, 저력의 원형을 끌어내기도 한다.

〈한단고기〉를 비롯한 민족사서들에 기초해 단군신화를 재해석하자면, 단군신화에 나오는 한웅은 마지막 18대 한웅으로 그는 지방을 순회하며 가르침을 폈다. 한웅은 당시 한반도와 만주 전역을 아우르는 부족연맹국가의 군주였다. 한웅이 다스리는 12부족 가운데는 곰을 토템으로 모시는 웅족, 호랑이를 토템으로 모시는 호족 등 여러 부족이 있었는데 그들의 문화는 한웅이 머무는 곳의 문화에 비하면 많이 뒤떨어져 있었다.

한웅이 지방을 다니며 가르침을 펴던 중 웅족의 한 여인 웅녀와, 호족의 한 여인 호녀가 한웅을 흠모하게 되었다. 그들은 한웅의 풍모와 그의 정신을 존경하여 자신들도 한웅의 나라에서 살게 해달라고 간청했다. 한웅은 그들에게 백 일 동안 근신하며 수행을 하라고 일렀고, 웅녀만이 수행에 정진해 뜻을 이루었다. 이때의 웅녀는 단지 한 인간이 아니라 부족 전체를 상징하는 것이며, 한웅이 여러 부족의 연맹체를 구성하여 나라를 탄생시킨 과정과 그 나라가 단군에게까지 이어지는 과정을 그린 것이다.

우리가 알고 있는 〈삼국유사〉의 단군 이야기는 단순한 신화가 아니다. 단군왕검이 고조선이라는 나라를 세우게 되기까지의 역사적 배경을 신화라는 형식을 빌어 상징적으로 설명하고 있는 것이다. 신화는 역사적 사실을 반영한 민중의 이야기다. 그래서 신화의 내용이 현실 역사와는 상관없이 지어낸 소설 같은 이야기일 뿐이라고 믿는 입장이나, 현실 역사를 백 퍼센트 그대로 담은 진실이라고 믿는 입장이나, 다 잘못된 것이다. 그런데도 개천절날 TV에서는 아직도 곰과 호랑이가 나오는 어린이 프로그램을 방영하고, 많은 동화책이 웅녀를 허리 아래로는 곰이고 몸통만 여자인 괴물로 묘사하고 있으니 안타까운 노릇이다.

나는 웅녀의 이야기에서 자기 극복과 인간완성을 향한 강렬한 의지를 느낀다. 웅녀가 컴컴한 동굴 속에서 쑥과 마늘로 상징된 자신과의 싸움을 통해 도달한 사람은, 자신의 육체만을 나라고 생각하는 좁은 세계관과 이기적인 욕망을 뛰어넘어 홍익인간의 큰마음을 지닌 한웅과 같은 사람으로 성장했다는 의미다. 어떻게 살 것인가를 고민하던 사람이 널리 사람을 이롭게 하려는 뜻을 품음으로써, 자신의 삶의 지평을 넓히는 성숙한 어른이 되었다는 의미다.

한웅이 웅녀를 도와 수행에 정진하도록 이끌었듯 단군시대의 역사는 강한 자가 약한 자를 지배한 역사가 아니라, 뒤떨어지고 약한 사람들에게 힘을 주어 그들을 변화시킨 교화의 역사였다. 나는 그러한 사실에 큰 감동을 느낀다.

우리에게 상고사가 중요한 이유는 단지 민족의 시원이기 때문도 아니요, 광활한 대륙을 영토로 가진 역사이기 때문도 아니다. 우리의 상고사에 지배가 아닌 교화의 역사, 화합과 평화의 세계관이 담겨 있기 때문이다.

약탈과 지배의 서양 신화를 넘어서

단군신화에는 한웅이 홍익인간의 뜻을 품고 지상에 내려올 때 아버지 한인으로부터 '천부인'을 받았다는 구절이 있다. 이 천부인은 신성한 권위를 상징하는 징표로 검劍과 거울과 방울 세 가지를 뜻한다. 검은 관념과 나쁜 습관들의 고리를 끊어버리고 인간을 새롭게 거듭나게 하라는 의미다. 거울은 태양과 같이 인간의 마음을 밝게 비추라는 의미다. 방울은 명징한 방울소리처럼 진리를 온 세상에 울려 퍼지게 하라는 의미다. 한웅이 받은 천부인은 다른 사람을 파괴하거나 지배하는 무기가 아니라, 내면의 신성을 일깨워 교화시킬 수 있는 신성한 힘의 상징이었던 것이다.

서양 문화의 바탕을 이루는 그리스 신화를 보면 우라노스, 크로노스, 제우스 등의 신들이 아버지와 아들을 죽이는 혼돈과 갈등이 계속된 끝에 제우스가 지상을 차지한다. 바빌로니아 신화에는 하늘에서 내려온 마르둑이 지상에 있었던 가이아라는 신을 죽이고 지상계를 차지한다. 이런 신화들은 서구의 이분법적이고 패권적인 역사의 정신적 바탕이 되었다. 반면에 우리의 단군신화는 약탈과 지배가 아니라 조화와 화합, 교화와 포용의 세계관을 표현하고 있다. 우리나라의 건국신화는 가르침의 신화다. 이는 교화의 '역사'가 있었기 때문에 가능한 일이었다.

뮤지컬 '하늘의 연인 웅녀'가 '명성황후'와 같은 호응을 얻지는 못했다. 몇 십 억의 제작비를 들이고 일류 간판스타가 출연하는 초대형 뮤지컬과는 비교 자체에 무리가 있을 수밖에 없다. 그러나 '하늘의 연인 웅녀'는 우리 민족의 시원에 대한 자부심을 전해준 최초의 뮤지컬이었고, 우리 상고사를 소재로 한 예술창작품의 무궁무진한 가능성을 보여주었다. 제작에 더 많은 공을 들인다면 세계인들이 감동할 만한 제2의 '명성황후'를 만들어내는 일도 얼마든지 가능할 것이다.

단군과 웅녀의 이야기에 담긴 시간과 공간은 얼마나 깊고 넓고 웅혼한가? 또 그것을 우리 시대에 맞게 재해석해서 오늘의 이야기로 만들어 보는 것은 얼마나 의미 있는 일인가?

'하늘의 연인 웅녀'를 세계무대에 올려 그 감동을 세계인과 함께 나눌 날을 꿈꾸어본다.

민족의 큰 생일,
개천절을 생각한다

10월 3일 개천절은 우리나라 4대 국경일 중 하나다. 삼일절, 광복절, 제헌절, 그리고 개천절이 우리나라 4대 국경일이다. 다른 국경일들은 일제 식민지 시대와 연관된 역사적인 아픔을 간직한 날이지만, 개천절은 그런 아픔이나 피해의식 없이 모두가 함께 기뻐할 수 있는 민족의 큰 생일이다. 세계 각국마다 건국기념일이 있어서 다채로운 행사를 열지만, 우리처럼 한 민족의 시원과 건국기념일이 함께하는 나라는 좀처럼 찾아보기 어렵다.

개천절은 한웅이 홍익인간 재세이화 정신으로 백두산 신단수 아래 신시를 개천한 날이다. 또한 4339년 전 단군 왕검이 홍익인간 정신을 이어 아사달에 도읍을 정하고 국호를 조선으로 정한 것을 기념하는 날이기도 하다. 우리 민족은 예부터 음력 10월 3일을 상달 상날이라 높여 불렀다. 또한 3일의 '3'이라는 숫자를 길수吉數로 여기고, 절기 중 가장 풍성한 이 때에 햇곡식으로 제상을 차려 감사의 마음으로 제천의식을 행했다.

고조선에서는 단군의 주관하에 천제를 올리고, 백성들은 한 데 어울려 춤과 노래로 하늘과 땅이 하나되는 이 날을 축복했다. 삼국시대에는 매년 10월에 고구려의 동맹, 부여의 영고, 예맥의 무천, 고려의 팔관회 등 왕이 주관하는 제천행사를 열었다. 조선시대 세종 때는 원구단을 세워 민족의 주체의식을 높이고 제천의 정신을 되살리기도 했다. 일제시대 대한민국 임시정부는 개천절을 국경일로 정하고, 독립투쟁 속에서도 기념식을 거행하곤 했다. 1945년 광복과 함께 개천절은 민족의 축제일이 되었고, 1949년 국경일에 관한 법률에 의해 양력 10월 3일을 개천절로 정하고 경축하게 되었다.

그러나 오늘날 우리에게 개천절은 단지 하루 쉴 수 있는 휴일에 지나지 않는다. 몇 년 전부터 정부는 세종문화회관에서 썰렁한 기념행사를, 민간에서는 소규모 기념행사를 따로 하고 있을 뿐, 여느 국경일 행사와는 달리 대통령은 개천절 행사에 참석하지도 않고 있다. 일각에서는 개천절을 아예 공휴일에서 빼자는 주장도 나오고 있는 실정이다.

개천절을 한민족의 축제로 만들어야 한다

2000년은 새로운 밀레니엄이 시작된 해다. 전 세계가 밀레니엄을 기념하는 축제로 떠들썩했고 우리나라도 광화문에서 10만 명이 참석하여 화려한 새천년 이벤트를 열었다. 나는 TV를 통해 그 성대한 행사를 보면서 씁쓸한 마음을 감출 수 없었다. 너무나 초라한 개천절 행사가 겹쳐 떠올랐기 때문이다. 천 년 역사의 새로운 시작을 축하하는 자리는 이렇게도 화려한데, 5천 년 민족사를 기념하는 개천절 행사는 왜 그렇게 초라해야 하는가!

몇 년 전에 한 신문에서 주한미국대사가 미국의 새천년위원회에서 기획한 행사를 소개한 글을 읽은 적이 있다. 새천년을 맞는 미국의 지표는 '과거를 존중하며 미래를 생각한다'였다. 그들이 새로운 천년을 준비하면서 내세운 테마는 기념 우주선 발사나 대형 조형물 신축도 아니고 축제도 아니었다. 그들의 테마는 모두 국민들의 '역사의식 함양'에 집중되어 있었다.

첫째는 각 지역 사회별로 자기 고장의 발자취를 돌이켜 보면서 후세에 도움이 될 만한 고장의 유산을 찾아보자는 것이며, 둘째는 대규모의 정부 예산과 국민 성금 모금을 통해 소중한 문화유산을 재현하는 것이라고 한다. 사업의 일환으로 워싱턴기념탑 복구 작업, 성조기의 모체 재현 작업 등을 추진했다고 한다. 셋째는 미국 전역에 역사와 자연을 결합한 2천여 개의 '발자취'를 조성하여, 미국 땅 구석구석을 역사적으로 부활시키는 내용이다. 예를 들면, 보스턴에 있는 15개의 독립운동 사적지를 하나로 연결해 '자유의 발자취'를 만드는 것이다. 또한 대통령 부부 초청으로 '새천년의 저녁'이라는 행사를 개최해 미국의 사상, 문화, 예술, 과학을 조명하기 위한 대규모 강연회를 열었다고 한다.

미국은 새천년을 준비하면서 오늘날의 미국을 만들어 온 전통과

유산이 무엇이며, 다민족의 전시장으로 일컬어지는 미국을 하나로 묶어주는 공동의 가치가 무엇인지를 국민 개개인에게 일깨워주는 데 초점을 맞추었던 것이다. 그에 비하면 광화문의 새천년 행사는 우리 역사가 빠진 반짝 잔치에 그치고 말았다.

나는 1987년 이래 홍익문화운동연합의 회원들과 함께 한 해도 거르지 않고 개천절 행사를 열어 왔다. 마니산에서도 모이고, 독립기념관에서도 모이고, 올림픽공원에서도, 장충체육관에서도, 엑스포공원에서도 모였다. 거리에서 시민들에게 쑥과 마늘로 만든 과자도 나누어 주고, 헝겊으로 만든 단군할아버지 인형을 쓰고 아이들과 함께 사진도 찍고 퍼포먼스도 하고, 단군 캐릭터 공모전도 열고, 단군에 가장 잘 어울릴 것 같은 연예인도 뽑아 보고, 목 잘린 단군상을 메고 종로 거리를 행진하기도 하였다. 어떻게 하면 개천절의 의미를 더 많은 국민에게 알릴까 하여 당시 미국의 퍼스트 레이디였던 힐러리 여사에게 개천절 축하 메시지를 받기도 하였다.

그러나 반만 년 전 우리의 첫 나라가 탄생한 감격스러운 날을 기념하면서도 매번 서글프고 안타까운 마음을 금할 수 없었다. 위대한 정신으로 세워진 민족의 생일날, 우리 국민의 마음에는 왜 기쁨과 긍지가 차오르지 않는가! 왜 이 날을 다같이 자랑스러워하지 않는가! 미국이 독립기념일을 국가적 축제로 성대하게 보내는 것처럼 우리의 개천절도 온 국민이 국조단군과 홍익인간 정신을 기리는 민족 최대의 경축일로 만들 수는 없는가!

성탄절은 말할 것도 없고 하다못해 연인이나 친구에게 초콜릿과 사탕을 선물하는 날에도 온 나라가 들썩거리는데 민족의 생일날 우리 생활 속에 뿌리박은 축제 하나 없다는 것은 너무나 부끄러운 일이다. 우리나라에는 뛰어난 역량을 가진 젊은 문화기획자들이 많다. 나는 그들이 개천절을 민족의 축제로 정착시키기 위한 신선하고 창조적인 기획에 앞장서 주기를 바란다.

2001년 개천절을 앞두고 홍익문화운동연합에서는 서울시청 앞에 '우리는 한겨레다 단군의 자손이다'라는 문구가 새겨진 개천절 홍보탑을 세웠다. 매년 부처님 오신 날이나 크리스마스 등에는 색색의 화려한 홍보탑이 세워졌지만 정작 우리 한민족의 건국기념일인 개천절에는 정부와 국민들의 무관심으로 한 번도 세워진 적이 없다. 우리민족의 뿌리와 단군에 대한 이해를 넓히기 위한 홍보탑이 시청 앞에 들어선 것은 그때가 처음이다. 나는 그 일을 무척 기쁘게 생각한다. 앞으로는 서울뿐만 아니라 각 시마다 개천절 홍보탑이 세워지기를 바란다.

그러나 개천절이 제대로 자리 잡기 위해서는 개인이나 민간단체의 노력만 가지고는 부족하다. 정부가 앞장서서 민족의 큰 생일 개천절을 국민의 축제로, 나아가서는 남과 북, 해외동포가 함께하는 한민족의 축제로 만들어 가야 한다.

근래 들어 우리나라에도 축제문화가 발달하여 성공적으로 끝난 축제도 많고, 기획과 운영 역량도 많이 축적된 것으로 안다. 정부가 나서고 민간에서 그동안 쌓은 역량을 십분 발휘하고 국민들이 다같이 마음을 내면 개천절을 우리 민족 최고의 축제일로 만드는 일이 왜 어렵겠는가! 그 기쁜 일이 왜 이루어지지 않겠는가!

(위) 힐러리 여사는 2000년 개천절 날 "개천절을 축하드립니다. 나는 남북이 만나 공통의 전통을 경축하고 세계에 평화의 모범이 될 날이 올 것이라고 믿습니다" 라는 메시지를 보내 왔다.
(아래) 2000년에 열린 '4333 개천 한민족대축제' 에서 단군할아버지 인형을 쓰고 거리 퍼레이드를 벌이는 대학생들.

나는 이러한 통일을 원한다

남북정상회담이 이루어진 지 벌써 6년이 지났다. 그동안 많은 일이 있었다. 이산가족이 상봉을 하고, 남북한 예술인들이 교환공연을 하고, 끊어졌던 경의선 철도도 복원되었다. 시드니 올림픽과 아테네 올림픽에서도 남북한 선수들이 공동입장을 하여 관중들의 기립박수를 받았다. 남북정상회담 당시에 비하면 통일 열기가 많이 수그러들긴 했지만 요원할 것만 같았던 통일이 훨씬 가까워진 느낌만은 여전하다.

통일 시기나 경로를 문제 삼는 사람은 많지만 통일 가능성 자체를 의심하는 사람은 이제 많지 않다. 어렸을 때부터 '우리의 소원은 통일'이라는 노래를 부르며 자라 온 우리로서는 말할 수 없이 기쁜 일이다. 하지만 우리의 마음 한 편에는 몸단장도 안 했는데 예고도 없이 찾아온 임을 맞은 것처럼 어리둥절하고 불안한 느낌이 있는 것도 사실이다.

왜 그런 느낌이 드는지 자문해 보지 않을 수 없다. 통일은 국가정책을 결정하는 지도자들만의 문제가 아니다. 분단 반세기는 왜곡된 인류사와 민족사가 우리들의 개인사에 얼마나 많은 상처와 고통이었는지를 증명한 시간이었다. 55년여 동안 꿈에도 그리던 부모형제를 만나 얼싸안고 눈물바다를 이루다가, 3일 만에 또다시 생이별을 해야 하는 이산가족들의 모습에서 우리는 역사에 희생당한 개인의 비극을 보았다.

분단 55년의 세월이 그렇듯이 남북통일은 7천만 겨레의 삶에 깊숙하게 영향을 미치는 사건이다. 그러므로 통일은 지도자끼리 만나 합의하는 것이 아니라 7천만 겨레 한 사람 한 사람의 마음에 생생하게 와 닿는 것이어야 한다. 그러자면 우리는 통일 방안이나 대북 경제지원 규모를 따지기 전에, 통일에 대한 아주 근본적인 질문부터 던져 보아야 한다.

우리는 왜 통일을 하려고 하는가? 우리는 정말 통일을 원하고 있는가? 통일을 해서 얻고자 하는 것은 무엇인가? 통일이라는 인류사적 사건이 나 개인의 삶과는 도대체 어떤 관계가 있는가?

통일은 왜 해야 하는가

통일 전문가들은 통일이 우리 민족에게 분단체제에서보다 더 많은 경제적·문화적·외교적 이익을 가져다 줄 것이라고 한다. 그동안 분단을 유지하기 위해 들였던 많은 비용이 좀더 생산적이고 창조적인 곳에 쓰이게 되어 우리 개개인의 삶에도 더 많은 향상을 가져올 것이라고 한다. 일례로 의무사항이었던 군 입대도 지원제로 바뀔 것이라고 한다.

또한 대륙과 해양을 잇는 나라여서 잦은 외침을 받을 수밖에 없었던 우리나라의 '지정학적 위치'가 동북아시아의 군사적·문화적·경제적 핵심지역이 되면서 세계의 무시할 수 없는 힘으로 떠오르게 될 것이라고 한다. 한마디로 통일이 되면 지금보다 더 잘 살게 된다는 것이다.

그러나 통일이 가져다줄 이러한 이익이 우리가 통일을 해야 하는 핵심적인 이유는 아니다. 그렇다면 왜 남북통일을 해야 하는가?

먼저 같은 언어와 풍습을 지니고 5천 년 가까이 함께 살아 왔고, 그래서 한 민족끼리 다시 함께 살아가고자 하는 민족적 염원이 있기 때문이다. 우리는 오랫동안 하나의 역사공동체, 문화공동체를 이루며 살아 온 하나의 민족이기 때문에, 민족의 혼으로 연결되어 있기 때문에, 다시 만나고자 하는 것이다.

그러나 더 중요한 이유는 우리 민족이 인류 앞에 떳떳하고 자랑스러운 민족으로 서기 위해서다. 그동안 한국은 세계의 마지막 분단국가이고 분쟁 위험이 가장 높은 지역이며 같은 민족끼리 죽음의 전쟁을 벌였던, 평화와는 거리가 먼 나라 중의 하나로 인식되어 왔다. '세계의 화약고'라는 불명예스러운 이름으로 불렸다. 북한은 미국 국무부에 아직도 테러리즘을 장려하는 나라로 등록되어 있으며, 많은 나라가 북한을 아주 호전적인 사회라고 생각한다.

이제 이런 불명예를 씻고 우리 민족의 힘으로 통일을 이룸으로써 세계시민들에게 인류평화에 기여하는 당당하고 성숙한 한민족의 모습을 보여 주어야 한다. 나라의 경계를 넘어 온 인류가 평화와 행복을 염원하는 21세기에, 남북문제를 우리 힘으로 해결함으로써 세계평화에 공헌하고, 더 인간적이고 창조적이며 풍요로운 삶을 살기 위하여 우리는 통일을 원하는 것이다. 이러한 민족적 염원과 인류평화의 열망 위에 서 있지 않은 통일은 껍데기에 불과하다.

남북통일은 먹고 먹히는 생존 게임이 아니라 큰 조화와 화합의 원리를 통해서 다 같이 잘 사는 나라, 밝고 강한 나라를 만들어 가는 과정이어야 한다. 그런데 무엇으로 이 민족을 화합하게 할 수 있는가? 남북이 각자 중요하게 생각하는 가치나 사상, 제도만을 앞세운다면 하나 되기가 어려울 것이다. 특정한 종교가 그 역할을 할 수도 없다.

독일의 경우 경제·정치제도 등 제도적인 차원에서의 통일은 4, 5년 만에 대체적으로 완결되었지만, 문화적·정서적인 통일은 쉽지 않았고 아직도 갈 길이 멀다. 정치제도나 경제제도가 같아지는 것을 통일이라고 생각해서는 안 된다. 중요한 것은 문화적 통합, 마음이 묶이는 통일이다. 그렇기 때문에 남과 북이 공유하고 있는 문화나 역사에 대한 깊은 이해와 접근이 중요하다. 국민들에게는 손잡고 함께 부르는 아리랑 노래 한 곡이 그 어떤 정치적인 선언보다 훨씬 더 큰 힘을 발휘한다.

그렇다면 남과 북이 공유하고 있는 역사, 남과 북이 공유하고 있는 가치, 남과 북의 동질성을 확인할 수 있는 정신이 무엇인가? 그 뿌리가 바로 단군이며 그의 홍익인간 정신이다. 나만 좋거나 우리 집단만 좋은 것이 아니라 온 국민이 다 좋아할 만큼 용량이 큰 정신, 모든 사람의 마음을 하나로 묶을 수 있고, 민족의 역량을 최대한 결집시킬 수 있는 우리의 꿈이 바로 '홍익'이다. 우리 민족이 힘을 모아 널리 인간과 세계를 이롭게 해보자, 다함께 그런 나라를 한번 만들어 보자는 의지가 통일의 동력이 되어야 한다.

나와 나의 가족을 넘어서, 나의 종교를 넘어서, 내가 속한 지역이나 정당을 넘어서, 참으로 이 민족을 밝고 강한 나라로 만들어 보자, 인류 앞에 자랑스럽고 떳떳한 민족으로 다시 태어나자는 의지로 7천만 겨레의 가슴이 뜨거워질 때, 누가 선동하지 않아도 저마다 팔을 걷어붙이고 남북이 하나되는 일에 내가 도울 일이 없나 하고 나설 때, 그때라야 진정한 통일이 이루어진다.

내가 원하는 통일은 정신의 통일이다. 우리의 힘으로, 우리의 민족정신으로 하나되는 통일이다. 남과 북의 땅만 잇는 통일, 경제제도나 정치제도만 같아지는 통일, 한 쪽은 승리와 우월감에 도취되고 다른 한 쪽은 패배감으로 꺾이는 통일, 당위나 명분으로만 밀어붙이는 통일, 그런 통일이라면 나는 싫다.

좌우이념 대립으로 지역감정으로 종교 갈등으로 갈가리 찢겨, 치고받고 싸우며 지내 온 남한의 세월만도 55년인데, '통일'이라는 명분을 내걸고 그 통일은 남한식으로, 북한식으로, 우리 종교가 맨 앞줄에 서서, 우리 단체의 깃발만 들고 해야 한다고 싸우는 그런 통일이라면 거저 주어도 나는 싫다.

7천만 겨레의 마음을 하나로 묶는 꿈과 희망이 없는 통일, 홍익에의 다짐을 불러일으키지 못하고 그동안 힘없는 민족으로 설움받고 살았으니 우리도 강대국 소리 한번 들어 보자는 통일, 그런 통일이라면 차라리 갈라진 채 이대로 사는 것이 낫다. 그런 통일은 별거하던 부부가 혼자 살림하기에는 힘에 부치고 돈도 쪼들리고 남 보기도 민망하니, 각방을 쓰더라도 그냥 합쳐서 살자는 것이나 다름없다.

우리가 이루어야 할 통일은 분단 55년을 잇는 작은 통일이 아니다. 2천 년 간 계속된 분열과 대립의 역사를 치유하고, 5천 년 민족사의 총화로 우뚝 서는 그런 통일이다. 그러므로 통일을 이루는 우리의 철학은 5천 년 민족사를 포용할 만큼 넓고 깊어야 한다. 나는 그러한 철학이 단군의 홍익인간 정신이라고 믿는다.

한반도는 세계평화를 낳는 인류의 자궁

모든 나라가 인류평화를 소리 높여 외치지만 진정으로 인류평화를 걱정하며 실천하는 나라는 거의 없다. 잘사는 미국, 일본, 유럽의 여러 나라들도 겉으로는 평화를 말하지만 자신들의 국익에 도움이 되지 않으면 또다시 정의의 이름으로, 자유의 이름으로 전쟁을 선언한다. 그래서 지구상에는 전쟁과 폭력의 악순환이 끊이지 않고 있다.

그러나 남북이 하나되어 만드는 통일한국은 진정한 인류애와 평화를 실현하는 나라가 되어야 한다. 외교문서나 국제회의 자리에서만 발표하는 평화가 아닌, 뼛속까지 평화를 추구하는 나라가 되어 참으로 홍익하는 것이 무엇인지를 우리가 사는 모습으로 보여 주어야 한다. 우리의 통일이 '홍익'이라는 인간 가치에 대한 차원 높은 민족의 이상을 실현하는 과정이 된다면, 통일한국은 그런 나라가 되고도 남을 것이다. 진정 그렇게 된다면 우리는 남북의 문제를 지혜롭게 해결한 경험으로 세계 문제를 해결할 수 있는 혜안도 함께 얻게 될 것이다.

지난 백여 년 동안 한반도에는 세계의 모든 문제가 다 들어와서 들끓었다고 해도 과언이 아니다. 이념의 대립, 종교간의 갈등, 산업화의 문제들, 지역간 대립과 이기주의······.

나는 한반도가 그 모든 대립과 충돌을 해결할 수 있는 사상과 문화를 잉태하기 위해 인류에게 내어 준 자궁이라고 생각한다. 우리 민족은 아직 태중에 있는 나라다. 우리는 지금 자궁 속에서 새로운 탄생을 준비하고 있다. 우리의 힘으로, 우리의 정신으로 이 모든 분열상을 극복하고 통일을 이루었을 때 비로소 우리는 이렇게 외칠 수 있을 것이다.

"보아라, 세계여! 마침내 우리가 하나되었다!"

우리 민족이 주체적인 힘으로 남북통일을 이룬다면 통일한국은 앞으로 인류평화운동을 주도하는 나라가 될 것이다. 왜냐하면 우리나라가 평화에 가장 목말랐던 민족이기 때문이다.

정말로 평화를 간절히 원하는 나라가 어느 나라이겠는가? 세계의 대국으로 풍요와 안정을 누리는 미국이겠는가? 국경을 허물고 이미 한 나라처럼 되어 가는 유럽이겠는가? 침략으로 다른 민족의 가슴을 멍들게 했던 일본이겠는가? 평화의 결핍으로 뼛속까지 고통을 받아 본 나라, 분단에 너무 익숙해져서 비정상적인 정전 상태를 평화 상태라고 착각하고 살아 왔던 나라, 21세기 초반까지도 수십만 명의 청년들이 동포의 가슴에 총부리를 겨누고 있는 나라, 바로 이 한반도다. 배고파 본 사람만이 밥의 소중함을 절실히 알듯, 평화에 굶주렸던 우리 민족은 철저한 평화주의의 나라가 될 것이다.

남북이 적대와 증오의 역사를 뒤로 하고 마침내 통일을 이루는 것이 세계사에 던지는 의미는 무엇이겠는가? 그것은 인류가 분열과 대립의 역사를 청산하고 진정한 상호이해와 평화에 기초한 새 문명을 창조해야 한다는 메시지다.

남북이 우리의 힘으로, 우리의 삶의 모습으로 조화와 상생이라는 정신적인 가치를 창조함으로써 세계의 위대한 모범으로 우뚝 서는 것, 그것이 한국이 세계정신지도국이 된다는 예언의 진정한 의미라고 나는 믿는다.

동방의 등불

- 타고르

일찍이 아시아의 황금시기에

빛나던 등불의 하나였던 코리아

그 등불 다시 한번 켜지는 날

너는 동방의 밝은 빛이 되리라

마음엔 두려움이 없고

머리는 높이 쳐들린 곳

지식은 자유스럽고

좁다란 담벽으로 세계가 조각조각 갈라지지 않는 곳

진실의 깊은 속에서 말씀이 솟아나는 곳

끊임없는 노력이 완성을 향해 팔을 벌리는 곳

지성의 맑은 흐름이

굳어진 습관의 모래벌판에 길 잃지 않는 곳

무한히 퍼져 나가는 생각과 행동으로

우리들의 마음이 인도되는 곳

그러한 자유의 천국으로

나의 마음의 조국 코리아여 깨어나소서

이 시는 1929년 타고르가 일본의 식민지배 아래에서 고통을 겪는 한국인들을 격려하기 위해 지은 것
이다. 그러나 오늘의 우리에게도 여전히 큰 울림을 주는 시다.

4

어떻게 하는 것이 홍익인가

이제 국가와 학교, 거대한 사회구조와

제도에민 의존할 것이 아니라

우리 모두가 자신이 속한

가정, 직장, 지역사회 등의 공동체에서부터

밝고 건강한 홍익의 문화를 창조해야 한다.

건강하고 양심적이고 능력 있고
정서적이며 신령스러운 사람이 홍익인간이다.

홍익대통령을 기다린다

나는 사람들로부터 정치와 종교에 관심 있는 것 아니냐는 이야기를 가끔 듣는다. 그러나 분명히 밝히건대 나는 그런 데 관심이 없다. 오로지 내가 원하는 것은 우리나라가 잘 되고 인류가 행복해지는 것뿐이다. 내가 정치나 종교, 교육에 대해서 이야기하는 것은 이 땅에 좋은 정치인과 교육자, 종교인이 나오는 데 도움이 되고 싶기 때문이다.

정치와 관련하여 내가 가장 많이 받는 질문은 한국의 다음 대통령과 남북통일에 관한 것이다. 나는 특정인을 지목할 수 있는 처지도 아니고, 마음속으로 미리 점찍어 둔 사람도 없다. 그러나 내가 바람직하게 생각하는 지도자상에 대해서는 이야기할 수 있다. 나는 홍익대통령을 원한다.

정치인들을 만날 때 자주 묻는 질문이 있다.

"세상을 걱정하며 울어본 적이 있습니까?"

누구나 크고 작은 걱정을 안고 살아가며 인생의 고비에서 눈물을 흘린다. 그러나 대부분은 자기연민이나 가족, 지인들의 고통 때문에 눈물을 흘릴 뿐이다. 세상을 걱정하며 울 수 있는 사람은 많지 않다. 나는 나라와 세상의 장래를 걱정하며 탄식할 수 있는 마음을 가진 사람이 지도자라고 생각한다.

병든 세상을 향한 측은지심이 골수에 맺히고 맺혀 차갑던 가슴이 더워지고, 살을 태울 듯한 뜨거운 눈물과 함께 세상에 대한 사랑이 흘러넘치는 것을 경험해 본 사람, 권력욕이나 명예욕이 아니라 그 사랑의 마음이 사명감으로 전환되는 것을 경험해 본 사람만이 진정한 민족의 지도자가 될 수 있다.

한국을 이끌 지도자의 다섯 가지 조건

지도자의 가장 중요한 자질은 도덕성이다. 내가 생각하는 도덕성의 핵심은 정직, 성실, 책임감이다. 너무나 당연한 이 세 가지가 바탕이 될 때 비로소 공심公心을 가질 수 있다. '내 나라 내 민족이 잘 되기만 한다면 나는 무엇이 되어도 좋다'는 마음이 바로 공심이다. 공심을 가질 때 당당할 수 있고, 소신 있게 일할 수 있다.

지도자는 민족의 제단에 바쳐진 촛불과 같은 사람이다. 초가 튼튼하고 심지가 바르면 불이 아주 잘 붙는다. 그런데 많은 지도자들이 자기 몸에 불이 붙으려 하면 "아이고, 초가 녹으면 안 됩니다. 초는 절대 녹이지 말고 불만 붙이십시오." 하고 몸을 사린다. 자기 자신은 절대 타면 안 된다고 움츠리면서 민족과 인류의 대의를 이야기한다.

참다운 지도자라면 적어도 자신을 던져 나라를 밝히겠다는 마음을 가져야 한다. 그런 마음이 없는 사람이 지도자가 되겠다고 만인 앞에 나서는 것은 스스로를 기만하는 것이다.

둘째는 올바른 역사의식이다. 지도자는 뚜렷한 민족적 정체성과 역사적 사명의식을 가져야 한다. 국민의 힘과 긍지의 뿌리는 역사의식에서 나온다. 지도자가 주체적 역사의식이 없으면 국민에게 힘과 긍지를 갖게 할 수 없다.

지도자의 역사의식이란 민족사와 세계사의 도도한 흐름 속에서 자신에게 주어진 시대적 과제가 무엇인지를 정확하게 알고, 그것을 실현하기 위해 끊임없이 노력하는 자세다. 또한 자신이 추진하는 모든 일들이 후대에까지 영향을 미치는 역사적인 행위라는 사실을 한 순간도 잊지 않고 항상 바르게 가기 위해 노력하는 태도다.

나는 홍익대통령의 조건으로 무엇보다 이 역사의식이 중요하다고 본다. 국민들이 나라를 이끌 지도자를 뽑을 때는 그가 민족의 정통성과 정체성에 대한 확실한 기준을 가지고 있는지의 여부가 검증되어야 한다. 특히 국조단군에 대한 인식이 어떠한지가 중요한 선택의 기준이 되어야 한다. 왜냐하면 우리가 뽑는 사람은 다른 어느 나라의 대통령이 아닌 '한국'의 대통령이기 때문이다. 민족의 뿌리와 정체성에 대한 확실한 기준을 갖지 못한 사람은 우리의 대통령이 될 자격이 없다.

셋째는 철학이다. 한국의 대통령이 가져야 할 철학의 핵심은 민족화해와 세계평화에 이바지할 수 있어야 한다는 것이다. 20세기에 냉전체제의 영향으로 분단국가가 된 나라 중에서 통일을 이루지 못한 곳은 우리뿐이다. 분열이나 대립보다 조화와 화합의 가치, 관용과 화해를 소중하게 생각하는 인류의식의 변화는 한반도의 평화 정착을 어느 누구도 거스를 수 없는 시대의 대세로 만들어 가고 있다.

한국을 이끌 지도자는 민족의 화해를 위한 실질적인 정책과 세계평화를 위해 한반도가 어떻게 기여할지에 대한 구체적인 계획을 가지고 있어야 한다. 한국의 대통령은 기본적으로 평화주의자여야 한다. 그러나 잊지 말아야 할 것은 진정한 평화주의자는 평화를 구걸하는 사람이 아니라 평화를 창조하는 사람이라는 것이다. 힘이 없는 나라는 평화를 원한다 해도 그 평화를 지킬 수 없다. 선함만으로는 평화를 지킬 수 없다. 밝고 강해져야 한다.

넷째는 비전이다. 지도자라면 마땅히 나라의 미래를 밝힐 수 있는 구체적인 계획이 있어야 한다.

"정말로 이 나라의 미래에 대한 대안이 있어서 권력을 얻고자 하는가? 과연 계획이 있는가?"

이런 질문에 자신 있게 답할 수 있는 사람이어야 한다. 민족의 미래에 대한 비전도 없고, 민족적 과제에 대한 절절한 고민도 없이 권력을 잡으려 하는 것은 범죄나 다름없다.

비전은 우리의 마음속에 새겨진 미래의 그림이다. 개인에게 비전은 삶의 의미와 방향을 가리키는 나침반이다. 비전을 가질 때 비로소 자신의 존재 의미를 확인할 수 있고 이 사회에 책임을 가진 성인으로 살아갈 수 있게 된다. 나라에 있어서도 이 점은 마찬가지다. 좋은 비전은 우리에게 끊임없이 동기를 부여하고, 우리가 가진 에너지를 최대로 쏟아 부을 수 있도록 자극한다. 우리에게 지혜와 용기를 주고 우리를 능력 있는 국민으로 만든다. 비전이 우리를 성장시킨다.

비전은 어느 날 갑자기 영감처럼 솟아오르는 것이 아니라 능동적인 선택에 의해서 새롭게 창조되는 것이다. 공심과 역사의식과 철학이 있을 때 비로소 비전을 창조해 낼 수 있다. 국민에게 꿈과 희망을 줄 수 있는 사람이 진정한 지도자다.

마지막으로 빼놓을 수 없는 것이 통일론이다. 한국을 이끌 지도자가 갖추어야 할 통일론은 무엇보다 현실적이어야 한다. 자신의 정치적 생명을 연장하기 위한 수단으로 통일을 이용해서도 안 되고, 명분과 당위로 밀어붙여서도 안 된다. 통일은 우리의 민족적 과제이자 사명이나 서둘러서는 안 되며, 제도의 통합이나 단일화보다 통일이라는 이름으로 우리가 누릴 '삶의 내용'이 더 중요하다. 7천만 겨레의 마음이 하나로 묶이는 정신의 통일, 홍익이라는 민족 비전을 실현하기 위한 통일론을 갖추어야 한다.

홍익국민이 홍익대통령을 만든다

나는 일찍부터 하늘이 점찍어 둔 위대한 지도자가 예정되어 있다고는 생각하지 않는다. 정치인들은 물 위를 떠다니는 황포돛대나 다름없다. 국민이 물이다. 어떤 나라의 정치지도자든 자신을 지지하는 국민의 의식 수준에 상응하는 정치를 편다고 할 수 있다. 국민 대다수가 무엇을 원하는지, 국민의 의식이 어디에 가 있는지에 따라 나라의 정책이 영향을 받는 것은 당연하다.

국민이 먼저 철이 나야 한다. 국민이 철날 때 역사가 철나고 정치가 철난다. 나는 이 땅에 홍익민주주의가 실현되기를 바란다. 민주주의를 더욱 발전시키되, 우리 민족의 홍익철학을 바탕으로 무한한 창조적 진화가 있기를 바란다. 그리하여 홍익정신을 실천하는 대통령이 이 땅에 나오기를 바란다. 외국의 지도자들 앞에서 "한국문화의 저력은 은근과 끈기에 있다."고 말하는 것이 아니라 "한국문화의 저력은 홍익인간 이화세계라는 우리 민족의 건국철학 속에 있다. 이 철학으로 세계평화와 인류번영에 기여하겠다."고 당당하게 말하는 그런 대통령이 나오기를 고대한다.

뜻있는 교육자들에게 고한다

지난 몇 년 동안 백두산 여행을 겸해 조선족들이 살고 있는 연변을 방문할 기회가 여러 차례 있었다. 그때마다 우리 일행을 안내한 가이드가 있었는데 대부분 연변대학에서 강의를 맡고 있는 젊은 강사들로 조선족 3세들이었다.

우리 일행은 멀리 해란강이 내려다보이는 일송정의 누각에 앉아서 그들에게서 3대에 걸친 조선족 이주사 및 정착사 강의를 들었다. 그들은 자부심과 신념에 찬 목소리로 선조들의 항일 독립운동사를 들려주었다. 선조들이 모국어와 역사를 잊지 않고 후손들에게 전해 주기 위해 얼마나 많은 노력을 기울였는지를 전하면서 그들은 자신이 조선족인 것이 자랑스럽다고 말했다.

해란강을 굽어보며 다함께 어깨동무를 하고 '선구자'를 부르면서 우리는 역사의식이 한 사람의 자아 정체성 확립에 얼마나 큰 영향을 미치는지를 새삼스럽게 깨달았다.

자라나는 세대에게 역사의식을 심어 주자

올바른 역사의식이 건강한 자아 정체성의 기초를 이룬다. 역사의식
이란 무엇인가? 첫째는 자신이 역사적 존재임을 인식하는 것이다.
둘째는 역사의 의미를 이해하고 역사에서 배우는 것이다. 셋째는 역
사로부터 미래의 비전을 창조해낼 줄 아는 것이다.

우리는 알아야 한다. 그리고 후손들에게 가르쳐야 한다. 지금의
나는 갑자기 하늘에서 뚝 떨어진 존재가 아니라, 이 민족의 뿌리에서
부터 시작된 수천 년의 역사가 내 피, 내 정신 속에 녹아 있다는 사실
을 말이다. 이 순간의 내 삶이 수천 년의 과거와 연결되고, 또한 수천
년의 미래와 연결된다. 우리는 역사적인 존재들이다. 우리 개개인의
역사는 자신의 나이로 한정지어지는 것이 아니다. 한민족 전체의 마
음과 영혼의 역사가 우리 개개인의 의식 속에 함께 살아 있다.

대한민국에 태어난 것은 우리가 선택한 것이 아니다. 이 세상에 태
어날 때 한국인으로 태어나겠다고 작정하고 태어난 사람은 단 한 사
람도 없다. 그냥 와서 눈을 뜨고 보니 한국인이 되었을 뿐이다. 그러
나 진정한 한국인이 되는 것은 숙명이 아니라 우리의 선택이다. 내가
누구인지 알려면 이 나라가 어떤 나라인지를 알아야 한다. 이 민족이
어떻게 탄생했고 어떤 역사를 가졌으며 어떻게 지켜온 나라인지를
알아야 한다.

개인의 혼은 민족의 혼에 뿌리를 두고 있다. 개인의 의식은 집단의 의식에 뿌리를 두고 있다. 그래서 진정한 자기 자신을 알려면 역사를 공부하지 않으면 안 된다. 우리의 뿌리를 모르고서 우리의 참모습을 알 수 없다.

나는 우리나라 교육의 가장 큰 문제가 바로 역사의식의 부재라고 생각한다. 우리는 역사에 대한 인식이 부족할 뿐만 아니라 역사에 대한 반성도 부족하고 역사에서 배우는 일에도 게으르다. 역사는 지나간 과거사가 아니라 끊임없이 현재와 미래에 영향을 미치는, 살아 있는 것이다. 임금의 생몰연도나 영웅의 이름, 전쟁 발발 시기를 암기하는 것이 역사 공부가 아니다.

교육자들에게 역사의식을 강조하면 "나는 수학선생입니다. 그건 국사선생의 몫이 아닙니까?"라고 반문하는 교사들을 여럿 보았다. 그러나 역사의식은 삶의 모든 부분에 걸쳐 있는 것이다. 역사의식이 없는 사람은 자신의 전문 분야에서 전문가적인 역량을 발휘할 수 있을지는 몰라도 거시적이고 종합적인 관점에서 문제를 조망하는 통찰력과 미래를 설계하는 능력이 떨어지게 된다. 바른 역사의식을 가진 사람만이 올바른 정체성과 주체성을 가질 수 있으며 개인의 이익을 넘어서 나라와 민족, 세계와 인류 공동체의 번영에 헌신할 수 있는 마음과 소양을 갖게 된다.

자라나는 후손들에게 가장 먼저 우리 민족의 역사, 민족의 정신과 문화를 가르쳐야 한다. 그 위에 세계인과 더불어 살아가기 위한 세계시민 교육이 필요하다. 순서와 균형이 중요하다. 자기의 눈으로 스스로와 세계를 바라보는 눈은 길러 주지 않은 채, 외래의 사상과 문화만을 주입하면 물밀듯이 밀려드는 서구문화를 소화해 내지 못한 채 압사당하게 된다. 창조의 주체가 되지 못하고 남이 창조한 것에 기대어 염치없이 살아가게 된다.

나는 역사교육이 '창조'를 위해 존재한다고 믿는다. 사실의 기록과 전달은 물론 중요하나, 그것이 역사교육의 전부가 아니다. 자기 존재의 근원에 대한 긍지와 자존감을 심어 주지 못하는 교육, 자라나는 세대들에게 꿈과 희망을 심어 줄 수 없는 교육은 교육이 아니다. 민족의식 없이 쓰인 민족사는 죽은 역사에 불과하다.

나는 오랫동안 사람들의 의식을 바꾸는 일에 전념해 온 교육자로서, 우리 국민의 의식이 달라지려면 무엇이 필요한지를 생각해 보았다. 명분이나 당위만으로는 사람을 바꿀 수 없다. 왜곡된 정보를 그대로 둔 상태에서는 아무리 새로운 정보가 들어와도 그 정보가 변화를 만들어 내지 못한다. 새로운 정보에 의해서 왜곡된 정보가 정화되고 교체될 때, 관점의 전환이 일어나고 그때서야 비로소 진정한 변화와 창조가 시작된다.

지금 한국인에게 필요한 것이 바로 관점의 전환을 가져다 줄 '정보의 교체'다. 스스로에 대한 존엄과 긍지를 되찾아 내면의 힘이 우러나도록 해줄 정보가 절실하게 필요하다. 어느 누구보다도 교육자들이 앞장서서 좋은 정보를 생산하고, 후손들에게 그러한 정보를 전해 주어야 한다.

가장 먼저 교체해야 할 정보는 우리 민족의 정신적 뿌리에 대한 무지와 무관심이다. 그리고 경쟁과 지배의 논리에 길들여진 이기주의

다. 그러한 정보를 정화한 후에 조화와 화합, 평화의 세계관과 철학을 심어 줄 수 있는 민족정신 교육을 해야 한다. 교육이 중요하다. 교육만이 희망이다. 결국 교육을 통해서 사람이 바뀌고 나라의 미래가 결정된다.

우리 아이들에게 민족의 정신, 홍익철학을 가르치자. 홍익철학을 가진 사람은 남을 지배하거나 군림함으로써가 아니라 평화와 사랑을 실천함으로써 스스로 위대해지고 존엄해지는 것이라고 가르치자. 너의 유전자 속에 홍익의 정신이 흐르고 있으니, 너만을 생각하거나 네가 속한 단체의 이익만을 위해 살아가는 것은 민족 앞에 부끄러운 것이라고 이야기해 주자. 홍익의 철학을 물려받은 후손답게 인류평화에 공헌하는 삶을 살라고 가르치자. 우리 아이들에게 민족의식을 키워 주는 것이 곧 인류를 위한 교육임을 한 순간도 의심하지 말고 자신 있게 가르치자. 키우고 발전시킬수록 세계평화에 이바지하는 평화의 철학, 화합의 정신이 우리 민족의 홍익철학임을 마음껏 자랑스러워하자.

21세기 홍익인간의 다섯 가지 조건

몇 년 전 유니세프 한국위원회가 동아시아, 태평양 지역의 청소년들을 대상으로 연장자에 대한 존경심 여부를 조사한 적이 있다. 연장자를 매우 존경한다고 대답한 한국 청소년은 20퍼센트로 조사 국가 가운데 최하위였다. 다른 나라 청소년들은 70퍼센트 가까이가 그렇다고 대답한 반면에 말이다. 더욱 놀라운 것은 존경하는 사람으로 교사를 꼽은 청소년이 단 한 명도 없다는 것이다. 나는 이것을 우리나라 교육의 문제가 극단적으로 드러난 사례 중 하나로 본다.

우리나라의 교육이념은 홍익인간이다. 나는 우리 교육의 목표가 바른 역사인식을 통해 밝고 강한 민족적 정체성을 갖게 하고 그 바탕 위에서 인류평화에 이바지할 홍익인간을 기르는 것이어야 한다고 본다.

내가 생각하는 21세기 홍익인간의 조건은 크게 다섯 가지다. 아래의 다섯 가지 조건을 갖춘 사람은 참으로 이 세상에 홍익할 만하다고 생각한다.

첫째, 홍익인간은 건강한 사람이다. 건강은 단순히 질병이 없는 상태가 아니다. 진정한 건강은 자신이 선택한 일을 위해 몸과 마음이 가진 에너지를 십분 활용할 수 있는 상태다. '내 몸은 내가 아니라 내 것'이라는 사실을 깨닫고 자기 몸의 진정한 주인 노릇을 하는 사람이 참으로 건강한 사람이다.

둘째, 홍익인간은 양심적인 사람이다. 양심은 옳고자 하는 의지, 참되고자 하는 의지다. 옳고 그름의 내용은 시대와 문화에 따라 다를 수 있지만 옳은 삶을 살려고 하는 의지만큼은 어느 시대에나 보편적인 것이다. 양심은 '나는 누구인가, 내 삶의 목적은 무엇인가'에 대한 가치관을 바탕으로 바른 삶을 살려는 의지라고 할 수 있다.

셋째, 홍익인간은 능력 있는 사람이다. 나는 능력의 가장 중요한 요소를 지성이라고 생각한다. 지성은 어렵고 복잡한 지식을 얼마나 많이 아는가가 아니라, 밝고 건강하며 실질적인 정보를 얼마나 많이 창조하는가에 달려 있다. 아무리 공부를 많이 한 박사라도 제 역할을 못해 내는 사람보다는 땅을 잘 알고 건강한 농산물을 수확하며 평생을 땅과 함께 살아 온 농부가 진정으로 능력 있는 사람이다.

넷째, 홍익인간은 정서적인 사람이다. 정서적으로 여유롭고 조화로운 사람, 멋과 풍류를 아는 사람이다. 한마디로 '잘 놀 줄 아는 사람'이다.

다섯째, 홍익인간은 신령스러운 사람이다. 내면의 신성의 목소리에 귀를 기울이는 사람이다. 다른 말로 하면 영적인 사람이라고 할 수 있다. 우리가 생활 속에서 접하는 수많은 정보를 내면의 신성이라는 여과기로 걸러 내어 좋은 생각을 하고 좋은 말을 하고 좋은 정보를 생산하고, 그 정보를 일상생활에서 실천하는, 참으로 좋은 습관을 가진 사람이다. 21세기에는 이 신령스러움의 가치가 새롭게 부각될 것이다.

단학과 뇌호흡을 마음껏 활용하라

나는 우리나라의 교육자들에게 단학과 뇌호흡을 적극적으로 활용하라고 권유하고 싶다. 단학과 뇌호흡의 체계는 내가 정립했지만 이미 우리 민족에게 있었던 철학과 수행법을 현대화한 것이므로 나 개인의 것이 아니다. 한 개인이나 특정 단체의 것이라는 선입견을 갖지 말고 단학과 뇌호흡을 우리 민족의 교육 자산이라고 생각하여 교육에 널리 활용해 주었으면 좋겠다.

단학과 뇌호흡은 체험 교육이다. 지식을 전달하는 것이 아니라 감각을 깨우고 양심을 살리는 교육이다. 바른 역사 인식을 통해 밝고 강한 민족적 정체성을 갖게 해주며 동시에 지구를 느끼고, 지구의 마음을 아는 아이들을 기를 수 있는 교육이다.

나 자신의 26년 동안의 교육 경험과 일선 학교에서 단학과 뇌호흡을 활용해 온 교사들의 사례를 통해서, 나는 단학과 뇌호흡이 홍익인간을 기를 수 있는 교육철학과 방법론을 갖고 있다고 확신하게 되었다. 뜻있는 교육자들이 단학과 뇌호흡을 교육현장에 적극적으로 도입하기를 바란다. 이 땅에 홍익교육을 뿌리내리는 일이라면 나 또한 최선을 다해 도울 것이다.

평화와 화합의
종교를 위해 제언한다

우리나라는 지구상에 유례가 없는 다종교 사회다. 세계의 거의 모든 종교가 다 들어와 있으며 그들 종교가 뿌리를 내리고 잘 성장해 왔다. 어떤 이는 이를 두고 '우리나라는 어떤 종교를 심어도 잘 자라는, 토질이 좋은 믿음의 땅'이라고 표현하기도 했다.

우리 민족은 경천敬天사상을 가진 민족이다. 하늘을 만물의 뿌리로 보고, 사람은 끊임없는 자기수행을 통하여 그 하늘을 닮아 가야 한다는 하늘사상을 가진 민족이다. 고대로부터 천손天孫, 즉 하늘 백성이라는 신성한 자부심을 가지고 있었으며 만물에 하느님이 깃들여 있다고 믿었다. 우리 민족이 믿은 하느님은 호불호好不好의 감정을 가진 인격신이 아니라, 우주를 주재하는 보편적인 원리로서의 하느님에 가깝다.

천부경과 함께 우리 민족의 3대 경전의 하나로 알려진 삼일신고三

一神誥에는 하늘과 하느님에 대한 가르침이 이렇게 적혀 있다.

"저 파란 창공이 하늘이 아니며 저 까마득한 허공이 하늘이 아니다. 하늘은 얼굴도 바탕도 없고 시작도 끝도 없으며, 위 아래 둘레 사방도 없고, 비어 있는 듯하나 두루 꽉 차 있어서 있지 않은 곳이 없으며, 무엇 하나 싸지 않은 것이 없다."

"하느님은 시작도 끝도 없는 근본 자리에 계시며, 큰 사랑과 큰 지혜와 큰 힘으로 하늘을 만들고 온 누리를 주관하여 만물을 창조하되 아주 작은 것도 빠진 게 없으며, 밝고도 신령하여 감히 사람의 언어로는 표현할 길이 없다. 언어나 생각을 통해 하느님을 찾는다고 해서 그 모습이 보이는 것이 아니다. 오로지 자신의 진실한 마음을 통해 하느님을 찾으라. 그리하면 너의 머리 속에 이미 내려와 계시리라."

이러한 하늘사상은 역사의 부침浮沈을 겪으면서 점차 본래의 모습을 잃고 기복적인 민간신앙으로 변형되기도 했으나 우리의 문화와 심성 속에 깊이 스며들어 있다. 이러한 우리 민족 특유의 종교적 심성과 토양이 있었기 때문에 외래 종교들이 별 어려움 없이 뿌리를 내릴 수 있었던 것이다.

나는 한국인 기독교 신자가 '하느님'을 부르며 기도할 때, 산사를 찾아간 불자가 부처상 앞에서 '나무관세음보살'을 욀 때 그 하느님과 부처님 속에는 단군 이래로 형성되어 온 한국인의 하늘사상이 녹아 들어가 있다고 본다.

기독교가 우리나라에 들어온 지는 120여 년 정도 되었고, 유교와 불교의 역사는 천 년이 넘으며, 그 위에 우리 고유의 하늘사상은 5천

년 가까운 역사를 가지고 있다. 방대한 교리나 복잡한 신학 체계는 없었지만 기독교나 다른 외래 종교가 들어오기 전에도 이 땅에는 소박하고 진실한 마음으로 하느님을 믿는 사람들이 있었다. 기독교가 한국에 들어왔을 때는 한국인의 마음에 있는 그 하느님의 밭에 씨앗을 뿌린 것이지, 이스라엘 민족의 하느님으로 온 것이 아니다. 그런 의미에서 이 땅에 들어온 모든 외래 종교는 거름기 풍부한 민족의 정신적 토양과 너른 품 앞에 겸허한 마음을 가져야 할 줄로 안다.

내가 아는 예수님

단군상 훼손과 관련하여 기독교를 자주 문제 삼으니 사람들은 내가 예수님하고 담쌓은 사람이라고 여길지도 모르겠다. 그러나 나는 예수님을 사랑한다. 내가 기독교를 자주 거론하는 것은 예수님을 본받겠다고 하면서 그의 정신과는 정반대의 길을 가는 사람이 많기 때문이다. 더불어 한국 교회가 민족의 정신과 전통문화에 대한 잘못된 태도를 취함으로써 많은 기독교인들을 오도하고 있다고 보기 때문이다.

내가 아는 예수님은 우리에게 서로 사랑하고 기뻐하라는 축복의 메시지를 남긴 분이다. 자신의 삶으로써 그 메시지를 실천하고 본을 보여주고 간 분이다. 서로 사랑하고 기뻐하라는 그의 메시지는 신앙에 대한 대가로 주어진 것이 아니다. 2천 년 전의 그의 마음과 큰 사랑은 시공을 초월하여 이 우주에 각인되어 있다. 예수님의 말씀을

히브리어로 직접 들은 제자들이나 그를 신앙하는 사람들뿐만 아니라, 이 지상에 생명의 뿌리를 대고 있는 모든 사람들을 향하여 한 말이다.

그러나 많은 기독교인들이 조건 없이 사랑하고 기뻐하라는 예수님의 가르침을 욕보이고 있다. 예수님은 정한 적도 없는 조건을 요구하며 예수님께 사랑받으려면 우리 교회에 다녀야 한다고, 우리 목사님 설교를 들어야 한다고, 다른 종교 근처에만 가도 예수님의 눈 밖에 나서 천벌을 받는다고 협박한다.

서로 사랑하고 기뻐하라는 메시지의 진정한 의미를 알지 못하면 예수님의 가르침을 족쇄로 만들어버리는 결과가 된다. 예수님이 자신의 삶을 통해서 우리에게 보여 준 하느님은 사랑의 하느님이다. 그가 우리에게 남긴 것은 사람을 옭아매는 족쇄의 율법을 지키라는 것이 아니라 서로 사랑하고 기뻐하라는 것, 오직 이 두 가지였다.

모든 사람들의 가슴 속에 있는 하느님이 참 하느님이다. 내가 아는 하느님은 다른 민족, 다른 종교인의 가슴 속에 있는 하느님은 사탄이라고 몰아치는 작은 하느님이 아니다. 자기한테 잘 하는 사람만 사랑하겠다는 속 좁은 하느님이 아니다.

특정한 개인이나 집단의 명리를 위해 예수님을 팔거나 그의 가르침을 왜곡해서는 안 된다. 나는 한국 교회의 지도자들이 교회 조직이 아니라 사람들의 가슴과 삶 속에서 하느님을 발견하도록 안내해야 한다고 생각한다. 그래야만 진정한 영적 지도력을 발휘할 수 있으며, 예수님을 알림으로써 먹는 밥이 부끄럽지 않다.

지구는 편 가르는 신을 원하지 않는다

성경에 '뜻이 하늘에서 이루어진 것같이 땅에서도 이루어지이다' 라는 구절이 있다. 우리 시대에 '땅에서도 이루어져야 할 하늘의 뜻' 이 바로 지구에 평화와 화합의 문화를 정착시키는 것이다. 그러므로 우리 시대에 진정한 지도력을 발휘하는 종교 또한 교세가 아니라 지구의 평화와 화합에 얼마나 기여하고 있는지로 판단해야 한다.

모든 종교에서 영성靈性을 이야기한다. 성숙한 종교인이라면 종교적인 신비 체험이 있느냐 없느냐가 영성을 좌우한다고 생각하지는 않을 것이다. 참된 영성은 이기적이고 자기중심적인 태도에서 벗어나 전체를 생각하고 생명을 살리는 방향으로 살아가는 것이다. 이 책에서 자주 쓴 표현을 빌리자면 홍익하는 삶이 바로 영적인 삶이다. 사랑의 실천을 통한 평화와 화합이 영성의 증거다.

우리는 종교 다원주의 시대에 살고 있다. 이제는 많은 사람들이 나의 종교만이 최고이며, 나의 종교를 통해서만 구원받을 수 있고, 다른 모든 종교는 이단이라는, 극단적이고 편협한 종교관에서 벗어나고 있다.

우리나라는 신앙의 자유가 인정되는 나라다. 어떤 사람들은 신앙의 자유라는 말을 오해하여, 자신의 종교적 신념에 따른 행위는 무엇이든지 정당하다고 착각하기도 한다. 그러나 신앙의 자유의 진정한 의미는 서로 다른 신앙과 가치체계를 존중해야 한다는 데 있다. 자기 종교만이 최고라고 생각하는 배타적인 종교는 집단이기주의의 하나이며, 도道(보편적 진리)를 가장한 왜곡된 충忠에 불과하다. 세계는 점점 하나가 되어가고 있는데, 여전히 분리와 분할을 강조하는 종교는 이제 더 이상 설 자리가 없다. 우리에게는 하나의 세계, 하나의 지구가 있을 뿐이다. 지구는 싸우는 신, 편 가르는 신, 갈등과 분쟁을 부추기는 신은 이제 더 이상 원하지 않는다.

단군을 사랑하는 예수님의 자녀가 될 수는 없는가

예수님을 믿기 때문에 단군을 마음으로 받아들일 수 없다고 생각하는 기독교인들에게 꼭 하고 싶은 말이 있다. 단군은 우리에게 종교가 아니라 핏줄이고 역사고 문화다. 기독교인이 스스로를 아브라함의 자손이라고 말할 때는 예수님의 정신의 맥을 이어받겠다는 뜻이지, 자신의 핏속에 흐르는 어머니 아버지의 유전자를 부인하겠다는 뜻은 아니지 않은가.

종교와 사상을 바꾸어도 부모가 달라지지 않는 것처럼, 단군이 우리의 뿌리라는 것은 변할 수 없는 사실이다. 민족종교 일각에서 단군을 신앙의 대상으로 삼는다고 해서 국민 대다수의 가슴에 민족의 뿌리로 자리 잡은 단군을 우상이라고 하거나 이단시하는 것은 예수님을 향한 길이 아니다.

어떤 종교이든지 이 땅에서 뿌리를 내리고 꽃을 피우려면 민족의 정신과 문화를 아는 데 인색해서는 안 된다. 민족사에 대한 이해도 역사의식도 없이, 민족의 문화에 대한 애정도 없이 개인의 구원에만 매달리는 이기주의자를 만드는 종교는 성숙한 종교라고 할 수 없다.

말로는 민족통일 인류평화를 외치면서도, 민족이나 국가의 발전보다는 종파의 발전을 목표로 활동하는 종교인들이 정말 많다. 그들에게 민족통일이나 인류평화는 종파의 발전을 위한 구호나 도구에 지나지 않는다. 민족통일과 인류평화도 반드시 자신의 종교식으로 해야 한다고 떼를 쓰는 사람이 얼마나 많은가. 그러나 민족통일은 민족식으로, 인류평화는 인류식으로 해야 옳다.

이 땅의 기독교인들이여! 왜 예수님을 믿는가? 우리 마음속에 더 바르고 선하고 의미 있는 삶을 살고자 하는 성장의 욕구가 있기 때문이다. 우리의 중심에 자리 잡은 영혼이 사랑이 없는 삶에 만족하지 못하기 때문이다. 이 땅에서 더 바르고 선하고 의미 있게 살기 위하여, 이 나라가 있게 한 단군을 마음껏 사랑하는 예수님의 자녀가 될 수는 없는가!

홍익네티즌들에게 바란다

세계화와 정보화, 인터넷이라는 말을 빼면 신문에서 읽을 것이 없을 정도로 정보는 21세기의 화두가 되었다. 우리는 정보가 돈이 되고 권력이 되는 시대에 살고 있다. 정보가 세상을 움직인다. 그렇기 때문에 많은 사람들이 정보를 더 빨리, 더 많이 얻을 수 있는 능력을 기르기 위해 안간힘을 쓰고 있다.

나는 정보통신의 발달이 인간의 의식 진화를 위한 아주 훌륭한 환경이라고 생각한다. 시간과 공간의 제약을 벗어나 내면의 욕구를 마음껏 표현할 수 있는 자유와 기회가 더 많이 주어지고 있기 때문이다. 많은 정보가 인터넷을 통해 빠른 속도로 전 세계로 확산되고 누구나 정보를 쉽게 접할 수 있게 되면서 권위주의와 위선, 독단이나 패권이 설 자리는 점점 줄어들고 있다.

그러나 인터넷의 미래에 대해서 걱정하는 사람도 많다. 익명성을 빙자한 무책임한 말과 악의에 찬 해킹, 노다지를 발견했다는 듯이 무섭게 밀고 들어오는 대기업들의 상업주의로 초기 네티즌들이 꿈꾸던 이상적인 교류 공간과 공동체로서의 가능성이 점차 불투명해지고 있기 때문이다.

정보를 많이 아는 것만으로는 정보의 주인이 될 수 없다

인터넷의 미래에 대해서 이야기하기 전에 먼저 정보 자체에 대한 우리의 생각을 짚고 넘어가자.

많은 사람들이 자기 자신을 곧 정보의 집합체라고 생각한다. 자신의 이름, 나이, 직업, 취미…… 그 모든 것을 합하면 곧 자기 자신이 된다고 생각한다. 그러나 우리는 정보가 아니다. 정보는 내가 아니라 내 것이다. 이름, 직업, 나이 등도 하나의 정보에 불과하다. 이름이 있기 전에도, 직업을 갖기 전에도, 그 어떤 정보가 주어지기 전에도 우리의 생명은 있었다.

우리에게 힘을 주는 정보도 많지만, 한계를 지우고 우리의 영혼을 가두는 정보도 많다. 많은 사람들이 정보의 감옥 속에서 성공과 승리를, 자유와 정의를 부르짖는다. 그러나 그 모든 것도 결국은 인간이 만들어낸 정보에 불과하다는 것을 잊어서는 안 된다.

사람들은 진리의 이름으로, 정의의 이름으로, 자유의 이름으로 싸운다. 그러나 생각해 보자. 어떻게 진리가 싸울 수 있는가, 어떻게 자유가 스스로 싸울 수 있는가? 진리라는 틀을 쓴 정보, 자유라는 이름을 가진 정보들이 싸우고 있을 뿐이다. 정보는 변하고 업그레이드되는 것이다. 그리고 그 정보를 업그레이드하는 주체는 바로 우리 자신이다.

많은 사람들이 지식이나 정보가 자신을 자유롭게 할 것이라고 생각한다. 그러나 그것은 착각이다. 우리는 지식도 정보도 아니고 그냥 생명이다. 스스로 홀로 존재하는 영원한 생명이다. 생명이 움직이고 활동하면서 많은 기록을 남겼다. 그것이 지식이고 정보다. 지식은 생명의 그림자일 뿐이다. 정보의 주인인 자기 실체를 깨닫지 못하면 모든 정보는 생명을 가두고 지배하는 감옥이 될 뿐이다.

정보가 이러한 이중성을 갖기 때문에 가장 중요한 것이 바로 '정보를 선택하고 판단할 수 있는 능력'이다. 이러한 능력이 없으면 정보의 홍수 속에서 정보의 주인이 되어 정보를 활용하는 것이 아니라 정보의 노예가 되어 지배당하는 생활을 하게 된다. 정보에 대한 갈증과 불안감 속에서 쉼 없이 정보를 찾아다니기만 할 뿐, 자신이 선택한 정보를 활용한 생산적이고 창조적인 활동에 에너지를 충분히 쏟을 수 없게 되는 것이다.

단순히 정보를 많이 아는 것만으로는 정보의 주인이 될 수 없다. 아무리 정보를 많이 가지고 있어도, 정보 자체가 더 나은 삶을 보장해 주지는 않는다. 무엇이 나에게 필요하고 중요한 정보인지를 판단하고 선택할 수 있는 지혜와 직관, 유연하고 통합적인 사고력, 그리고 창의력과 결단력이 없이는 진정한 정보의 주인이 될 수 없다.

한국은 총인구 중 인터넷을 사용하는 인구의 비율이 세계 1위라고 한다. 초고속 통신망 보급률도 단연 세계 1위이고, 휴대폰을 사용하는 인구의 비율도 세계에서 가장 높다고 한다. 그런데 과연 이런 지표들만 보고 한국이 인터넷 강국이라고 할 수 있을지는 의문이다.

모든 국민이 컴퓨터를 사용할 줄 알고, 인터넷을 손쉽고 빠르게 이용할 수 있는 초고속 정보통신망이 전국에 거미줄처럼 깔린다고 해서 저절로 인터넷 강국이 되지는 않을 것이다.

인터넷 접속률이 아무리 높아도 인터넷을 사용하는 우리의 의식이 따라가지 못하면 그것은 삶의 질을 향상시키는 수단이 아니라 사회와 개인을 해치는 도구로 전락하고 만다. 우리는 그 예를 자살사이트 소동에서 극명하게 보지 않았는가. 결국 문제가 되는 것은 인터넷이라는 공간을 타고 유통되는 정보의 내용이며, 그것을 다루는 사람의 가치 기준과 삶의 원칙이다.

인터넷에 평화와 힐링의 메시지를 띄우자

전문가들은 지난 20세기에 우리가 산업화 사회에 발 빠르게 대처하지 못해 약소국이 되었다는 점을 상기시키며 21세기 정보화 사회만큼은 뒤처져서는 안 된다고 강조한다. 세계인들과 어깨를 겨루며 강한 국민이 되려면 컴퓨터와 영어를 잘해야 한다고 말한다.

그러나 우리는 '왜', 그리고 '무엇을 위해' 정보화대국이 되어야 하는지를 생각해 보아야 한다. 단지 국제사회에서 뒤처지지 않기 위해서, 지식과 정보가 돈이 되니까 불철주야 열심히 해야 한다면 슬픈

일이다.

중요한 것은 사이버 공간이라는 제2의 삶의 무대에서 세계인들과 무엇을 주고받을 것인가, 지식과 정보가 그렇게 중요하다는데, 그 지식과 정보를 이용해 어떤 삶을 살고 싶은가다.

어디를 향해 가고 있는지도 모른 채, 자기가 어떻게 살고 싶은지도 모른 채 정신없이 달려가기만 하는 사회는 꿈 없이 일만 하다가 기진맥진하는 불행한 사회다. 그래서 나는 지식강국, 정보화대국이라는 말을 들을 때마다 무언가 허전한 느낌이 든다.

정보통신 혁명이라는 토대 위에서 우리가 향유하고 발전시켜 후손들에게 자랑스럽게 물려줄 문화와 가치는 무엇인가? 그것에 대한 진지한 고민 없이 진행되는 정보화 사회는 소리만 요란한 구호에 불과하다.

인터넷 하면 꼭 따라다니는 말 중의 하나가 '빛의 속도'였다. 인터넷이 빛의 속도로 정보를 교환하게 해 주는 꿈의 기술이라는 의미다. 몇 년 전에 빌 게이츠가 '생각의 속도'라는 표현을 썼는데 그 말이 세계적인 유행어가 되었다. 아무리 빛의 속도로 정보가 유통되어도 생각이 미치지 못하면 이를 활용할 수 없다는 뜻이다.

그러나 더 이상 속도가 문제되지 않는 시점에서는 결국 얼마나 창조적이고 생산적인 정보인가라는 '질'이 중요해진다. 우리가 인터넷을 통해 어떤 정보를 받고, 어떤 정보를 내보내느냐가 가장 중요해지는 것이다.

정보는 중요하다. 그러나 더욱더 중요한 것은 정보를 움직이는 주체가 바로 사람이라는 것이다. 그 정보 뒤에 숨을 쉬며 심장이 뛰는 인간이라는 생명이 있다는 자각이다. 우리는 생명에 대해서 눈을 떠야 한다. 인간의 생명과 지구의 생명을 어떻게 하면 평화롭게 할 것인가? 그것이 우리가 가져야 할 관심이다.

세상에는 오직 두 가지의 정보가 있을 뿐이다. 인간과 지구를 힐링하는 정보와 킬링하는 정보. 과연 어떤 정보를 받아들이고 어떤 정보를 창조할 것인가? 개인이 가진 정보는 개인의 운명을 좌우하고, 많은 사람들이 공동으로 가진 정보는 한 사회의 운명을 바꾸며, 더 나아가 인류와 지구의 미래를 결정한다. 정보가 출력이 되어서 행동으로 나타나고, 그 행동이 반복되면 습관이 되고, 그것이 쌓이고 쌓여 인류의 집단의식이 되고 역사가 된다.

진정한 인터넷 강국이 되려면 인터넷을 타고 오가는 정보의 알맹이가 훌륭해야 한다. 창조적인 것만으로는 부족하다. 재미있는 것만으로는 부족하다. 아름다운 것만으로는 부족하다. 그 안에 인간과 세계를 바라보는 우리의 철학이 녹아들어가 있어야 한다.

나는 네티즌들에게, 그리고 인터넷 콘텐츠를 만드는 전문가들에게 제안하고 싶다. 우리가 만드는 콘텐츠에 홍익의 철학을 담자. 킬링하는 정보가 아닌 힐링하는 정보를 담자. 평화와 힐링의 메시지를, 조화와 상생의 가치를 심어 정보의 바다에 띄우자.

우리에게 주어진 이 소중한 도구를 정말 잘 사용하자. 서로를 부당하게 공격하고 억압하는 도구가 아니라, 서로를 유익하게 하는 홍익의 도구로 만들어야 한다. 인터넷을 평화와 힐링의 메시지가 넘쳐 나는 공간으로 만들어야 하다. 그것만이 정보의 쓰레기장으로 변해가는 지금의 사이버 공간을 제대로 살려서 이 놀라운 발명품이 본연의 사명을 다할 수 있게 하는 방법이라고 나는 믿는다.

한국의 젊은이여,
홍익의 웅지를 품자

생각 있는 젊은이라면 누구나 어떻게 살아야 할 것인지를 고민할 것
이다. 어떻게 사는 것이 정말 사람답게 제대로 사는 것인가.

그러나 곰곰이 생각해 보면 사실 무엇이 바른 삶인지를 모르는 사
람은 없다. 누구나 속 좁은 이기주의자나 앞뒤 꽉 막힌 닫힌 사람으
로 살기보다는 홍익하는 열린 사람으로 사는 것이 더 좋다는 것을 알
고 있다. 그러므로 스스로에게 물어야 할 질문은 '어떻게 사는 것이
바른 것인가'가 아니라 '나는 어떤 삶을 살고 싶은가'다. 문제는 선택
과 실천인 것이다. '나는 어떤 삶을 살고 싶은가'라는 고민을 한 순간
도 놓치지 않고, 그 고민 속에서 스스로 바른 삶을 선택하고, 선택한
것을 정직하고 성실하게 실천하며 사는 것 외에 더 잘 사는 방법이
또 어디에 있겠는가.

나는 젊은이들을 만나는 것을 좋아한다. 한국에 단학수련을 하는

대학생들의 모임이 있다. 나는 한국에 오면 아무리 바쁜 일이 있어도 꼭 그들을 만난다. 그들의 순수한 열정 속에서 늘 새로운 희망을 발견하기 때문이다.

기성세대들은 젊은이들이 너무나 개인적이고 자기밖에 모른다고 하지만 직접 어울려 보면 꼭 그렇지만은 않다는 것을 알게 된다. 이들에게는 청년의 특권이라고 할 수 있는 이상에 대한 뜨거운 열정과 삶의 진실에 닿고 싶어 하는 열망이 있다. 개인으로서의 삶과 권리를 철저하게 누리기를 원하지만 기성세대보다도 훨씬 더 적극적이고 열린 마음으로 연대할 줄도 안다. 건들거리며 힙합 리듬에 몸을 맡기다가도 사물장단에 맞춰 덩실덩실 춤을 출 수 있는 사람들이다. 단군상 훼손을 반대하는 운동을 할 때도 가장 활발하게 참여한 사람들이 젊은 네티즌들이었다.

나는 이들 젊은이들에게서 많은 희망을 발견한다. 그들의 열린 사고, 개방적인 태도, 가짜를 단번에 알아채는 눈, 모른다고 뒤로 빼기보다는 앞으로 나서는 적극성 등은 우리 사회에 새로운 활력을 불어넣을 것이다.

이들은 여러 측면에서 통합과 융합의 시대를 살아가는 사람들이다. 분단체제에서 성장했지만 통일 한반도를 실질적으로 이끌어갈 세대이며, 동양과 서양, 남성과 여성, 인간과 자연 등이 하나로 어우러지는 문화를 좋아하고, 그런 문화를 창조하는 세대다. 나는 우리 젊은이들이 전통문화를 새로운 관점에서 소화하여, 세계 보편의 문화로 발전시킬 수 있는 창조적인 역량을 가진 세대라고 생각한다.

신세대들이 통일에 대해서 냉담하다고 걱정하는 사람들이 많지만, 나는 이들과 대화해 보고 전혀 그렇지 않다고 확신하게 되었다. 이들에게서는 통일에 대한 절절한 열망도 찾아보기 어렵지만 그런 만큼 북한에 대한 냉전적인 대결의식도 없다. 그렇기 때문에 균형 잡힌 감각으로 편견 없이 통일을 이끌어 낼 수 있는 건강한 힘을 품고 있다고 본다.

시대의 흐름을 반영하는 젊은이들의 그런 잠재력 아래로 나는 우리의 '역사'와 '정신'이 더 깊이 스며들어가기를 바란다. 홍익철학을 가진 한국인이라는 자부심과 사명감이 그들을 더 밝고 더 강하게 만들어 주리라 믿는다. 기성세대들이 도와주어야 할 부분도 바로 이것이다.

세계를 삶의 무대로 삼으라

한국의 젊은이들에게 당부하고 싶은 말은 두 가지다. 첫째는 자기 삶의 주인으로 살라는 것이요, 둘째는 홍익의 비전을 품고 세계로 나아가자는 것이다.

자기 삶의 주인으로 살기 위해서는 어떻게 살 것인지에 대한 '자신의' 답을 가지고 있어야 한다. 세상에는 행복과 성공에 대한 온갖 말들이 넘쳐난다. 그러나 그 모든 것은 우리 앞에 놓인 정보에 불과하다. 정보를 선택하고 활용하는 주체는 언제나 우리 자신이다. 그러니 세상의 온갖 정보에 휘둘리지 말고 정보의 주인으로 살아가자. 남의 생각, 남이 제시한 답을 따라서 살지 말고 스스로 묻고, 스스로 선택하여, 그 선택에 최선을 다함으로써 자기 삶의 주인이 되는 그런 삶을 살아가야 한다.

삶의 주인이 되기 위해서는 개인으로서의 자기 정체성을 확립하는 것 못지않게 '한국인'으로서의 민족적 정체성을 확립하는 것이 중요하다. 왜 그러한지는 앞에서 누누이 강조했으므로 더 이상 첨언은 하지 않으련다. 다만 열정을 가지고 진지하게 우리 역사와 문화를 공부하라는 말만큼은 꼭 당부하고 싶다. 그래야 자기 자신과 세계를 보는 깊고 주체적인 눈이 생긴다.

나는 젊은이들이 한국인으로서의 자기 정체성을 갖되 세계로 눈을 돌리기를 바란다. 그들이 민족의 철학에 바탕한 '홍익'의 비전을 품고 세계로 나아가기를 바란다. 이제 우리의 삶의 무대는 한국만이 아니다. 세계가 우리 삶의 터전이다. 익숙한 환경과 일상에 안주하거나 웅크리지 말고 세계를 향한 웅지를 품기 바란다. 나는 젊은이들이 외국에 많이 나가 보아야 한다고 생각한다. 그래야만 나는 남과 무엇이 다른지, 세계 속에서 나는 한국인으로서 어떻게 살아야 하는지를 현실적으로 고민할 기회를 갖게 되고, 우리의 정신과 문화에 대한 이해도 깊어진다.

지금 미국에는 나와 함께 일하는 3백여 명의 젊은 단학 지도자들이 있다. 누가 보아도 듬직한, 열정과 신념에 찬 젊은이들이다. 미국 사회에 뿌리를 내리고 활동하면서 세계가 우리 민족의 정신과 수련법을 원하고 있다는 자신감을 갖게 된 사람들이다. 우리에게는 꿈이 있다. 전 세계에 3만 6천 개의 단센터를 만드는 것이다. 미국의 맥도날드가 햄버거 하나로 세계의 음식문화를 바꾸었다면 우리는 한국의 홍익철학과 심신수련법으로 세계의 정신문화를 개척해 나가겠다는 꿈이 있다. 또한 인류평화를 실천하는 1억의 지구인 공동체를 실현하는 데 앞장서겠다는 굳건한 의지가 있다.

나는 한국의 젊은이들이 세계무대에서 다른 무엇이 아닌 '우리 민족의 철학과 심신수련법'을 알리면서 정신지도자로 활동할 수 있는 길을 열어 놓은 것을 스스로 자랑스럽게 생각한다. 그리고 패기 있고 가슴이 뜨거운 젊은이들이 이 길에 많이 동참해 주기를 바라고 있다.

마지막으로 젊은이들에게 당부하고 싶은 것이 있다. 창조하는 영혼으로 살아가자는 것이다. 우리의 영혼은 창조의 주체다. 영혼이 아름다운 이유는 창조할 수 있는 힘을 갖고 있기 때문이다. 그런 영혼을 갖고 있으면서 창조하지 못하고, 남의 창조에만 기대어 살아가는 것은 불행하고 염치없는 일이다. 독립적인 영혼을 가진 한 개인으로서, 홍익철학을 뿌리로 가진 한국인으로서, 그리고 지구가 있기 때문에 생명을 얻은 지구인으로서 사랑을 달라고 하지 말고, 평화를 구걸하지 말고, 사랑과 평화를 창조하며 살아가자. 창조하는 영혼은 아름답고 위대하다.

홍익가정운동을 제안한다

나는 이 책 곳곳에서 수없이 홍익정신을 강조했다. 이제 남은 문제는 홍익정신을 어떻게 실천하며 사느냐다. 어떻게 해야 홍익정신이 지식에 그치지 않고 일상생활 속에 스며드는 삶의 철학이 되게 할 수 있을까? 홍익의 철학으로 무엇을 어떻게 할 것인가? 홍익의 철학을 바탕으로 모든 사람이 어렵지 않게 참여할 수 있고, 그러면서도 우리 사회에 근본적인 변화를 가져올 수 있는 방법은 무엇일까?

이러한 고민 속에서 나온 것이 바로 홍익가정운동(힐링패밀리운동)이다. 나는 이 땅의 모든 어머니 아버지에게 홍익가정운동을 제안하는 바다.

결혼한 사람이나 그렇지 않은 사람이나 우리는 인생의 많은 시간을 가정의 일원으로 살아간다. 가정은 사회를 구성하는 가장 기본 단위다. 밝고 행복한 가정은 개인에게는 더없이 소중한 삶의 보금자리며, 건강한 사회와 국가, 평화로운 지구촌을 위한 디딤돌이다.

이제 국가와 학교, 거대한 사회구조와 제도에만 의존할 것이 아니라 우리 모두가 자신이 속한 가정, 직장, 지역사회 등의 공동체에서부터 밝고 건강한 홍익의 문화를 창조해야 한다. 홍익가정운동은 홍익철학을 사회의 가장 기본 단위이며 뿌리인 가정에 적용하여 우리의 생활문화를 바꾸어 보자는 운동이다.

가정 붕괴 현상을 걱정하는 목소리가 높아지고 있다. 내 아이만 생각하는 배타적인 가족 이기주의가 팽배한 가운데, 이혼율은 급증하고 세대간의 단절로 부모와 자녀 사이는 점점 멀어지고 있다. 전통적인 가족문화는 사라진 지 오래고, 그 단절의 틈새를 막아줄 새로운 가족문화는 아직 자리 잡지 못하고 있다.

지금까지 가정은 크게 두 가지 역할을 해왔다. 하나는 자녀를 낳아 세대에서 세대를 거쳐 인류가 존속되도록 하는 생물학적 기능이다. 다른 하나는 공동체의 가치 기준을 다음 세대에 전달하는 일차적인 교육을 담당하여 자신이 태어난 사회에 정신적 · 정서적으로 소속되도록 하는 사회적 기능이다. 그런데 요즘의 한국 가정은 이 사회적 기능이 완전히 고장 나버렸다.

요즘 부모들이 자녀들에게 가장 많이 하는 말은 아마도 '공부 열심히 해라', '남에게 뒤처져서는 안 된다', '이겨야 한다'일 것이다. 가정교육의 주 내용은 자기 삶의 주인이 되어 다른 사람과 더불어 살아가는 법을 가르치는 것이라기보다는 경쟁과 이기심을 부추기는 것이다. 가족간의 정신적인 결속력도 자꾸 약해져서, 요즘의 가족을 묶는 구심력은 경제적인 이해관계뿐인 것 같다. 부모는 단지 돈 버는 기계로 전락하고 만 것이다.

가정문화가 달라지려면 결혼과 가정의 의미가 제대로 정립되어야 한다. 결혼은 부부가 서로의 영적인 성장을 위해서 함께 살아가기로 한 약속이며, 가정은 가족 구성원의 자아실현과 성장을 지원하는 삶의 터전이 되어야 한다.

너무나 많은 사람들이 아무런 준비도 없이 결혼을 하여 가정을 이룬다. 전통적인 사회에서는 통과의례가 있어서 부부가 될 준비, 부모가 될 준비를 했지만 요즘은 그런 교육이 전혀 이루어지지 않고 있다. 삶의 철학도 없고, 결혼과 가정의 의미도 생각해 보지 않은 채 아이를 낳기 때문에 무관심하고 무책임한 부모, 우리 아이만 최고라는 비뚤어진 욕심을 가진 부모가 늘어나고 있다. 결혼 고시제나 부모 자격증 발급 제도라도 있어야 되는 것이 아닌가 생각될 정도다.

홍익가정운동은 가정을 중심으로 전개되는 운동이지만 그렇다고 단순히 가정문화를 개선하자는 운동은 아니다. 나는 이것을 일종의 교육의병운동이라고 본다. 국가나 학교에만 수동적으로 의존하지 말고 부모가 나서서 우리 아이들을 홍익인간으로 만들자는 운동이다.

홍익정신을 가진 부모가 자기 가정의 문화부터 바꾸고, 그러한 가정이 주체가 되어 인간사랑 지구사랑을 실천할 때 그 힘은 점차 확산되어 지역사회를 바꾸고, 한 나라를 바꾸고, 지구를 바꾸는 더 큰 힘으로 전환될 것이다.

내가 생각하는 홍익가정운동의 방향은 크게 세 가지다. 첫째는 부모가 가정의 의사가 되자는 것이고, 둘째는 가정의 스승이 되자는 것이며, 셋째는 가정에서부터 율려 문화를 복원하여 가정을 신명나는 삶의 공간으로 만들자는 것이다.

가정의 의사가 되자

부모는 가정이라는 작은 공동체의 중심으로서 가정의 건강을 스스로 지키고 보호하는 가정의 의사가 되어야 한다. 많은 사람들이 평소에는 무절제한 생활을 하다가 아프면 어쩔 줄 몰라하며 약국으로, 병원으로 달려간다. 물론 큰병이라면 당연히 전문 의료인의 진단과 처방을 받아야겠지만 병원과 약국에만 의존한 채 자신의 몸을 돌보지 않는 생활태도가 병을 부르는 지름길이다. 또한 사회적으로 막대한 의료비 지출의 원인이 된다.

가족의 건강을 위해 가장 쉽게 활용할 수 있는 것이 바로 전통 건강법이다. 우리 민족에게는 수술이나 약물 등의 방법을 쓰지 않고 인체의 자연치유력을 회복하는 탁월한 건강법이 많이 전해 내려오고 있다.

이러한 건강법은 대부분 인간의 생체에너지인 기氣를 활용한 방법이다. 대부분의 병은 기가 막혔을 때 생긴다. 기를 느끼고 활용할 줄 알면 질병을 미리 예방할 수 있고, 심각하지 않은 질병은 쉽게 고칠 수 있다. 특히 심인성질환의 예방과 치유에 큰 도움을 줄 수 있다.

기를 이용한 전통 건강법 중에서도 의학적인 근거가 있고 안전하며 쉽게 배워 생활 현장에서 바로 적용할 수 있는 건강법을 한두 가지 정도 익혀 두면 여러 가지로 유용하다. 자신과 가족의 건강을 지키는 것은 물론 이웃에게도 많은 도움을 줄 수 있다. 이는 손자손녀의 아픈 배를 어루만져서 낫게 하던 우리 할머니들의 약손을 되찾는 것이기도 한다. 전통 건강법이 여러 가정에서 널리 활용되면 대중생활의술로 정착되어 사회의 전체적인 의료비 절감에도 크게 공헌할 것이다.

가정의 건강을 스스로의 힘으로 지키고 보호하는 것은 국민들이 의료에 지출하는 돈과 시간을 줄여 가계와 나라 살림을 튼튼하게 하는 데도 큰 도움이 된다.

가정의 스승이 되자

많은 사람들이 공교육의 붕괴를 걱정하고 있다. 학교는 인성교육을 포기한 지 오래 되었고, 아이들의 교육을 학교에만 맡겨 두어서는 안 되겠다고 생각하는 부모들이 늘어나고 있다. 이제 부모가 스승이 되어 아이들에게 인생에서 진정으로 중요한 것이 무엇인지를 가르쳐야 한다. 부모들이 자녀교육의 기본을 스스로 책임지며 무너지는 공교육을 보완하는 교육의병이 되어야 한다.

첫째, 아이들에게 삶의 진정한 목적을 알려 주는 부모가 되자. 남보다 더 잘 먹고, 더 높은 지위에 앉고, 더 많이 가지고, 더 편하게 사는 삶이 전부가 아니라는 것을 알려 주자. 우리 아이들의 등을 떠밀어 무한경쟁의 패러다임 속으로 밀어 넣지 말고, 삶의 기쁨과 가치는 홍익하는 삶을 통한 영적 성장에 있다는 것을 가르치자.

둘째, 삶에 꼭 필요한 교육을 하자. 입시 위주의 공교육에서는 해결해 주지 못하지만 삶에는 꼭 필요한 덕목이 있다. 타인을 배려하고 존중하는 마음, 생명을 소중히 여기는 마음, 땀 흘리는 노동을 기쁘게 여기는 마음 등이다. 이런 교육을 위해서 이제 부모가 나서야 한다.

자녀교육을 걱정하고 이대로는 안 되겠다는 문제의식을 가진 부모들이, 아이들이 밝고 건강하고 자신감 있고 능력 있고 사회에 유익한 사람으로 성장하기를 원하는 부모들이 뜻을 모아 교육 공동체를 만들고 자녀교육 경험을 함께 나누자.

이번 주는 누구네 아빠가 아이들을 데리고 시골에 가서 흙도 만지고 자연과 더불어 놀다 왔으면 다음 주는 누구네 엄마가 아이들과 함께 요리 실습이나 예절 교육을 한다든지, 조상들의 자취를 느낄 수 있는 역사기행을 다녀온다든지 하는 식으로 뜻이 맞는 부모들이 품앗이 인성교육을 하는 것이다.

셋째, 부모가 먼저 홍익정신 실천가가 되자. 백 마디 말보다 몸으로 한 번 보여 주는 것이 더 설득력 있고 훌륭한 가르침이다. 부모가 자녀에게 홍익의 정신을 가르치고 삶의 현장에서 몸소 실천하는 모습을 보일 때, 자녀는 부모를 존경하고 깊이 신뢰하게 된다. 그러한 존경과 신뢰가 쌓일 때만 자녀교육이 제대로 이루어질 수 있다.

그러기 위해서는 부모가 먼저 홍익철학을 가져야 한다. 눈치를 보지 말아야 한다. 줏대와 주관이 없이 주위의 환경에 끌려다니지 말고 당당한 삶의 철학을 가지고 있어야 한다. 그래야만 마음이 흔들리거나 기죽지 않고 자신의 신념에 따라 자녀를 교육할 수 있다. 옆집 아

이가 고액과외를 한다고 해서 무리를 해가며 자기 아이에게도 고액
과외를 시키고, 남에게 지기 싫어서 적성에도 맞지 않는 음악교육을
시킨다고 부산을 떠는 일 등은 하지 않게 된다. 그보다는 밝고 당당
하고 자신감 있는 아이, 마음이 따뜻하고 더불어 살아갈 줄 아는 아
이로 키우기 위해서는 어떻게 해야 할지를 먼저 생각하게 된다.

가정에서부터 율려의 문화를 복원하자

율려律呂는 우주와 우리 안에 있는 생명의 리듬, 생명의 에너지다. 마
음이 열리면 우리 안에 있는 율려가 흐른다. 율려가 흐르면 사랑과
기쁨과 평화가 흐른다. 마음을 열고 율려가 흐르게 하는 가장 좋은
방법이 신나게 노는 것이다. 우리 안에 있는 신나는 에너지가 체면이
나 체통, 눈치를 보는 마음 때문에 닫혀 있다. 미움이나 분노, 두려움
등의 감정 때문에 꽉 눌린 채 잠자고 있다.

신나는 에너지를 겉으로 표현하면 마음이 열린다. 율려가 흐른다.
그러면 저절로 미움과 외로움, 분노, 두려움 등이 사라진다. 가슴이
따뜻해지고 자신감이 생긴다. 눈치 보지 않고 당당해진다. 인간관계
가 평화로워진다. 그러므로 율려를 회복하도록 돕는 것이 가장 훌륭
한 인성교육이다.

율려가 살아 있는 사람은 언제든지 스스로를 기쁘고 행복하게 할
수 있으며, 기쁘고 행복한 일이 생기기를 기다리는 것이 아니라 스스
로 기쁨과 행복을 창조할 수 있다. 사람들에게 "요즘 신이 나십니

까?"하고 물어 보면 대개는 "신이 날 일이 있어야죠, 뭐"라고 대답한다. 그러나 신이 나고 흥이 나게 만드는 것은 어느 누구도 아닌 자기 자신이다. 가족간에 기운이 막혀 있을 때 이를 알아채고 서로 통하게 해 주는 부모, 밝은 분위기로 가족의 기운을 살리고 흥을 살리는 부모가 잘 노는 부모다.

가족이 마음을 활짝 열고 함께 어울려 놀 수 있는 분위기를 만드는 것도 중요하지만 다양한 문화체험을 하는 것도 중요하다. 아이들과 함께 노동의 소중함을 깨닫는 땀 흘리기, 자연 속에서 생명의 소중함 느끼기, 역사기행이나 답사여행 등 놀이와 교육이 어우러지는 현장을 찾는 것도 잘 노는 방법 중 하나다. 특히 자녀에게 아름다움을 느끼는 감각을 길러 주는 것은 아주 중요한 율려 교육이다.

이렇게 율려가 살아 있는 가정, 잘 노는 가정은 자연스럽게 멋을 사랑하고 문화를 즐기게 된다. 이러한 가정이 늘어날 때 진정한 문화 시대를 여는 힘이 형성되고, 문화국가를 만드는 밑바탕이 마련된다. 풍부한 정서를 가진 사람, 생활 속에서 멋과 흥취를 창조할 줄 아는 사람, 예술과 아름다움을 소중히 여기는 문화시민이 길러진다.

홍익가정은 가족의 구성원이 서로의 성장을 위해 기여하고 홍익의 문화를 이웃과 함께 나누며 인간사랑 지구사랑을 실천하는 가정이다. 홍익가정운동은 단순히 우리집을 오순도순 행복이 넘치는 곳으로 만들자는 작은 운동이 아니다. 철학이 있는 가정을 만들자는 운동이며, 우리 사회와 지구를 이대로 두어서는 안 되겠다고 생각하는 부모들이 함께 벌이는 하나의 사회치유운동이다. 또한 국민의료비 절감을 위한 건강운동이자, 공교육 붕괴의 대안으로 새롭게 제시되는 교육운동이며, 율려律呂가 충만한 사회를 만드는 문화운동이기도 하다.

그러나 거창하고 어려운 일을 하자는 것은 결코 아니다. 홍익철학을 교과서나 교실의 액자 속에 갇힌 죽은 철학이 아니라 우리들의 삶 구석구석에 뿌리내리는 살아 있는 철학으로 만들자는 운동이요, 우리가 먼저 홍익부모가 되어 홍익자녀를 기르자는 생활운동이다.

홍익가정운동의 궁극적인 목적은 이 지구촌에 진정한 홍익공동체 문화를 꽃피우는 데 있다. 서로가 서로의 성장을 위해 기여하는 지구공동체는 우리가 후손에게 물려줄 수 있는 가장 큰 선물이자 우리의 의무다.

인류를 위하여

한민족의 본성이여, 본성이여, 본성이여
이제 잠 속에서 깨어나 당신의 본모습을 보여 주오
죽은 듯이 누워 있는 당신의 모습
발은 일본 열도에 있고
당신의 정강이는 독도, 제주도를 지나
두 무릎 부산, 대구에 있고
당신의 허벅지는 대전, 천안을 지나
하복부는 서울에
가슴은 평양에
머리는 요동 반도에 있는
거대한 모습이여
두 팔과 손, 손가락
미국과 유럽, 호주, 아프리카에 흩어져 있는 모습이여
당신의 머리카락은
중국, 몽고, 티벳, 러시아, 알래스카, 아메리카 인디언들의
혼 속에 숨어서
너풀거리고 있습니다

이제 깨어나시오

당신의 영혼이 일어나야 할 시간입니다

짓밟히고 찢겨진 몸, 흩어진 뼈

당신의 자손을 더 이상 방황하게 해서는 안 됩니다

더 이상 민족의 얼굴을 치고 침을 뱉고

서로 죽이는 일이 있어서는 안 됩니다

그리고 인류가 더 이상 타락하게 해서는 안 됩니다

이대로 지구가 병들고 썩어가게 해서는 안 됩니다

이대로 가면 인류와 지구는 파멸입니다

우주와 인류를 창조하신 조화주 하느님께서

당신을 부르십니다

현재의 종교, 사상과 도덕으로는

인류를 구원할 수 없다는 것을 하느님께서는 아십니다

하느님께서는 이대로 인류와 지구가 파멸되는 것을

절대로 원하지 않습니다

타락한 과학과 의학, 예술과 스포츠는

인간의 꿈과 희망이 될 수 없습니다

인간은 건전한 꿈과 이성을 잃어버리면

게으르고 우매하고 이기적이며

감각적으로 타락할 수밖에 없습니다

이제 잠에서 깨어나

당신의 이상과 꿈을 펼쳐 주시기 바랍니다

이제까지 종교와 사상은

인류 정의와 진리라는 이름으로

살상과 증오와 미움을 일으키고 방조하였으며

그러면서도 한 번도 역사 앞에 정직한 평가를

받지 않았습니다

정치가 권력과 타협하였듯이

종교인은 재물과 타협하였음이

역사적으로 드러나 있습니다

정치가와 종교가와 재벌은

하느님의 꿈과 이상을 실현하지 못했으며

법률과 과학과 예술 문화 스포츠인도

인류 타락의 동조자로 만들어 버렸습니다

이제 우리는 바른 평가를 해야 합니다

이것은 누구의 잘못이라고 말할 수 없습니다

이제 누구를 믿어서도 안 됩니다

이제 자기 자신을 믿고 자기 자신을 사랑해야 합니다

우리 본래의 본성과 신성이

역사 속에 숨겨져 있고 짓밟혀 있습니다

인류여!

우리 민족의 본성과 신성 속에

하느님의 꿈과 인류의 꿈과 한민족의 꿈이

하나임을 밝혀야 합니다
꿈의 일체화, 인류의 일체화
진리의 일체화의 천지대공사를
한민족이 먼저 시작해야 합니다
우리 민족은 너무 오랫동안 외래 종교와 사상,
권력 속에 노예 생활을 했습니다

한민족의 심성 속에 숨어 있는
사랑과 자비와 인仁과 이상이여!
홍익인간 이화세계 정신으로 깨어나라
이상인간 한세계 실현으로 부활하라
모든 인류의 머리 위에
인간 완성의 면류관을 선물할 한민족의 영혼이여!
하느님의 영광이고 인류의 희망이고
한민족의 승리이며 인간의 완성일세

깨어라 민족의 본성이여!
깨어라 인류의 본성이여!

1997년 1월 29일 여러 명의 한국인들과 함께 캐나다 삼림지대를 여행할 때 쓴 시다. 새벽 3시에 일어
나 정좌하고 있는데 문득 한국과 중국, 일본을 중심으로 한 전 세계의 모습이 지도를 펼치듯 눈앞에 떠
올랐다. 그 중앙에 아주 큰 별 하나가 누워 있었다. 나는 그 별이 우리의 민족혼이라고 느꼈다.

5

아름다운 지구와
인간을 위하여

신인합일의 정신을 탄생시킨 민족,
고대 한민족의 후손이여!
우리 민족의 신인합일 정신을 회복하는 것이
민족의 평화통일과 인류평화를 이루는 길임을 깨닫자.
그것이 한국인이 세상을 살리는 길이다.

깨달음의 환상에 빠지지 말고 깨달음을 실천하라.

아리랑,
나를 깨닫는 기쁨이여

누구나 알다시피 아리랑은 우리나라의 대표적인 구전민요다. 민족의
정한이 깃들인 이 노래는 남녀노소를 막론하고 가장 널리 애창되었
던 겨레의 노래이며, 한말 이후 일제 강점기 때는 겨레의 울분과 억
눌린 민족의 한을 표출하는 저항의 노래였다.

아리랑이 언제부터 불렸는지는 아무도 모른다. 학자에 따라 아리
랑의 의미나 기원설도 분분하다. 어떤 이는 아리랑이 강 이름이라 하
고, 어떤 이는 아리따운 처녀 이름이라 하고, 또 어떤 이는 별 의미 없
는 후렴구일 뿐이라고 한다.

그 기원이야 어찌되었든 아리랑은 민족의 노래가 되었다. 여럿이
모인 자리에서 그 노래를 부를 때면 누가 먼저랄 것도 없이 옆 사람
의 손을 잡거나, 어깨를 걸고 하나가 된다. 남북이 함께 만나는 자리
라면 빠지지 않는 노래가 '우리의 소원'과 이 '아리랑'이다.

나는 외국인들에게 아리랑을 '나를 찾아가는 기쁨의 노래'라고 가르친다. 왜 그렇게 의미를 붙이느냐고 물어 보면 할 말이 없다. 누구한테 들어서도 아니요, 책을 읽어서도 아니요, 언어학자들처럼 어원을 분석한 것도 아니다. 어느 날 노래를 부르는 순간, 나한테 찾아든 의미이다. 그냥 그렇게 느껴지고 알아진 것이다.

나는 아리랑이 우리 민족의 얼이 영글고 영글어서 만들어진 영혼의 노래라고 믿는다. 그냥 그렇게 느껴지고 알아진 이 노래의 의미가 단순히 나 개인의 순간적인 해석에서 나온 것이 아니라는 뜻이다. 겉으로는 사랑하는 사람에게 버림받은 여인의 원망가지만 이 노래를 부르는 민족의 가슴 깊은 곳에서는 님이 삶의 영원한 근원, 참나, 커다란 민족적 자아로 받아들여졌던 것이다.

가슴에 두 손을 얹고 눈을 감은 채 천천히 아리랑을 불러 보라. 한국인이라면 누구나 가슴이 뭉클해진다. 그 뭉클함이 애절한 가락이나 떠난 님을 그리는 여인의 마음에서 오는 것이겠는가? 뭐라고 표현할 수는 없지만 영원하고 근원적인 어떤 것에 대한 간절함과 그리움에서 오는 것이다. 그래서 이 노래를 부르면 눈물이 나는 것이다. 자기 자신에게 불러줄 수 있는 노래 중에 이보다 더 아름다운 노래는 없을 것이다.

아리랑이 민족의 노래가 되려면 단순히 정한의 노래에 그쳐서는 안 된다. 끝없는 개인적·집단적 수행을 통하여 자기완성·전체완성의 길로 나아가고자 하는 정신이 녹아들어갈 때라야만 아리랑은 진정한 민족의 노래가 될 수 있다.

아리랑은 잠든 나를 깨우는 노래요, 잠자고 있는 민족혼을 깨우는 힘을 가진 노래다. 아리랑은 우리 민족의 영적인 노래이며 인류가 함께 부를 수 있는 깨달음의 노래다.

다음에 나오는 글은 내가 미국인들에게 아리랑 노래를 알려주며 그 의미에 대해서 강연한 내용이다.

아리랑 아리랑 아라리요

어느 나라, 어느 민족에게나 그 민족의 영혼을 사로잡는 영적인 노래가 있게 마련입니다. 나는 오늘 여러분에게 한국에 전해져 내려오는 아름다운 노래를 알려드리려고 합니다.

이 노래는 누가 지었는지, 또 언제부터 불렸는지 정확한 연대를 알 수 없습니다. 단지 아주 오랜 역사를 가지고 있다고 추측할 뿐입니다. 한번 들어보시겠습니까?

아리랑 아리랑 아라리요
아리랑 고개를 넘어간다
나를 버리고 가시는 님은
십 리도 못 가서 발병 난다

'아리랑'이라는 제목의 노래입니다. 이 노래의 가사와 음은 간단하고 쉬워서 누구나 금방 따라 부를 수 있습니다. 그런데 이 간단한 노래에 담긴 의미는 대단히 심오합니다. 이 노래 속에는 깨달음의 열쇠가

들어 있습니다. 영적으로 산다는 것이 무엇인지를 알려 주는 노래입니다. 아리랑을 기쁘게 부르면 굉장히 흥겨운 축가가 되고 슬플 때는 장송곡보다도 더 처량하게 들립니다. 기쁠 때나 슬플 때나, 어느 때나 부를 수 있는 노래입니다.

아리랑 아리랑 아라리요

'아리랑', 이 말에는 깊은 의미가 있습니다. '아'라는 글자를 한자로 써 보면 '나'라는 뜻을 가진 '아我'입니다. '리'는 이치를 깨닫는다 할 때의 '리理'입니다. '랑'은 즐거울 '랑朗'입니다. 그래서 '아리랑'은 '나를 깨닫는 기쁨'을 뜻합니다.

한번 따라해 보시겠습니까? '아 – 리 – 랑'

(아 – 리 – 랑)

지금 여러분은 아 – 리 – 랑, 즉 나를 깨달아서 기쁘다고 입을 모아 말했으니 오늘 이 자리에 오신 목적을 다 이루었습니다.

(청중들 웃음)

'아' 자가 의미하는 '나'는 우리가 실감나게 보고 듣고 느끼는 이 '나'가 아닙니다. 평상시에 우리가 느끼지 못하고 살아가는 근원적인 '나'를 말합니다. 흔히 우리가 자기라고 생각하는 나가 아닙니다. 우리 내면에 숨어 있는 진짜 '나'를 일컫는 말입니다.

우리가 자기라고 생각하며 살아가는 그 나는 단지 정보의 집합체일 뿐입니다. 누구나 다 개개인의 역사를 가지고 있습니다. 자기 이름이 생기고 나서부터의 역사 말입니다. 그러나 이 노래에서 말하는

'아'는 그 개인의 역사가 생기기 이전의 근원적인 '나'를 가리킵니다. 이름이 있기 전의 '나'입니다. 그것이 진정한 '나'의 실체입니다.

현실의 나는 수없이 변합니다. 어제의 내가 다르고 오늘의 내가 다릅니다. 그러나 근원적인 '나'는 변하지 않습니다. 영원합니다. 그 참나는 인종이나 종교나 국가가 생기기 이전부터 존재했기 때문입니다.

그래서 '아'를 깨달은 사람은 참나를 깨달은 사람이며 모두가 다 하나이고 형제인 것을 아는 사람입니다. 그 '나'를 알 때 큰 포용력과 자유로움이, 사랑이 생겨납니다.

몸뚱이에 갇힌 현실의 나는 이기적이고 편협할 때가 많습니다. 여러 가지 관념을 가지고 있습니다. 그러나 참나는 그런 관념이 없습니다. 참나는 생명 자체이고 사랑 자체입니다.

여러분이 가장 많이 쓰는 말이 아마 'I am'일 것입니다. 'I am'할 때 'I'의 진짜 뿌리가 바로 오늘 우리가 부른 아리랑의 '아'입니다. 'I am'의 'I'는 근원적인 '아'에서 떨어져 나온 하나의 파편입니다. '아'는 모든 것의 근원입니다. 그리고 시작입니다. 그러면서 모든 것의 끝이기도 합니다. 그래서 그 '아'는 시작도 끝도 없다고 했습니다.

우리는 'I am'의 'I'로서 만난 것이 아니고 그냥 '아'로서 지금 이 자리에 모여 있습니다. 우리는 '아'를 찾고 그 '아'를 실현하기 위해서 이 세상에 왔습니다.

그동안 우리는 'I am'의 'I'에 갇혀서 살아왔습니다. 그래서 우리가 알고 있는 나는 편협하고 제한적일 수밖에 없었습니다. 몸뚱이에 갇혀 있는 나는 항상 부자유를 느끼며 무한한 자유를 갈망합니다. 늘 영원한 무엇인가를 그리워합니다. 'I'가 '아'를 간절하게 찾고 있기 때문입니다.

우리는 자유를 먼 곳에서 찾습니다. 자유를 얻기 위해 여행을 떠나기도 하고 깨달은 사람을 찾아다니기도 합니다. 많은 이들이 '아'를 만나기 위해 그처럼 많은 노력을 하고 방황하지만 그 '아'를 찾지 못하고 생을 마감합니다.

'아'는 높은 곳에 있지 않습니다. 특별한 곳에 있지 않습니다. 바로 우리 자신 속에 있습니다. 그렇기 때문에 우리는 무언가를 깨달았을 때 "아!"하고 외칩니다. 슬플 때도 "아!"하며 탄식하고 기쁠 때도 "아!"하며 환호합니다. 놀랐을 때도 "아!"하고 소리칩니다. "아~하!"하면 "그렇군요."하고 알아들었다는 뜻입니다.

진리는 아주 쉽습니다. 복잡한 것은 진리가 아닙니다. '아'를 알면 모든 것을 다 아는 것입니다. '아'를 모르면 모든 것을 다 모르는 것입니다. 참나는 찰나지간에 알아지는 것입니다. 깨달음은 오래 걸리는 것이 아닙니다. '아'를 찾는 간절한 마음이 사무치고 사무쳤을 때, 어떤 순간에 무한한 우주의 생명이 우리를 통해 자신을 드러내며 스스로를 실현합니다. 그때 우리는 "아!"하고 소스라치게 놀라며 오랫동안 찾았던 '아'를 만나게 됩니다.

'아리', 그것은 아를 깨닫는 것입니다. 아를 알았다는 얘기입니다. '리'는 깨달음을 말합니다. '랑'은 기쁨입니다. 그래서 '아리랑'은 '참나를 깨닫는 기쁨이여', 이런 뜻입니다. '아라리요'는 '나를 깨닫는 기쁨을 모두 다 같이 누립시다'라는 의미입니다.

그래서 '아리랑 아리랑 아라리요'의 의미는 '나를 깨닫는 즐거움이여, 나를 깨닫는 즐거움이여, 나를 깨닫는 즐거움을 다 함께 누립 시다', 이런 뜻이 됩니다.

아리랑 고개를 넘어간다

　아리랑 고개를 넘어간다

여기서 '고개'는 언덕을 의미합니다. 깨달음의 언덕을 넘어간다는 말입니다. 한국에서는 이 세상의 인생 역정을 '아리랑 고개를 넘어 간다'고 표현하기도 합니다. 그래서 어려움을 많이 겪은 사람에게 측은지심을 느낄 때 "아리랑 고개를 참 많이 넘으셨군요." 하고 말합 니다.

　'아'의 의미를 모르는 사람은 아리랑 고개를 넘는 진정한 의미를 이해할 수 없습니다. '아'를 알 때 그 사람은 비로소 삶의 의미를 알 게 되고 이 세상에 온 목적을 이루게 됩니다. 나는 이 '아'를 아는 사 람을 '홍익인간'이라고 말합니다. 홍익인간은 '아'를 알고 이 세상의 모든 '아'를 널리 이롭게 하는 사람입니다.

　나를 버리고 가시는 님은
　십 리도 못 가서 발병 난다

　여기서 '나'는 '아'와 같은 뜻입니다. 참나를 의미합니다. 그래서 그 '나'를 버리고 가는 '님'은 참나를 버리고 거짓나를 위한 욕망의 삶을 살아가는 사람을 뜻합니다.

'십 리'는 이정표처럼 거리를 나타내는 그런 의미가 아닙니다. 그 안에 숨은 뜻이 있습니다. '십'이라는 의미는 통합, 완성, 깨달음을 상징합니다. 한국에서 십이라는 글자는 'ten'의 의미도 있지만 'sex' 의 의미도 있습니다. 섹스는 남과 여가 만나서 하나가 되는 것입니다. 그래서 '십'은 음과 양의 만남, 참나와 거짓나가 하나로 합쳐진다는 것을 의미합니다.

그래서 '십 리도 못 가서 발병 난다'는 것은 깨달음을 이루지도 못하고 장애가 생긴다는 뜻입니다. 참나를 깨닫지 못하고 세상을 살게되면 그 사람은 인간 완성을 이루지 못하고 인생의 장애자가 된다는 뜻을 담고 있습니다. 아무리 성공해서 높은 자리에 올라도 '아'를 알지 못하면 그 사람의 중심에 있는 영혼이 만족하지 못하기 때문에, 그의 영혼이 병들고 아프다는 뜻입니다.

모든 것은 '아'와 통한다

이런 의미를 알고 아리랑을 부르면 느낌이 아주 달라집니다. 지금 우리가 살고 있는 이 지구는 수많은 갈등과 미움, 전쟁 속에 있습니다. 지금도 중동에서는 전쟁으로 많은 사람이 죽어 가고 있습니다. 먹을 것을 놓고 생존을 위해 싸우는 것이 아니라 단지 서로의 생각 차이, 정보의 차이 때문에 싸우고 있습니다. 정보가 사람을 죽이고 있습니다. 가치관과 문화의 차이는 토론으로 해결되지 않습니다. 힘을 가진 자가 이길 뿐입니다. 가치관이나 문화의 차이를 근본적으로 해결할 수 있는 길은 '아'를 아는 길뿐입니다.

우리 안에 '아'가 있습니다. 그 '아'를 잊어 버렸기 때문에 많은 사람들이 서로 싸우고 미워합니다. 집단과 집단이 싸우고 나라와 나라가, 종교와 종교가 싸웁니다.

'아'가 살아날 때 우리는 자유롭게 서로 사랑을 나눌 수 있습니다. 나에게도 '아'가 있습니다. 여러분에게도 '아'가 있습니다. 모든 사람에게 '아'가 있습니다.

그러나 '아'가 존재하는 것과 나타나는 것은 별개입니다. '아'는 존재하나, 나타나지 않고 실현되지 않는 사람이 많습니다. 그렇기 때문에 수많은 '아'가 통곡을 합니다. 수많은 '아'가 외로워합니다.

이 지구에도 '아'가 있습니다. 지구의 '아'와 나의 '아'와 여러분의 '아'는 하나입니다. 이제 우리는 그 '아'를 실현하고 살리는 일을 해야 합니다. 먼저 '아'를 깨달은 사람들이 그 일을 해나가야 합니다. 그것이야말로 이 세상에 남아 있는 가장 신성한 일입니다.

'아'를 알리는 것은 특별한 사람만 할 수 있는 일이 아닙니다. 누구나 할 수 있습니다. 지금 우리가 하는 것처럼 춤과 노래로도 알릴 수 있습니다. 우리가 기를 터득하고 명상을 하는 이유는 '아'를 찾기 위해서입니다. '아'를 찾는 데 목표를 두지 않는 수련은 한계가 있습니다.

중요한 것은 '아'입니다. '아'가 활동하지 않고 갇혀 있는 사람은 마음이 초조하고 불안합니다. 그리고 모든 일에 자신이 없습니다. 육체적·정신적 질병을 앓는 사람의 80퍼센트가 바로 '아'가 지나치게 억압받아서 생겨난 심인성질환입니다.

'아'를 찾고 실현하는 것이 육체의 건강을 회복하는 길이고 마음의 평화를 이루는 길입니다. 영적인 성장을 이루는 최고의 방법도 '아'를 깨닫고 실현하는 것입니다. 모든 것은 '아'와 통합니다.

우리에게는 그동안 세상을 살면서 생겨난 수많은 마음의 상처와 좌절이 있습니다. 이제 우리는 그 좌절을 넘어서 참나를 만나고 참나를 실현해야 합니다. 원래 인생은 비극입니다. 왜냐하면 무엇 하나 보장된 것이 없기 때문입니다. 이 세상에 와서 얼마나 살다 갈 것인지 수명에 대한 보장도 없고 건강에 대한 보장도 없고 모든 것이 불확실합니다. 그러나 우리는 불확실함 속에서도 평화와 안정을 찾고자 합니다. 유한한 인생이 무한한 인생이 될 수 없을까 기도도 합니다. 그래서 신앙생활도 하고 명상도 하고 수련도 하는 것입니다.

중요한 것은 우리는 매일 선택하지 않으면 안 된다는 것입니다. 선택은 누구도 강요하지 않으며 누구에게 물어서 할 수도 없습니다. 선택은 오로지 자기 스스로 해야 하며 그 선택에 대한 당당함이 있어야 합니다. 그렇다면 무엇을 선택할 것인가. 깨달음의 가치는 좋은 선택을 하는 데 있습니다. 좋은 선택은 나만 좋은 것이 아니라 남이 좋음으로써 나도 좋을 수 있는 것입니다. 그 선택을 유지하는 것이 깨달음의 힘입니다.

정말로 중요한 것은 행복도 불행도 죽음도 삶도 선택할 수 있는 신성과 창조성이 우리에게 있다는 것입니다. 인생은 비극입니다. 그것을 깨닫는 것도 깨달음입니다. 인생은 축복입니다. 그것을 깨닫는 것도 깨달음입니다. 깨달음은 그렇게 찰나찰나에 비추어지는 빛입니다. 빛과 같은 순간순간의 선택입니다.

우리 안의 '아'가 환하게 빛났을 때 모든 것이 축복이라는 것을 알게 됩니다. 깨달음은 모든 것이 축복임을 아는 것입니다. 참나를 깨달은 사람에게는 모든 것이 다 참나를 알게 해주는 축복입니다. '아'를 만남으로써 유한한 인생이라는 비극을 창조라는 축복으로 바꾸는 것, 그것이 깨달음의 힘이고 깨달음의 삶입니다. 이제 우리가 발견한 이 '아'를, 이 깨달음을 주위의 많은 사람들에게 전해 주어야 합니다.

무한한 창조의 근원인 '아'를 생각하면서 다 함께 아리랑을 다시 한 번 불러 보겠습니다.

아리랑 아리랑 아라리요
아리랑 고개를 넘어간다
나를 버리고 가시는 님은
십 리도 못 가서 발병 난다

2000년 5월, 미국 세도나, '창조주와의 만남'에 참석한 외국인들과 함께

깨달음의 환상에서 벗어나자

이 책의 독자들 가운데는 이미 〈힐링 소사이어티〉를 읽은 이들도 많을 것이다. 〈힐링 소사이어티〉는 우리에게 필요한 것은 깨달음의 추구가 아니라 실천이라는 점을 강조한 책이다. 개인의 깨달음, 집단의 깨달음, 더 나아가 인류 전체의 깨달음을 통해 나와 사회와 지구를 치유하자는 내용을 담고 있다. 미국에서 이 책이 출간된 이후 두 달 가량 전국을 순회하며 많은 독자들을 만났다. 수십 차례 강연을 하고 독자들과 대화하면서 〈힐링 소사이어티〉에서 전하고자 했던 메시지가 더욱 분명해졌다.

다음에 실리는 글은 2001년 2월 미국 보스턴대학에서 〈힐링 소사이어티〉를 주제로 가진 워크숍 내용을 간추린 것이다. 이미 책을 읽은 독자들에게도 많은 도움이 되리라는 생각에서 여기에 싣는다.

눈 밝은 독자들이라면 여기서 말하는 '힐링'이니 '선택'이니 '실천'이니 하는 말들이 모두 '홍익'의 다른 표현이라는 것을 알아챌 것이다. 〈힐링 소사이어티〉의 주제를 한 문장으로 표현하면 '홍익하며 살자'다. 그것이 전부다.

어떻게 전달해야 '홍익'이라는 말에 담긴 역사성이 독자들의 마음에 가 닿을 것인가? 5천 년의 시간을 견디고 오늘 우리에게까지 전해져 온 그 정신의 의미를 어떻게 알려야 제대로 전달될 것인가? 그것이 고민이다. 말로는 다 표현되지 않는 그 뜻을 단군의 자손들이 마음으로 헤아려 주기를 바랄 뿐이다.

늘 고요하고 평화롭기를 바라는 것은 깨달음이 아니다

여러분에게 한 가지 묻겠습니다.

여러분, 여러분에게 깨달음이 필요합니까?

(예!)

정말로 필요합니까?

(예!)

이제 질문을 한번 바꿔 보겠습니다.

여러분, 왜 깨달으려고 합니까?

깨닫고자 하는 목적이 무엇입니까?

왜 명상 수행을 하고 마음공부를 하려고 합니까?

나는 깨달음을 아주 낭만적으로 생각하는 사람들을 많이 보았습니다. 깨달으면 영원한 평화와 자유를 얻는다고 해서, 혹은 현실의 고통을 회피하려는 마음으로 깨달음을 추구하는 이들이 많습니다. 그러나 그런 깨달음은 이 세상에서 빵 한 조각과도 바꿀 수 없는 쓸모없는 깨달음입니다.

깨달음은 그런 것이 아닙니다. 깨달음의 목적을 분명히 알아야 합니다. 우리는 밝고 강해지기 위해서 깨닫는 것입니다. 그리고 자기 자신과 자기가 속한 공동체와 인류를 살리기 위해서 깨닫는 것입니다.

진정한 깨달음을 얻고자 한다면 빨리 애매한 깨달음의 환상에서 벗어나야 합니다. 환상 속에 살면서 항상 평화롭기를 바라고 사랑받기를 바랐다면 그건 큰 착각임을 알아야 합니다. 사람들은 흔히 깨달음을 한없이 고요하고 평화로우며 맑은 상태라고만 생각합니다. 그러나 거기에 머물러서는 안 됩니다. 그런 정적 속에 무슨 생명력이 있겠으며 창조가 나오겠습니까? 어린 아이는 맑고 순수하나 그 아이의 힘으로 어떻게 잘못된 길을 걷는 어른을 바르게 인도할 수 있겠습니까?

진정한 깨달음은 이 현실 속에서 올바른 길이 무엇인지 선택할 수 있는 힘과 지혜를 갖는 것입니다. '무無'나 '공空'을 화두로 잡고 평생을 매달려도 그 상태에만 머물러 있다면 그 화두는 이 사회에, 현실에 아무 도움이 되지 않습니다. 깨달음이 현실적인 생활에 도움이 안 된다면 개인이든 단체든 깨닫고자 하는 이유가 무엇이겠습니까?

나는 깨달음을 통해 우리 안에 있는 선한 마음이 어떤 장애도 없이 실현되는 사회를 만들어야 한다고 믿습니다. 깨달음을 우리 생활 속에서 실현하기 위해서는 많은 노력과 힘이 필요합니다. 그것은 밝기만 해서도 안 되고 또 강하기만 해서도 안 됩니다. 밝아지고 강해질 때 우리 모두가 원하는 세상을 창조할 수 있습니다.

깨달음은 선함으로 표현됩니다. 그래서 깨달음은 우리 내부에 신성이 있다는 것, 선함을 추구하는 마음이 있다는 것을 발견하는 데서부터 시작됩니다. 먼저 그것을 발견해야 합니다. 그런 후에 그 선함을 지키고 실현하기 위해서 이 시대에 우리가 할 일이 무엇인지를 선택해야 합니다.

여러분은 우리 내부에 선함을 추구하는 마음이 있다는 것을 믿으십니까?

(예!)

그러면 됐습니다.

여러분은 어떤 일을 할 때, 이 일을 하는 것이 나의 성장에 좋은지, 나쁜지를 압니다. 마음을 고요히 하고 여러분 자신에게 물어 보면 압니다. 어떻게 사는 것이 자기에게 이롭고, 이웃에게 이롭고, 이 지구에 이로운지도 잘 알고 있습니다.

그것을 알고 있으면 여러분은 이미 깨달은 것입니다.

깨달음은 무엇이 나와 이웃과 인류를 이롭게 하는지를 아는 것입니다. 나는 이 세상에서 깨달음을 얻었다는 사람들의 책을 많이 봤지만 그것 이상 가는 깨달음을 본 적이 없습니다.

그런데 많은 사람들이 깨달음이라는 환상에 빠져 있습니다. 깨달음은 특별한 사람들이나 얻는 것이라고 생각합니다. 그리고는 깨달기 위해서 노력하는 것이 아니라 깨달음을 동경만 하면서 평생을 살아갑니다.

여러분, 무엇을 동경하고 있습니까? 여러분이 동경하는 실체가 무엇입니까? '평화와 사랑'입니까, 아니면 '평화와 사랑의 실천'입니까? 바로 이 자리에서 자신은 이미 깨달은 상태라는 것을 자각하십시오. 우리는 이미 깨달았습니다. 그러니 그 깨달음을 선택하십시오. 그리고 실천하십시오.

홍익인간은 깨달음을 '쓰는' 사람이다

여기 꽃이 보입니다. 여러분 다 보이십니까?

(예!)

이 꽃을 보는 것은 깨달음입니다. 깨달음은 이처럼 누구에게나 다 주어져 있습니다. 그런데 이 꽃의 여기를 잡을까, 저기를 잡을까 하는 것은 선택입니다. 깨달음은 누구에게나 다 있지만, 깨달음 자체가 바로 선택으로 이어지는 것은 아닙니다. 사람들은 깨달으면 좋은 선택이 굴러들어오는 줄 압니다. 그렇지 않습니다. 어떤 선택을 할 것인지는 성품의 문제이고, 성품은 지속적인 훈련을 통해서 다듬어지는 것입니다. 우리의 삶은 수많은 깨달음과 선택으로 이루어져 있습니다. 중요한 것은 깨달음을 바탕으로 순간순간 어떤 선택을 하느냐입니다.

이제 깨닫기 위해 노력하지 말고 선택을 잘 하기 위해 노력하십시오. 좋은 습관을 기르기 위해 노력하십시오.

"나는 깨닫지 못해서 선택을 못 한다."고 말하는 사람이 있습니다. 그러나 그것은 착각이고 핑계입니다. 스스로에게 비겁한 핑계를 대지 마십시오. 깨닫지 못했기 때문이 아니라, 자신에 대한 믿음이 부족하기 때문에 단지 선택을 유보하고 망설이는 것뿐입니다.

우리 사회가 병든 것은 많은 사람들이 깨닫지 못해서가 아닙니다. 무엇이 옳은지 알면서도 그 앎을 버리고 잘못된 선택을 했기 때문입니다. 그동안 우리는 허망한 기도를 많이 했습니다. 선택은 제대로 하지 않으면서 기도만 했습니다. 전쟁을 선택해 놓고 아무리 '인류평화'를 기도한들 그 기도가 이루어질 리 없습니다.

홍익인간은 깨달음의 실체를 알고 깨달음을 '쓰는' 사람, '사용하는' 사람입니다. 많은 사람들이 깨달음의 정체를 모릅니다. 잘 모르기 때문에 계속 찾습니다. 깨달음은 저 멀리 있는 것이 아닙니다. 우리가 보고 듣고 느끼는 가운데 있는 것입니다.

홍익인간은 "나는 이미 깨달았다"고 말하는 사람입니다. 그리고 행동하는 사람입니다. 지금 우리는 깨달음을 위해서 낭비할 시간이 없습니다. 깨닫는 시간을 아까워해야 합니다.

"깨달음이 이런 것이었어? 그렇다면 나는 더 이상 머뭇거리지 않겠다. 이제 선택하고 행동하겠다. 지금 당장 나와 다른 사람에게 기쁨과 행복을 줄 수 있는 일을 하면서 살겠다." 이것이 홍익인간의 생각입니다.

그러한 자각이 자기를 힐링하고 이 사회를 힐링하고 지구를 힐링합니다. 얼마나 대단합니까? 나 자신과 이 사회와 지구를 힐링하는 것 이상으로 위대한 것은 없습니다. 내가 여러분에게 말하고자 하는 깨달음은 바로 나와 이 사회를, 지구를 힐링하는 힘입니다. 그것이 내가 찾은 깨달음이었습니다. 그런데 깨닫고 보니 그러한 힘은 이미 오래 전에 나한테 있었습니다. 그래서 사람들이 내게 무엇을 깨달았느냐고 물으면 "나는 깨달을 것이 없다는 것을 깨달았다."고 말하는 것입니다.

〈힐링 소사이어티〉를 쓴 이유는 사람들에게 깨달음을 주기 위해서가 아닙니다. 깨달음의 환상에서 깨어나도록 하기 위함이었습니다. 이미 깨달은 여러분한테 깨달음을 강조해서 무엇 하겠습니까? 중요한 것은 우리 자신을 믿고 실천하는 것입니다. 우리는 우리 자신을 바꿀 수 있고, 우리 사회를 바꿀 수 있습니다. 우리는 할 수 있습니다. 그것이 진정한 깨달음이요, 진정한 창조입니다.

여러분은 자기 자신과 이 지구를 힐링하고 싶으십니까, 킬링하고 싶으십니까?

(힐링!)

정말입니까?

(예!)

우리 영혼은 힐링을 원합니다. 우리는 힐링하기 위해 이 지구에 왔습니다. 그것이 우리가 알아야 할 깨달음의 전부입니다. 그러나 열 명이 힐링을 하고 있는데 그 옆에서 천 명이 킬링을 한다면 그 힐링이 무슨 힘을 발휘하겠습니까. 그래서 나는 적어도 1억의 지구인이 힐링해야 한다고 말하는 것입니다. 그것도 짧은 시간 안에 늘어나야 합니다. 나는 십 년도 너무 늦다고 생각합니다. 개인의 의식이 킬링에서 힐링으로 바뀌고, 집단의 의식이 또 그렇게 바뀌고, 그러한 의식이 점차 확산되어 핵폭탄같이 '쾅!' 하고 터질 때, 그때라야 이 지구가 바뀝니다. 이렇게 힐링하는 사람이 계속해서 확산되면 하나의 새로운 문화운동으로 발전할 것입니다. 나는 이러한 운동을 '어스 컬처 earth culture'라고 하겠습니다. '지구문화운동'이라고 하겠습니다.

여러분은 평화를 원합니까?

(예!)

정말로 평화를 원합니까?

이 지구에 평화가 정착되기를 정말로 원하고 있습니까?

(예!)

그렇다면 각자 자기에게 주어진 자리에서 자기가 할 수 있는 최선의 힐링을 하십시오. 깨달음은 선택이고, 그 선택을 실천하는 것이 힐링입니다. 이제 더 이상 깨닫고자 하지 마십시오. 이제 힐링하십시오. 그것이 나와 여러분이 해야 할 일입니다.

나는 여러분이 "깨달음이 별 게 아니군요. 그런 것이 깨달음이라면 나는 깨달은 지 이미 오래입니다."라고 말하기를 바랍니다. 그리고 힐링을 선택하고 행동하기를 바랍니다.

힐링하는 습관이 아직 몸에 배지 않아서 옛날의 습관이 다시 나올 수도 있습니다. 그래도 괜찮습니다. 습관을 바꾸는 데는 당연히 시간이 걸리니까요. 많은 사람들이 착각을 합니다. 깨달으면 자기가 갖고 있던 습관도 같이 없어지는 것으로 생각합니다. 그러나 그렇지 않습니다. 그런 깨달음은 없습니다.

깨달음의 상태란 사람의 의식을 저울에 비유할 때 눈금이 0에 놓인 상태라고 할 수 있습니다. 우리가 인식하는 모든 정보는 저울에 올려 무게를 재는 물건에 비유할 수 있습니다. 사람들은 각자의 의식이라는 저울을 이용해 물건의 무게를 재듯 모든 상황과 사물과 대상을 재고 있습니다.

그러나 이 세상 속에서 생활해 나가려면 항상 의식이 0의 상태에만 머물러 있을 수는 없습니다. 생활 속에서 화도 내고 슬퍼하기도 하며, 끊임없이 짐을 올려서 재보아야 합니다. 이 세상의 삶을 살아가면서 어떻게 늘 기쁠 수만 있겠습니까? 어떻게 늘 평화롭기만 하겠습니까?

그러나 수행을 하는 사람이 그렇지 않은 사람들과 다른 점은 바로 우리에게 '0'의 눈금이 있음을 안다는 것입니다. 늘 0의 상태에 머물러 있을 수는 없지만, 자신이 지금 저울에 무언가를 올려놓고 있다는 것을 잊지 않는 사람들입니다. 감정에 빠져 있을 때도 '원래는 0의 상태인데 지금 짐을 올려놓았다'는 것을 스스로 아는 사람들입니다. 그래서 원하면 언제든지 짐을 내리고 다시 0으로 돌아올 수 있는 사람들입니다.

0의 눈금을 알아도 생활 속에서 늘 그 자리에 머물기가 힘든 것처럼, 깨달아도 습관은 남아 있습니다. 때로 예전의 습관으로 돌아간다 해도 스스로를 자책하지 마십시오. 그럴 때는 저울 위에 올려놓았던 짐들을 잠시 내려놓고 다시 0의 자리로 돌아가 힘을 얻으십시오. 자기 자신부터 힐링해 주십시오. 자신감을 가지고 점차 나쁜 습관을 좋은 습관으로 바꾸어 나가면 됩니다. 그것이 깨달은 삶입니다.

여러분, 여러분은 깨달았습니까?

(예!)

나는 여러분이 깨달았다고 크게 선언하기를 바랍니다.

두 손을 들어 보십시오. 그리고 따라서 해 보십시오.

"깨달음은 아무것도 아니다."

(깨달음은 아무것도 아니다.)

"나는 깨달았다."

(나는 깨달았다.)

"그러므로 나는 힐링한다."

(그러므로 나는 힐링한다.)

힐링하는 것이 이 세상을 바꾸는 길입니다. 진정한 깨달음은 나를 힐링하고, 이 사회를 힐링하고, 지구를 힐링하는 데 쓰여야 합니다.

깨달은 여러분, 힐링을 선택하며 살아가십시오.

2001년 2월, 보스턴 대학 〈힐링 소사이어티〉 워크숍 강연 중에서

날숨의 지혜가 지구를 살린다

남북정상회담이 열린 지 정확히 1년째 되는 날인 2001년 6월 15일 인류의 평화를 모색해 온, 세계의 여러 인사들이 서울에 모였다. 제1회 휴머니티 컨퍼런스에 참석하기 위해서였다. 이 행사에 패널로 참석한 인사들 가운데 오랫동안 〈뉴욕타임스〉 편집국장을 지냈고 현재는 퓰리처위원회 위원장이자 콜럼비아대학에서 언론학을 가르치는 시모어 타핑 교수가 기자회견 때 한 말이 생각난다.

"나는 언론인으로서 수많은 전쟁과 분쟁의 현장에 있었고 대학에서도 종교 갈등과 민족 분쟁에 대해 강의하고 있다. 그러한 경험들을 통해 내가 내린 결론은 기존의 정부나 기관들에게 더 이상 평화를 기대할 수 없으며 새로운 '무엇'이 필요하다는 것이다. 나는 이번 휴머니티 컨퍼런스가 그 '무엇'을 발견할 수 있는 귀중한 자리가 될 것이라고 확신한다."

휴머니티 컨퍼런스가 끝날 무렵 우리는 시모어 타핑 교수가 말한 그 '무엇'을 다함께 발견했다. 바로 지구인선언대회에 참석한 1만2천여 명의 지구인들이다. 우리 생명의 터전인 지구를 살리고 인류평화를 이루는 것은 바로 '나의 일'이라고 눈을 빛내며 선언하는 그들이 있기에, 나는 지구인정신이 우리 민족의 천지인 정신과 홍익철학에 기초하고 있다고 더 힘주어 말할 수 있다.

다음에 나오는 글은 휴머니티 컨퍼런스에 참가한 패널의 한 사람으로서 강연 형식을 빌어 이루어진 나의 주제발표다.

생명의 뿌리, 숨결

우리는 지금 이 순간에도 쉬지 않고 계속 호흡을 하고 있습니다. 그 숨결을 따라가면서 가만히 느껴 보십시오.

천천히 숨을 내쉬고, 다시 천천히 숨을 들이마셔 봅니다. 깊이 들이마십시오. 폐 가득히 충분히 숨을 들이마셨습니까? 그 다음에는 어떻게 해야 할까요? 살기 위해서는 다시 그 숨을 내쉬어야 합니다. 호흡을 계속 하려면 새로운 공기를 받아들이기 전에 폐 안에 가득 찬 공기를 전부 뱉아내야만 합니다. 계속 들이마시기만 한다면 생명을 유지할 수 없습니다. 살고자 하면 누구나 들이마신 숨을 내쉬어야만 합니다.

호흡은 생명입니다. 한 번의 들숨과 한 번의 날숨을 합하여 '한 숨'이라고 합니다. 들이마시고 내쉬는 한 숨이 끝날 때 하나의 생명도 끝이 납니다. 그리고 새로운 숨을 통해 또다시 새로운 생명이 시작됩니다.

　우리의 인생도 마찬가지입니다. 우리는 계속 성장하고 발전하다가 서서히 늙어 다시 왔던 곳으로 돌아갑니다. 시작과 끝은 둘이 아닙니다. 하나입니다. 생명의 아름다움, 존귀함, 신비함은 바로 이 하나에서 비롯되는 것입니다. 모든 생명은 수많은 시작과 끝의 반복 속에 있습니다. 이것이 동양의 지혜이고 한국 사상의 근원입니다.

　우리는 하루에도 셀 수 없이 많은 호흡을 합니다. 무수한 들숨과 날숨이 없다면 우리는 존재할 수 없습니다. 그러나 일일이 호흡을 의식하지 않아도 저절로 숨을 쉽니다.

　만약 우리가 호흡을 일일이 의식하고 조절해야 한다면 과연 지금처럼 편안하고 자연스럽게 숨쉴 수 있을까요? 아마 아무것도 못하고 숨쉬는 일 하나에만 매달려도 부족할 것입니다. 어느 누구도 숨쉬는 법을 따로 배운 적이 없습니다. 태어나는 순간 배우지 않고도 호흡을 합니다. 깊이 잠든 순간에도 호흡은 아무 문제없이 이루어집니다. 생각할수록 놀랍고 감사한 일입니다.

　그런데 단학은 사람들에게 숨쉬는 법을 가르칩니다. 정말로 아이러니가 아닙니까? 단학은 전 세계 사람들에게 숨쉬는 방법과 숨의 의미를 알리고 있습니다. 숨이라는 생명 현상에 담긴 의미를 잃어버리고 사는 사람이 많기 때문입니다.

　인종이 다르고 문화가 달라도 우리에게는 공통된 하나가 있습니다. 숨을 바탕으로 해서 인류의 문화와 삶이 유지된다는 것입니다.

우리는 같은 숨을 쉬고 있는, 하나의 근원에서 나온 존재입니다. 우리의 코로 하늘이 들어오고, 입으로 땅이 들어오고 있습니다. 우리는 하늘과 땅에 뿌리를 박고 피어난 생명들입니다. 마치 음극과 양극이 만나 밝은 불빛을 만들어 내듯이 우리의 생명은 천지간의 합작으로 환히 피어 있는 것입니다.

하지만 지금 인류는 그 생명의 근원을 잃어버린 채 살아가고 있습니다. 피부색과 언어, 종교가 다르다는 이유로 한 생명이 다른 생명을 무참히 짓밟고 인권을 유린하는 일이 일어나고 있습니다. 나는 오늘 우리 생명의 뿌리인 숨에 대해서 말하고 싶습니다. 그리고 그것을 통해서 현재 우리가 어디에 와 있고, 어느 곳을 향해 가고 있는지를 알리고자 합니다.

나뭇잎과 고구마의 법칙

자, 다시 한번 호흡을 해 보겠습니다. 숨을 쭉 들이마셔서 보십시오. 최대한 들이마실 수 있는 정도까지 충분히 들이마셔서 보십시오. 그리고 이제 멈춥니다. 숨을 계속 참고 있어 보십시오.

나는 지금 인류의 문화가 바로 이 지점에 와 있다고 생각합니다. 지금 인류는 한껏 숨을 들이쉰 상태입니다. 이제 우리는 숨을 내쉬어야 할 지점에 다다랐습니다. 이런 상태에서도 계속 경쟁과 지배라는 삶의 방식을 취하고자 하는 사람은 숨을 들이마시기만 하겠다는 사람과 같습니다. 그 사람의 결말이 어떻게 될지는 말하지 않아도 알 것입니다. 이제 멈추었던 숨을 내쉬십시오. 아, 이미 다 내쉬셨습니까? 모두들 살고 싶으신 모양이군요.

(청중들 웃음)

지금 이 상태에서 인류 역사를 더 지탱하고자 한다면 최소한 숨을 멈추기라도 해야 합니다. 그리고 서서히 그 숨을 내쉬어야 합니다. 숨을 빨리 들이마셨다면 그만큼 빨리 내쉬게 됩니다. 그것이 생명의 법칙입니다. 그래서 지혜로운 사람은 서두르지 않습니다.

우리 앞에 선택이 놓여 있습니다. 계속 들이마시기만 할 것인가, 아니면 멈추고 서서히 내쉬면서 새로운 '숨'을 이어 나갈 것인가.

자, 여기 이 그림을 한번 보아 주십시오(249페이지 참고). 이 그림은 우리의 호흡을 닮았습니다. 생명의 순환 과정을 담고 있습니다. 또한 인류의 시작이 없는 시작, 끝이 없는 끝을 나타내고 있습니다. 끝없는 들숨과 날숨에 의해 이어지는 생명의 순환과 인류 역사의 진화 과정이 다르지 않습니다. 나는 이 그림에 그냥 쉽게 나뭇잎의 법칙, 고구마의 법칙이라는 이름을 붙여 보겠습니다. 정말로 나뭇잎이나 고구마처럼 생기지 않았습니까?

(청중들 웃음)

들숨과 날숨, 무엇을 선택할 것인가

나는 늘 깨달음에 대해 이야기합니다. 우리는 왜 깨달아야 하는가? 생명으로서의 존재 가치를 높이기 위해서입니다. 지금, 생명으로서

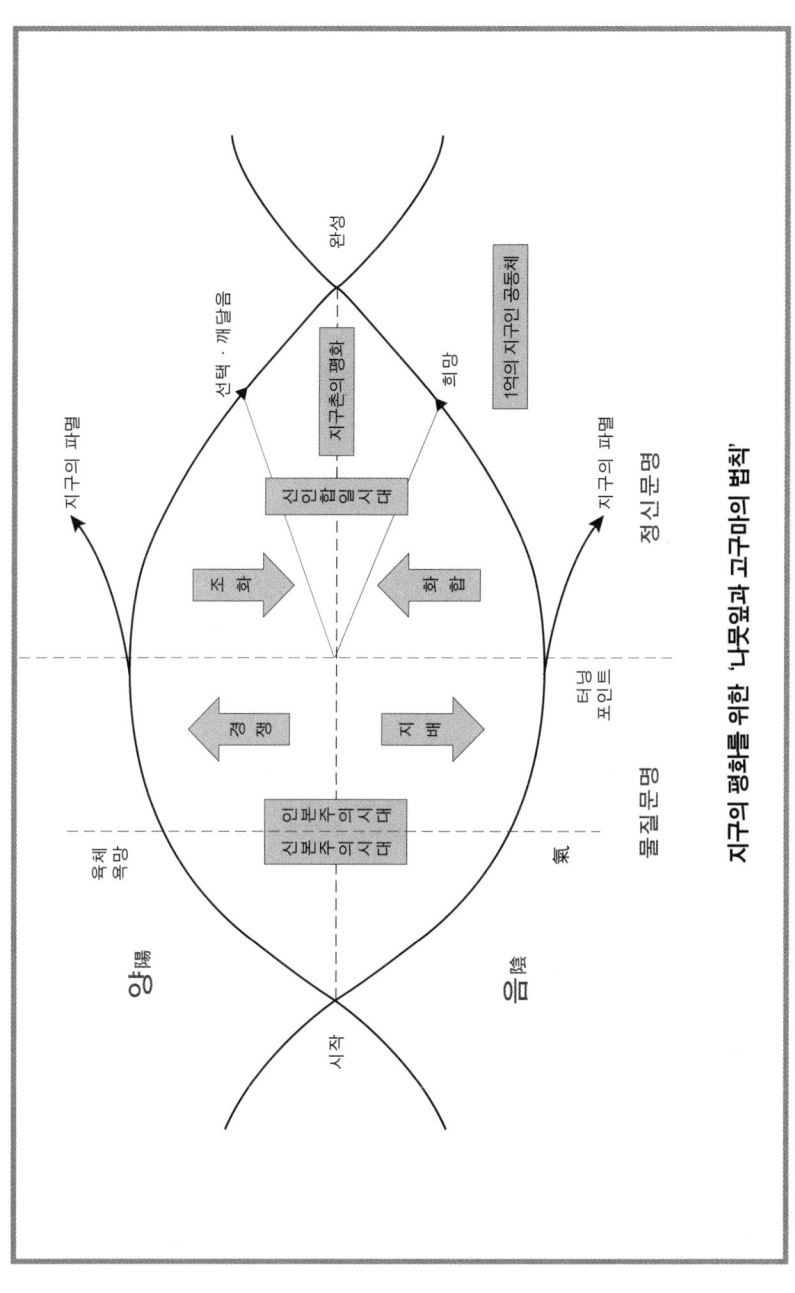

지구의 평화를 위한 '나뭇잎과 고구마의 법칙'

우리의 존재 가치를 높이기 위해, 아니 우리의 생존을 위해 날숨의 지혜가 필요합니다. 그러나 급하게 숨을 내쉬는 것이 좋지 않은 것처럼, 경쟁과 지배의 시스템을 갑자기 멈추게 할 수는 없습니다. 무리입니다. 일단 모든 것이 하나임을 알고, 그러면서 또 서로가 서로의 '다름'을 인정하고 존중하는 것부터 서서히 시작해야 합니다.

숨을 힘껏 들이마셔서 극에 다다른 사람에게는 1초가 지옥과도 같습니다. 지금 지구가 그러한 상황에 처해 있습니다. 그동안 지구는 자신의 모든 것을 내주어 지상의 생명을 길렀습니다. 마치 어머니와도 같은 사랑을 인류에게 주었습니다.

그러나 이제 병든 지구는 인간에게 사랑이 아니라 위협으로 작용하고 있습니다. 물도 마음 놓고 마실 수 없고 숨도 마음껏 쉴 수 없습니다. 그런데도 많은 정치인과 경제인, 그리고 종교인들은 그 상황을 정확하게 보지 못합니다. 현실의 문제를 여전히 정치 논리, 경제 논리, 종교의 논리로만 풀려고 합니다. 또한 전문가들은 자신의 전문 분야에만 눈을 고정시킨 채 문제를 전체적으로 보려 하지 않습니다.

인류의 문제와 지구의 문제는 오직 생명의 논리로만 풀 수 있습니다. 들숨이 있으면 저절로 날숨이 따라오듯이, 우리의 생명이 원하는 쪽으로, 다같이 살리는 쪽으로 인류 문명의 방향을 돌려세워야 합니다. 문명의 방향을 돌려세우는 일은 뛰어난 몇몇의 지도자가 나선다고 될 일이 아닙니다. 특정 단체가 나서서 풀 수도 없습니다. 어느 한 분야의 전문가보다는 전체를 보는 통찰력을 지닌 많은 보통사람들이 필요합니다. 바로 깨달음을 터득한 여러분의 힘, 깨달은 대중이 필요한 것입니다.

이대로 가면 지구는 쓰레기장이 되고 말 것입니다. 아름다운 지구가 쓰레기더미가 되어도 좋다고 할 사람은 아무도 없을 것입니다. 우리는 지구가 그렇게 되도록 내버려 두지 않을 것이며 전쟁과 타락의 별이 되게 하지도 않을 것입니다.

이것을 가슴 깊이 공감하고 실천하는 사람이 바로 지구인입니다. 인간을 사랑하고 지구를 사랑하는 수많은 지구인만이 이 지구를 살릴 수 있습니다. 그래서 나는 60억 인류 중에 적어도 1억의 지구인이 탄생해야 한다고 말해 왔습니다. 그것을 위한 혜안을 모으기 위해 이번에 휴머니티 컨퍼런스와 지구인선언대회를 여는 것입니다. 오늘의 시작은 1만2천 명이지만 머지않아 1백2십만 명이 되고, 1천2백만 명이 되고, 또 1억이 될 것입니다. 그 지구인들이 날숨의 지혜로 이 지구를 살리고 새로운 정신문명시대를 열 것입니다.

우리는 지구인입니다.

2001년 6월15일, 제1회 휴머니티 컨퍼런스 주제강연 중에서

Imagine

Imagine there' s no heaven

It' s easy if you try

No hell below us

Above us only sky

Imagine all the people

Living for today······

천국 같은 건 없다고 상상해 보세요

그리 어렵지 않아요

지옥이 우리 발 밑에 있는 것도 아니고

우리의 머리 위엔 단지 하늘이 있을 뿐

세상 사람들이 모두 오늘의 삶에 충실하게 사는 걸 꿈꿔 보세요

Imagine there are no countries

It isn' t hard to do

Nothing to kill or die for

And no religion too

Imagine all the people

Living life in peace······

국가 같은 건 없다고 상상해 보세요

그리 어렵지 않아요

누군가를 죽일 일도 없고

무언가를 위해 죽을 필요도 없어요

종교도 없어지겠죠

세상 사람들이 모두 평화 속에 살아가는 걸 꿈꿔 보세요

You may say I'm a dreamer

But I'm not the only one

I hope someday you'll join us

And the world will be as one

나를 몽상가라고 하실지 모르지만

하지만 나 혼자만 그런 게 아녜요

언젠가 당신도 우리와 함께하기를 바래요

그러면 온 세상이 하나가 될 수 있겠죠

Imagine no possessions

I wonder if you can

No need for greed or hunger

A brotherhood of man

Imagine all the people

Sharing all the world······

소유가 없다고 상상해 보세요

그러실 수 있겠어요?

탐욕도 없고, 기아도 없는

인류의 형제애가 가득한

모든 사람들이 함께 이 세상을 가지는······

You may say I'm a dreamer

But I'm not the only one

I hope someday you'll join us

And the world will be as one

나를 몽상가라고 하실지 모르지만

하지만 나 혼자만 그런 게 아녜요

언젠가 당신도 우리와 함께하기를 바래요

그러면 온 세상이 하나될 수 있겠죠

귀에 익은 존 레논의 노래 'Imagine'이다. 나는 이 노래 중에서도 특히 후렴구를 좋아한다. '나를 몽상가라고 하실지 모르지만 하지만 나 혼자만 그런 게 아녜요. 언젠가 당신도 우리와 함께하길 바래요. 그러면 온 세상이 하나가 될 수 있겠죠.' 나는 수많은 지구인들이 지구를 평화의 별로 만드는 일에 함께 할 것이라고 믿는다.

분노하는
미국인들에게 고함

테러사건이 터진 지 5일 후, 나는 보스턴의 MIT대학에서 예정대로 강연을 했다. 이 강연에 오기로 되어 있던 1천2백 명과의 약속을 지키기 위해 LA에서 보스턴까지 자동차로 쉬지 않고 48시간을 달렸다. 경부고속도로의 12배나 되는 거리, 지구 둘레의 8분의 1이 되는 거리를 이틀 만에 주파한 셈이다. 몇 사람이 교대로 운전을 하며 대륙을 횡단하는 동안 지평선의 일몰과 일출을 두 번씩 지켜보았다. 달리는 차 안에서 인류와 지구의 미래에 관한 수많은 생각들이 떠올라 메모를 했다.

첫 번째는 평화의 방정식이다.

$P = EN^2$

P는 평화의 파워(Power of Peace), E는 깨달음의 의식, 평화의 비전(Enlightenment), N은 깨달은 사람(New Human, Power Brain)의 수다. 이

공식의 의미는 평화의 파워는 깨달음의 의식에 깨달은 사람 수의 제곱을 곱한 것만큼 커진다는 것이다. 즉 깨달은 사람 두 사람이 모이면 각각 따로 일할 때보다 2배가 아닌 4배의 에너지를 낼 수 있고, 3명이 모이면 3배가 아닌 9배의 에너지를 낼 수 있다는 것이다. 인류는 이번 테러사건을 통해서 경제력이나 국방력이 평화와 안전을 보장해 주지 않는다는 사실을 절실하게 깨달았다. 깨달음의 대중화와 실천만이 인류평화를 위한 유일한 대안이다.

지구의 치유를 위한 메시지

두 번째는 지구의 치유를 위한 메시지다. 원래는 이 내용을 MIT대학의 강연 주제로 삼으려 했으나 막상 도착해 보니 청중들은 아직도 충격에서 벗어나지 못한 채 분노와 슬픔으로 가득 차 있었다. 그런 상태에서는 이 메시지를 받아들이기 어렵겠다고 판단하여, 일단 그들을 위로하고 강도를 훨씬 낮추어 이야기하는 수밖에 없었다. 여기에는 차 안에서 떠올린 내용을 있는 그대로 싣는다.

"미국의 심장부를 겨냥한 테러행위는 인류의 가슴까지 뚫고 들어가 절망과 두려움, 분노와 상처를 남겼습니다. 인류와 지구를 걱정하는 지구인의 한 사람으로서 무고하게 죽어간 많은 사람들에게 깊은 애도를 표합니다.

　어떤 상황에서든, 죄 없는 사람들을 볼모로 하는 테러행위는 용서

할 수 없는 범죄라는 사실을 전제하고 이 사건을 바라보아야 할 것입니다. 이 사건은 인류의 의식 상태를 단적으로 보여 주는 인류사적인 불행입니다. 이 세상이 그만큼 병들었으며 환부가 곪아터졌다는 하나의 증거입니다. 테러는 물질문명시대의 경쟁과 지배와 갈등의 산물입니다. 그 희생자들을 끝으로 이 세상에서 영원히 테러가 사라지기를 기원합니다.

그렇게 되는 길은 인류가 정신문명시대로 나아가는 것밖에 없습니다. 복수는 복수를 부르고, 분노는 공포를 만들어 내고, 공포는 그 공포를 표출하기 위한 폭력을 만들어 낼 뿐입니다. 물질문명을 중심 삼고 이대로 계속 가다가는 우리 모두 무한경쟁 속에서 파멸할 수밖에 없습니다. 그 시스템 속에서는 경쟁과 지배의 대상은 누구든 적이요, 악이 될 수밖에 없기 때문입니다.

미국은 프런티어 정신을 바탕으로 세계적인 물질문명을 발전시켰고 그러한 기반 위에 자타가 공인하는 선진국으로서 경제적·군사적으로 큰 힘을 갖게 되었습니다. 그러나 이제 세계 초강대국이라는 미국의 위치가 도전을 받고 있습니다. 나는 이 위기가 미국이 새로운 나라로 크게 발전할 수 있는 기회라고 봅니다. 이제 더 이상 경제력이나 국방력, 우월감만으로는 평화와 안전이 보장되지 않는다는 사실을 누구나 다 공감하게 되었습니다.

이 위기를 새로운 정신문명시대가 탄생할 수 있는 전환점으로 삼는 지혜가 필요합니다. 나도 여러분과 함께 전대미문의 참사에 슬픔과 분노를 강하게 느낍니다. 그러나 이러한 슬픔과 분노, 인간성 자체에 대한 의심에 머물러 있기보다는 슬픔과 분노와 의심의 에너지를 새로운 각성과 깨달음을 얻는 방향으로 전환해야 합니다.

　그 방향은 바로 인간과 지구라는 새로운 중심가치를 세우고 인간사랑 지구사랑을 깨닫고 실천하는 것입니다. 종교와 국가, 민족을 초월하여 지구인으로서의 자각이 일어나게 하는 것입니다. 이제 미국은 국제사회의 강대국으로서 지구를 중심으로 한 평화운동에 앞장서야 할 것입니다. 물질문명시대를 이끌어 가는 선진국으로 만족하지 말고 지구촌의 평화에 공헌하는 나라로 새롭게 태어나기 위해 고민하고 노력해야 할 것입니다. 이것은 지구촌의 자유와 평화를 위해 미국이 할 수 있는 21세기 최고의 선택이 될 것입니다.

　그러기 위해서는 미국인들의 책임 있는 자각이 일어나야 하고, 모든 문제를 공정하게 바라보아야 합니다. 나는 앞으로의 미국이 갖게 될 진정한 힘은 경제력이나 군사력이 아니라 정의와 진리에 있다고 믿습니다. 그 힘의 원천은 평화를 사랑하는 영혼이며, 그 영혼은 모든 미국인들의 가슴 속에 살아 있습니다. 나는 미국이 모든 인류와 국가에게 존중과 신뢰와 사랑을 받는 나라가 되기를 기대합니다."

인류의 두 가지 중심가치, 지구와 뇌

보스턴에서의 강연이 끝나고 나는 곧바로 시애틀로 날아가 다시 수백 명의 청중들을 만났다. 테러사건의 중심부인 뉴욕에서 멀리 떨어진 데다가 시간이 흘러서인지, 시애틀 시민들은 충격에서 벗어나 많이 안정을 찾은 듯했다. 그러나 여전히 테러범들을 'devil(악마)'이라 부르며 분노를 참지 못하고 있었다. 나는 그들에게 다음과 같은 이야 기를 했다.

"미국인들은 테러범들을 악마라고 표현하고 있습니다. 그런데 정말 천 사와 악마가 따로 있을까요? 천사와 악마의 실체는 우리 뇌 속에 들어 있는 정보입니다. 천사와 같은 정보가 들어가면 천사가 되고, 악마와 같은 정보가 들어가면 악마가 될 뿐입니다.

테러리스트들이 갖고 있는 정보에 비추어 보면, 그들은 자신의 행동이 그들의 신과 민족을 위한 위대한 행동이라고 생각할 것입니다. 문제는 그들의 정보가 죄의식까지 넘어 버렸다는 것입니다. 이 세상에 존재하 는 가장 큰 형벌이 사형인데 그들의 죄는 사형으로도 다스릴 수 없습 니다. 그들은 죽음을 오히려 기쁘게 받아들일 것입니다.

그들이 죽어도 그들의 정보는 죽지 않고 살아 있습니다. 바로 '신神'이 라는 그들의 정보 말입니다. 그 정보는 영혼이 아닙니다. 정보와 영혼 은 다른 것입니다. 종교, 민족, 국가 등 그 어떤 것도 영혼보다 위에 존 재해서는 안 됩니다. 평화를 사랑하는 인간의 영혼만이 최고의 가치입 니다.

정확히 말하면 테러의 주체는 그 테러리스트 개개인이 아니라 집단이 기주의에서 나온 정보입니다. 특정 집단의 이익을 위해서 그렇게 행동 할 수밖에 없도록 사람들의 뇌에 주입된 정보, 즉 각각의 국가, 민족, 종교의 이익을 위해서 사람들이 폭력을 사용하도록 정당화하고 부추 기는 일부 기득권층의 욕망입니다.

그들은 때로는 신의 이름까지 빌어서 성전聖戰이라는 이름으로 전쟁을 합리화하기도 합니다. 이렇게 되었을 때 신은 인간들이 창조한 하나의 허수아비로 전락하고 맙니다. 인간의 욕망을 투사한 최악의 정보가 되고 마는 것입니다. 지금까지 인류 역사는 그런 정보들이 일으킨 전쟁과 보복으로 점철되어 왔습니다. 그것도 '평화'와 '정의'의 이름으로 말입니다.

이제 우리는 달라져야 합니다. 우리의 정보를 바꾸어야 합니다. 이 시대에 국가와 종교의 한계를 넘어 우리의 영혼이 다다를 수 있는 최고의 정보, 최고의 중심가치는 지구입니다. 우리의 영혼이 지구의 영혼과 하나될 때, 지구를 중심으로 우리의 정보를 재배열할 때 인류는 진정한 평화를 이룰 수 있습니다."

모든 인류가 인식하지 않으면 안 되는 두 가지 중심가치가 있다. 첫째는 지구요, 둘째는 인간의 뇌다. 결국 인류의 의식 상태는 인간의 뇌 속에 들어 있는 정보에 좌우되기 때문이다. 뇌 속의 정보들이 흑백논리와 선악의 구분으로 서로 충돌하고 상극하는 뇌는 Dark Brain 이고, 조화를 이루고 상생하는 뇌는 Golden Brain이다. Dark Brain에서는 경쟁과 지배와 파괴의 에너지가 나오고 Golden Brain에서는 창조적이며 평화롭고 생산적인 에너지가 나온다. 뇌 속에 들어 있는 정보의 구조가 파괴적인가, 평화로운가에 따라서 개인의 미래와 인류의 미래가 결정된다. 뇌의 재정보화, 재구조화가 이루어져 많은 사람들의 뇌가 평화로운 에너지를 발산하는 Golden Brain이 될 때 인류의 운명은 바뀔 것이다.

미국의 테러사건과 그에 대한 보복으로 진행되는 아프간 전쟁은 단지 미국과 아프간만의 문제가 아니다. 인류의 환부가 곪아터진 사건으로, 우리 모두의 문제다. 이 책을 읽는 독자들에게 지구인의 한 사람으로서 간곡히 부탁한다. 폭력과 전쟁의 악순환이 종식될 수 있도록, 지구의 에너지를 평화와 상생의 에너지로 바꾸기 위해 기도와 명상을 하자. 그리고 다함께 지구인정신의 실천에 힘쓰자.

조화와 화합의 세계관,
마고성 이야기

에덴과 마고성麻姑城의 이야기를 서문에서 잠깐 언급하긴 했지만 사실 이 내용을 넣을까 말까 적잖이 망설였다. 그러나 이제는 이야기할 때가 되었다고 생각하기 때문에 여기에 싣는다.

나는 인류 문화의 원형을 담은 이야기를 크게 두 가지로 본다. 하나는 에덴의 이야기이고 다른 하나는 마고성의 이야기다. 에덴의 이야기를 모르는 사람은 거의 없다. 하지만 마고성의 이야기를 아는 사람은 한국인 가운데도 많지 않다.

마고는 지구의 영혼의 이름이다. 사람에게 몸과 에너지와 영혼이 있듯이 지구에게도 몸과 에너지와 영혼이 있다. 마고성의 이야기는 〈부도지符都誌〉라는 책에 전해 내려온다. 이 책에 모든 이들이 깨달음에 이르러 완전한 평화와 조화를 이루며 살았던 이상적인 공동체가 나오는데, 그 공동체의 이름이 바로 마고성이다.

마고성에서 거주했던 이들은 사람이라고 하기는 어렵고, 신과 합일을 이루어 신성神性이 살아 있었던 신인神人이다. 그들은 품성이 조화롭고 따뜻했으며 순수하고 맑았다. 그들의 에너지는 하늘과 땅과 하나였기 때문에 유한한 육체의 한계를 넘어 무한한 생명을 누리며 살았다.

그런데 그들이 타락하면서 신성이 사라지고 신과 분리되어 불완전한 인간이 되어 갔다. 원래 하나였던 자신의 몸과 마음과 영혼을 서로 분리시켜 생각하기 시작했고, 다른 존재와의 일체감도 놓치게 되었으며, 마고성의 존립마저 위험에 처했다.

마고성의 지도자들은 이 사건에 연대책임을 지고 자신의 후손들을 데리고 마고성을 떠나기로 결정했다. 이렇게 불완전한 상태로는 마고성에서 계속 머물 수 없다고 판단했기 때문이다. 그들은 떠나면서, 언젠가는 반드시 그들의 신성을 회복해서 다시 신인이 되어 마고성으로 돌아오리라 맹세했다. 이것이 복본復本의 맹세이며 신과 다시 하나되겠다는 신인합일의 맹세다.

하늘 · 땅 · 사람이 하나되는 삼원론의 힘

마고성의 이야기가 원래부터 신과 합일된 신인이 존재했던 신인합일神人合一의 이야기라면 에덴의 이야기는 신이 인간을 창조함으로써 신과 인간이 분리된 이야기다.

에덴의 이야기에서 인간은 하느님의 축복으로 태어났다. 그러나 하느님은 선악과라는 금기를 만들어 인간의 순종을 시험한다. 에덴의 이야기는 축복과 저주라는 양날의 칼로 이루어져 있다. 카인과 아벨의 이야기가 그렇고, 이삭과 이스마엘의 이야기가 그렇다. 에덴의 이야기에서 하느님은 축복과 저주로 인간을 다스리는 모습으로 표현되어 있다. 하느님의 뜻을 따르고 하느님께 영광을 돌리면 축복해 주고, 하느님의 명령을 거역하면 저주를 내리는 이분법이 끊임없이 되풀이되는 것이 에덴의 역사다.

마고성의 이야기에는 축복도 저주도 없다. 천사도 악마도 없다. 에덴동산의 이야기에 길들여진 사람들은 꼭 천사와 악마가 나와야 재미있다고 말한다. 축복과 저주가 나와야만 긴장하고 귀를 기울인다. 세상에는 늘 좋은 것과 나쁜 것이 있다고 생각한다. 전형적인 이원론적 사고다. 이러한 세계관이 지난 2천 년 동안 인류 역사를 이끌어 왔다.

그러나 마고성의 이야기는 이원론이 아닌 삼원론을 바탕으로 하고 있다. 이원론은 음과 양, 밝음과 어둠, 선과 악으로 세상을 나누지만 삼원론은 그 무엇보다 '조화'를 중요하게 여긴다. 천지인天地人, 하늘과 땅과 사람이 하나로 만나는 것이 삼원론의 핵심이다. 삼원론은 성공과 승리보다는 완성을 이야기한다. 신은 축복과 저주로 인간의 의식을 지배하고 인간은 신의 축복을 더 많이 받기 위해 서로 경쟁하는 것이 아니라, 신과 인간이 합일을 이룬다. 마고성 이야기에서 신은 "나랑 맞먹어서는 안 된다"고 말하는 것이 아니라 "부디 나와 맞먹을지어다. 그리하여 깨달을지어다"라고 말한다.

에덴의 역사는 진리를 잃어버린 후의 이야기다. 마고성 이야기의 근원으로 올라가면 하늘·땅·사람의 삼원이 있다. 에덴의 이야기는 불완전하기 때문에 올바른 관점으로 복원되어야 한다. 예수님이 오신 것도 그 불완전성을 극복하기 위해서였다.

마고성 이야기의 핵, 신인합일 정신

나는 크게 에덴의 이야기에서 서양 문화권이 나왔고 마고성의 이야기에서 동양 문화권이 나왔다고 본다. 에덴의 이야기에서 야훼신과 알라신이 나왔고 유대교, 기독교, 천주교, 이슬람교가 나왔으며, 현재 전 세계 인구의 절반 가량이 에덴의 이야기에서 나온 정신과 문화로 살아가고 있다.

동양 문화권은 마고성의 이야기에 뿌리를 두고 있으며 신성과 하나되는 신인합일의 문화를 이루고 있었다. 고대 한국의 신선도神仙道를 비롯하여 선교仙敎, 도교, 불교, 유교, 인도철학, 더 나아가서는 인디언의 생명존중 사상까지 모두 마고성의 이야기에 근원을 둔 것이다. '본성', '신성', '불성', '마음자리'는 모두 신인합일의 경지에 이른 상태를 일컫는 말이다.

에덴의 이야기에 아담과 이브, 카인과 아벨, 노아, 아브라함, 이삭과 이스마엘이 나오듯이 마고성 이야기에는 마고에서부터 시작하여 황궁씨, 유인씨, 한인 7대, 한웅 18대, 단군 47대가 나온다. 에덴의 이야기가 역사적으로 증명되지 않았듯이 마고성의 이야기도 증명할 수 있는 것은 아니다. 하지만 내가 마고성의 이야기에서 발견한 최고의 가치는 그 속에 신인합일의 정신이 들어 있다는 것이다. 그리고 신인합일의 정신과 함께 타락한 인간이 본래의 신성을 회복하는 수련법이 나와 있는데 그것이 바로 고대 한민족의 전통수련법인 신선도라는 것이다.

마고성의 이야기에서 또 하나 관심 있게 보아야 할 내용은 황궁씨에 대한 것이다. 황궁씨는, 자신은 신성을 잃고 타락하지 않았지만 마고성에 있던 무리 중에 가장 연장자로서 스스로 책임을 통감하고 무리들과 함께 마고성을 떠난다. 타락한 이들이 신성을 회복하도록 도와, 모두를 마고성으로 다시 이끌고 돌아오겠다는 복본의 맹세를 한 것이다. 모두 한 형제임을 알았기 때문이다.

잃어버린 신성을 회복하는 복본의 과정이 상징화된 것이 바로 웅녀의 이야기다. 하느님의 아들 한웅과 지손족地孫族이었으나 신성을 밝혀 천손족天孫族이 된 웅녀의 결혼으로 태어난 단군은, 신인합일이 다시 이루어졌다는 것을 의미한다.

일부 성경학자들은 미국에서 일어난 여객기 납치 폭발 참사를 이슬람교 신자인 아랍계 빈 라덴과 유대교의 싸움으로 보고 있다. 아담과 하와가 하느님의 명령을 어겨 에덴에서 쫓겨나온 이후 카인과 아벨, 이삭과 이스마엘의 이야기가 이어졌고, 거기에서 탄생한 아브라함 가족의 비극은 유대인과 이슬람교인 사이에 끊임없는 전쟁과 증오를 일으켜 아직도 풀리지 않는 세계사적인 문제가 되고 있다.

이러한 이원론적인 사고는 끝이 나지 않는 축복과 저주, 그리고 경쟁과 지배의 논리이기 때문에 평화를 이룰 수 있는 정신이라고 보기 어렵다. 그러나 현재 이러한 에덴의 역사와 정신과 문화가 전세계를 지배하고 있는 것이 사실이다. 축복과 저주, 경쟁과 지배의 논리, 자기 종교만이 구원을 줄 수 있다는 독선적인 종교적 아집, 서로가 끝없는 복수혈전을 벌이는 현실을 에덴의 정신으로는 해결하기 어렵다는 것이 역사적으로 증명되었다. 수천 년 간 에덴의 이야기에서 갈라져 나온 분파들의 싸움이 이 지구와 인류의 역사를 지배해 왔고 그 결과는 바로 지금 인류가 경험하고 있는 무서운 현실이 되지 않았는가?

지금 인류가 처한 문제는 지배와 복수로는 해결되지 않는다. 복수는 복수를 낳고 지배는 지배를 부를 뿐이다. 근본적으로 문제를 해결하려면 이것 아니면 저것이 아니라 이것과 저것을 조화할 수 있는 철학, 삼원론적인 세계관이 필요하다. 그 세계관의 원형을 담은 것이 마고성의 이야기이고, 그 전통이 이어져 단군시대에 꽃을 피운 철학이 바로 홍익인간 정신이다.

이러한 세계사적인 문제를 해결할 수 있는 정신은 마고성의 이야기에 있는 신인합일, 조화와 화합의 정신이다. 신인합일의 정신이 부활하여 불완전한 이원론을 극복하고 인류가 삼원론의 조화와 화합으로 하나될 때, 종교와 국가와 민족을 초월하여 지구를 중심으로 모두가 지구인이라는 것을 깨달을 때, 인류는 평화를 찾게 될 것이다.

이제 인류는 축복과 저주라는 이원론적인 세계관을 극복하고 예수님이 말한 사랑으로 돌아가 진정한 에덴을 복원해야 한다. 그리고 신과 인간의 합일 속에서 조화와 화합의 공동체를 창조했던 마고성의 이야기로 돌아가야 한다.

신인합일의 정신을 탄생시킨 민족, 고대 한민족의 후손이여! 우리 민족의 신인합일 정신을 회복하는 것이 민족의 평화통일과 인류 평화를 이루는 길임을 깨닫자. 그것이 한국인이 이 세상을 살리는 길이다.

뇌 선언문

Brain Declaration

나는 내 뇌의 주인임을 선언합니다.

I declare that I am the master of my brain.

나는 나의 뇌가 무한한 가능성과 창조적 능력을 가지고
있음을 선언합니다.

I declare that my brain has infinite possibilities
and creative potential.

나의 뇌는 정보와 지식을 선택하는 주체임을 선언합니다.

I declare that my brain has the right to accept or refuse
any information and knowledge that it is offered.

나의 뇌는 인간과 지구를 사랑함을 선언합니다.

I declare that my brain loves humanity and the earth.

나의 뇌는 본질적으로 평화를 추구함을 선언합니다.

I declare that my brain desires peace.

Take back your brain!

지구인 선언문
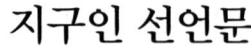
Declaration of Humanity

나는 인류 영혼의 분리될 수 없는 일부로서 본질적이고 영
원한 영적인 존재임을 선언합니다.

I declare that I am Spiritual Being, an essential and eternal
part of that Soul of Humanity, one and indivisible.

나는 지구상의 모든 사람의 인권을 보호하는 것이 나의 권
리와 안전임을 아는 한 인간임을 선언합니다.

I declare that I am a Human Being whose rights and security
ultimately depend on assuring the human rights of all people
of Earth.

나는 이 지구상의 모든 삶의 공동체를 위하여 홍익하고자
하는 의지를 지닌 지구의 자녀임을 선언합니다.

I declare that I am a Child of the Earth, with the will and
awareness to work for goals that benefit the entire community

of life on Earth.

나는 이 세상에 존재하는 모든 형태의 분리와 분쟁을 치유
할 수 있는 힘과 사명의식을 지닌 힐러임을 선언합니다.
I declare that I am a Healer, with the power and purpose to
heal the many forms of divisions and conflicts that exist on
Earth.

나는 지구가 본래의 조화와 아름다움을 회복하도록 도와
줄 책임을 자각한 수호자임을 선언합니다.
I declare that I am a Protector, with the knowledge and the
responsibility to help the Earth recover her natural harmony
and beauty.

나는 내가 속한 사회를 긍정적으로 변화시킬 사명과 능력
을 갖춘 활동가임을 선언합니다.
I declare that I am an Activist in service to the world, with the
commitment and the ability to make a positive difference in
my society.

후기

나는 우리 국민 모두가 자랑스러운 한국인이 되기를 원한다고 생각합니다. 우리 모두에게는 지금보다 더 나은 사회를 이루고자 하는 소망, 바르고 밝고 선하게 살고 싶은 소망이 있습니다. 나는 그 소망의 힘을 믿습니다. 이 세계를 변화시키는 것은 엄청난 깨달음이나 위대한 천재나 성인들이 아닙니다. 인간이라면 누구나 가지고 있는 선의와 양심이 세계를 변화시킵니다.

인류 역사를 통해 위대한 혁명, 수많은 발명과 발견이 있었으나 그 무슨 특별한 도력으로 이루어진 일은 단 하나도 없습니다. 역사는 선의의 소망을 품은 인간의 신념에 의해서, 그 신념을 간직한 사람들의 단합된 힘과 노력을 통해서 진보해 온 것입니다.

나는 밝은 지성과 이성을 가지고 판단해서 옳은 일이면 그것이 곧 영감靈感이요 천명天命이라고 생각합니다. 하늘에서 번쩍이며 내려오는 신비한 메시지가 아니라 사심 없이 세상을 바라보는 사람들의 통찰과 용기에서 나오는 선택과 소신이 이 세계를 바꿉니다. 그래서 나는 사람들에게 눈을 감고 명상하자고 말하지 않습니다. 두 눈 똑바로 뜨고 정신이 번쩍 들었을 때 우리 마음에 들어차는 생각이 무엇인가,

그 생각이 가리키는 길로 가자고 말합니다.

깨달음을 말하니, 사람들은 내게 세상을 바꿀 도력을 보여달라고 합니다. 세상을 바꿀 도력이 있기는 합니다. 바로 '전일집중全一集中과 합심대도合心大道'의 힘입니다. 공명정대한 하나의 목표에, 모두가 마음을 모으고 힘을 보탰을 때 하늘도 놀랄 큰 변화가 일어납니다. 생각해 보십시오. 지금의 우리 한국인에게, 민족의 중심가치와 철학을 되찾아 홍익사회를 만들고, 그 힘으로 민족통일을 이루어 내고, 인류의 평화에 이바지하는 밝고 강한 나라를 만드는 것 이상의 도력이 어디 있겠습니까? 그것 이상의 기적이 어디 있겠습니까?

우리 민족이 합심대도하기 위해서는 중심과 원칙이 있어야 합니다. 중심은 곧 모든 사람의 마음을 하나로 묶을 수 있고, 민족의 역량을 최대한 결집시킬 수 있는 큰 꿈과 희망입니다. 국민이 마음으로부터 동의하는 중심과 원칙이 없으면 자기만의 이익이라는 좁은 눈으로 세상을 바라보고 일을 처리하게 됩니다. 그렇게 되면 당연히 힘이 하나로 모아지지 않습니다.

나는 이 책에서 우리 민족의 역량을 하나로 모을 강력한 구심점이 바로 홍익정신이 실현되는 나라를 만들자는 의지요, 그 정신으로 이루는 남북통일과 인류평화라고 말했습니다. 이를 위해 가장 먼저 할 일이 민족의 중심 가치와 철학을 바로 세우는 것이라고 강조했습니다. 우리는 샘이 깊은 우리의 우물을 파놓고도 남의 우물의 물만 마셔 왔습니다. 이제 우리의 우물을 청소하고 가꾸어 그 우물에 고인 맑은 물을 마셔야 합니다.

우리 안에는 자기를 보는 눈이 있습니다. 우리는 무엇이 옳은지

압니다. 이제 다 알고 있는 것을 함께 나누고 실천하면 됩니다. 알면서도 모른 체하지 않고 중심과 원칙 위에서 이웃과 함께 노력하면 되는 것입니다. 우리 가슴 속에 홍익하려는 마음이 있으니 그것을 꺼내어 작으면 작은 대로 크면 큰 대로 펼쳐서 잇다 보면, 그 마음 한 조각 한 조각이 모여서 우리 민족과 인류가 입을 수 있는 큰 옷이 될 것입니다.

나는 이 책에서 많은 제안을 했습니다. 내가 보고 느끼고 체험한 것을 솔직하게 전달하려고 노력했습니다. 그러나 나의 생각과 제안이 백 퍼센트 옳다고는 생각하지 않습니다. 나의 제안이 민족과 인류를 생각하는 사람들, 명철하고 지혜로운 사람들에 의해 더 훌륭한 대안으로 재창조되기를 바라면서 이 책을 썼습니다.

이 책에서 홍익가정운동을 제안했습니다. 홍익가정운동은 우리의 미래를 국가나 학교에만 맡겨 두지 말고 우리가 두 팔을 걷어붙이고 나서서 홍익인간이 되는 운동, 홍익사회 만드는 운동을 해 보자는 것입니다. 홍익정신을 생활화하고 대중화하여 지금 여기에 아름다운 단군의 나라를 실현하자는 운동입니다. 나는 이 운동에 많은 기대를 걸고 있습니다. 인간과 지구를 생각하는 모든 이들이 홍익가정운동을 널리 알리고 뜻을 모아 주기 바랍니다.

민족의 뿌리와 홍익의 철학이 나를 격려했고 나에게 꿈과 희망을 주었듯이, 이 책이 많은 한국인들에게 힘을 줄 수 있기를 바랍니다. 세계를 향해 홍익의 웅지를 펼치는 위대한 한국인들을 그리며 이 책을 세상에 내놓습니다.

홍익인간 이화세계!

국 학 원

한민족의 새로운 탄생과 지구 경영을 위하여
우리 고유의 역사, 철학, 문화를 연구하고 교육한다
www.kookhakwon.org

국학원은 우리 민족 고유의 역사 문화 철학을 인간사랑 나라사랑 지구사랑의 정신으로 계승, 발전시켜 국내는 물론 전 세계에 이를 알리기 위해 설립된 순수 민간연구 교육기관이다. '한민족의 새로운 탄생과 지구경영을 위하여' 라는 설립 이념에 따라 국민교육과 학술연구 및 문화사업을 전개하여 한민족의 홍익정신을 회복함으로써 21세기 인류평화의 시대를 선도해 나가고자 한다.

국학원은 이승헌 총장(국제뇌교육종합대학원대학교)의 제안으로 뜻을 같이하는 각계각층의 국민과 단체가 모여 2002년 7월에 설립하였다. 초대 원장에 장준봉 전 경향신문사 사장이 취임했으며, 현재 장영주 한민족역사문화공원장이 국학원장직을 대행하고 있다. 설립 2년 뒤인 2004년 6월 국민의 성금을 모아 민족정신의 전당인 국학원(건물:충남 천안시 동남구 목천읍)이 완공되어 개원하였다. 현재 국학원엔 34명의 고문진과 교수 및 문화예술인 200여 명의 자문위원이 국학진흥을 위한 활동에 참여하고 있다.

국학원은 창립 초부터 오늘날 까지 10년간 매월 국민강좌를 실시하는 한편 국학포럼, 국내 및 국제 학술회의 등을 열어 국학을 학문적으로 정립하였다. 또한 동북아 고대사의 공통분모인 천손문화 발굴에 힘써 바른 역사를 통한 동북아 평화의 기틀을 마련코자 하였으며, 국학의 대중화와 국학운동의 사회적 여론 조성에 노력해 오고 있다. 아울러 관공서를 비롯한 군·관·기업·학교 등을 대상으로 국학교육을 활발하게 전개해 오고 있다.

이밖에 중국과 일본의 역사왜곡 저지와 바른 역사 알리기 활동을 비롯한 민족정신을 바로 세우는 다양한 사회활동 및 문화활동 등을 벌여나가고 있다. 중국의 동북공정에 반대하여 고구려지킴이 활동을 시작으로 중국의 한글 및 아리랑, 농악 등 우리 민족문화에 대한 침탈, 만리장성 늘이기를 통한 역사 및 영토 왜곡, 그리고 일본의 독도 도발 등을 규탄하는 기자회견, 대국민 서명운동, 항의시위, 전시회 등을 펼쳐왔다.

국학원 산하에는 서울, 인천, 대전, 대구, 부산, 제주 등 전국 16개 시·도에 지역 국학원이 있으며, 1천여 명의 국학강사가 방방곡곡에서 홍익정신과 한민족의 정체성 회복을 통한 건강하고 행복한 홍익마을 만들기에 노력하고 있다.

국학운동시민연합

우리민족의 전통 문화유산인 국학정신을 계승하여
홍익철학 운동을 실천한다
www.kookhak-ngo.org

국학운동시민연합은 찬란한 우리민족의 전통문화 유산인 국학정신을 계승, 발전시켜 미래의 후손들에게 문화적 자긍심을 갖게 하고, 민족정기와 혼을 되찾기 위해 발족한 시민단체다. 5천 년 역사 속에 면면히 흐르는 국학정신을 바탕으로 민족 대단결을 이룩하고 21세기 세계평화정신을 드높이는 데 주력한다.

2001년 4월에 결성된 국학운동시민연합은 문화체육관광부 비영리민간단체로 등록되었으며, 현재 광역시도 16개 지부와 10여 개의 시군구지회 - 거제, 영주, 포항, 안동, 김해, 진주, 창원, 통영, 구례 등 - 가 있으며, 홍익철학실천운동, 민족사관 정립운동, 전통문화 보급운동에 앞장서고 있다.

주요 활동으로는 2001년 5월 일본대사관 앞에서 일본교과서 왜곡 항의 집회, 2003년 12월~2004년 1월 동북공정반대서명운동, 2004년 2월 고구려 유물유적 전국순회사진전, 2005년 3월 '우리의 땅 - 독도' 전국순회사진전, 2005년 11월 국립중앙박물관 및 전국 12개 국립박물관 연대표 오류 시정운동, 2006년 5월 한민족 뿌리찾기캠페인, 대한민국 국학정론 100만인 보급운동 등이 있다.

2004년 주변국들의 역사왜곡과 독도영유권 주장에 대응하고자 제1회 바른 역사 정립과 평화통일 기원 전국 달리기를 시작한 이래 2012년 제9회 달리기까지 지속적으로 시행했다. 이 행사는 부산을 출발하여 경상권, 전라권, 충청권을 거쳐 서울에 도착하는 이어달리기와 단기연호 함께 쓰기, 역사왜곡 저지를 위한 범국민 서명운동 등 시의적절한 서명운동과 동북아 역사 갈등해소를 위한 사진 전시회 등을 실시하여 국민들의 큰 호응을 얻고 있으며 국혼 부활과 코리안스피릿을 정립하는 계기가 되고 있다.

민족 전통의 국학을 인간다운 삶을 위한 국학, 민족화합과 통일을 위한 국학, 세계화를 지향하는 국학으로 발전시키며 국학의 생활화와 대중화에 힘쓰는 홍익철학을 중심으로 한 시민단체이다.

코리안스피릿

우리민족 고유의 문화유산인 국학정신을
세계에 알려 지구평화를 실현한다
www.ikoreanspirit.com

〈코리안스피릿〉 국학신문사는 지난 2천 년 동안 잊고 외면하고 잃어버렸던 우리 고유의 역사, 문화, 정신을 다시금 일깨우고 찾는 것을 사명으로 한 인터넷 신문사다.

불교가 우리나라에 들어오기 전, 유교가 이 땅에 유입되기 전 한민족에게 고유한 사상과 문화가 있었으니 바로 '천지인天地人 사상에 뿌리를 둔 '홍익인간弘益人間 정신' 이다. '홍익인간 정신' 의 뿌리이며 '하늘과 땅과 사람이 하나' 라는 천지인 사상은 국학의 결정체이며 핵심이다. 홍익철학은 우리 민족만을 위한 것이 아니라 인류가 조화와 상생으로 함께 잘 살자는 철학으로, 21세기의 화두인 지구평화에 가장 적합한 철학이다.

2006년 11월 인터넷 〈국학뉴스〉로 출발한 〈코리안스피릿〉은 그 해 '우리역사바로알기시민연대', '국학운동시민연합' 과 제휴하여 우리 고유의 역사와 국학을 알리기 시작했다. 2007년 3월에는 고조선 역사부활 국민대축제를 후원하고, 10월에 개천 홍익문화 대축제를 후원했다. 또 2008년과 2009년에는 개천절 경축행사를 후원했다.

2010년 초 〈국학뉴스〉로 인터넷신문사 등록을 하여 언론활동을 시작한 후 그해 8월부터 인쇄물 월간 〈국학신문〉을 발행하였다. 2010년, 2011년 개천절 경축행사 후원, 기획보도 등으로 국학을 알려왔으며, 2012년 1월 〈코리안스피릿〉이라는 제호로 새롭게 출발하여 국학을 알리는 데 심혈을 기울이고 있다.

인터넷신문 〈코리안스피릿〉은 우리 고유의 역사 · 문화 · 정신 즉 홍익정신을 다시금 일깨워 한민족의 정체성을 확립하고 지구평화라는 사명을 이루는 데 앞장선, 대한민국의 빛이 되고 인류의 희망이 되는 언론이다.

한국인에게 고함

초판 1쇄 발행 2001년(단기 4334년) 10월 27일
개정증보판 18쇄 발행 2020년(단기 4353년) 9월 15일

지은이 · 이승헌
펴낸이 · 심남숙
펴낸곳 · (주)한문화멀티미디어
등록 · 1990. 11. 28. 제 21-209호
주소 · 서울시 광진구 능동로 43길 3-5 동인빌딩 3층 (04915)
전화 · 영업부 2016-3500 편집부 2016-3507
http://www.hanmunhwa.com

편집 · 이미향 강정화 최연실 | 기획 홍보 · 진정근 | 디자인 제작 · 이정희
경영 · 강윤정 조동희 | 영업 물류 · 윤정호 | 회계 · 김옥희

만든 사람들
책임편집 · 강정화 | 디자인 · 이정희 이은경 박은정

ⓒ이승헌, 2006
ISBN 978-89-5699-145-0 03810